SALIM GÜLER

# Totes Leben

1. Auflage Januar 2019

Autor: Salim Güler
Lektorat: Christiane Saathoff, www.lektorat-saathoff.de
Covergestaltung: Dennis Eid
Erstveröffentlichung: 2019 als E-Book

## Das Buch

***Ich wollte sie für mich gewinnen, aber sie wählte den Tod!***

Der bestialische Mord an der hochschwangeren Silke Topp hält die Kölner Kriminalpolizei um den Ermittler Lasse Brandt in Atem. Mit Hochdruck versuchen er und sein Team, dem grausamen Psychopathen auf die Spur zu kommen, denn er hat eine schreckliche Nachricht am Tatort hinterlassen und alles deutet darauf hin, dass er schon bald erneut zuschlagen könnte.

Kann Brandt den Mörder fassen oder muss er hilflos zusehen, wie weitere schwangere Frauen brutal ermordet werden? Und welche Rolle spielt die einzige Zeugin, die ausgerechnet ebenfalls schwanger ist?

## Der Autor

Salim Güler, aufgewachsen in Norddeutschland, studierte in Köln Wirtschaftswissenschaften und promovierte an der TU-Chemnitz.
Schon als Schüler begann er mit dem Schreiben von selbsterfundenen Geschichten und diese Leidenschaft ließ ihn bis heute nicht los.
In seinen Romanen finden sich immer wieder gesellschaftlich aktuelle Themen, die er geschickt in eine fiktive und hoch spannende Geschichte einzubetten versteht.
Seine Bücher landen regelmäßig in den Bestsellerlisten der Amazon und Bild Verkaufs-Charts.
Güler ist sehr am Austausch mit seinen Leserinnen und Lesern interessiert und freut sich über jeden Kontakt, entweder über Facebook oder über seine Homepage.
www.salim-gueler.de
https://www.facebook.com/salim.gueler.autor

## Kapitel 1

*Köln, 15. Januar*

Es war ein kalter, aber trockener Tag, deswegen gab es für Jana keine Entschuldigung, nicht nach draußen zu gehen. Sie zog sich ihre dicke Jacke und den Schal an und schlüpfte in ihre Schuhe, die eigentlich reif zum Entsorgen waren, doch sie wollte das wenige Geld, das sie vom Amt bekam, nicht für neue Schuhe ausgeben. Erst recht nicht jetzt, wo Andre sie im Stich gelassen hatte.

»Er hat sich verpisst, dieses Arschloch«, schimpfte sie, während sie ihre Wollmütze tief ins Gesicht zog. Noch immer konnte sie nicht glauben, was ihr Verlobter mit ihr abgezogen hatte. Der Stachel der Enttäuschung saß tief, sehr tief.

Ob sie jemals darüber hinwegkommen würde, wusste sie nicht, dabei hatte sie geglaubt, endlich angekommen zu sein. Sie hatten sogar schon Zukunftspläne geschmiedet und sie hatte nur auf den Heiratsantrag gewartet, dann hätte ihrer kleinen Familie und ihrem Glück nichts mehr im Wege gestanden.

So konnte man sich also irren. Gestern noch auf rosa Wolken schweben und kurz darauf im Schlamm aufwachen.

*Du hättest es wissen müssen!,* machte sie sich Vorwürfe. *Du naives Dummchen.*

Das Leben konnte gemein und hinterhältig sein, verdammt hinterhältig. Dennoch wollte sie sich nicht aufgeben, Andre nicht zu viel Raum in ihrem Herzen schenken. Sie musste stark sein, für sich, aber vor allem für ihr Baby, das bald das Licht der Welt erblicken würde.

Sie wollte allen beweisen, dass man auch als alleinerziehende Mutter ein Kind großziehen konnte, schließlich lebte man heute in modernen Zeiten, der

Staat würde sie nicht fallen lassen, das jedenfalls redete sie sich immer wieder ein, um nicht vor lauter Selbstzweifeln eine Dummheit zu begehen.

Als sie die Hand schon auf der Klinke ihrer Wohnungstür hatte, klingelte ihr Handy.

»Hallo, Petra!«

»Hallo, Jana«, antwortete die Stimme am anderen Ende. »Wie gehts dir?«

»Gut, wollte gerade ein wenig spazieren gehen. Wie geht es dir?«

»So weit auch gut. Ich wollte nachher in die Stadt, vielleicht hast du ja Lust auf einen Kaffee.«

»Ja, warum nicht. Holst du mich ab?«

»Klar, 16 Uhr?«

»Gern.«

»Schön, freu mich.«

»Ich mich auch«, antwortete Jana und beendete das Gespräch.

Danach verließ sie die Wohnung. Draußen streifte der kalte Wind ihr Gesicht, da sie aber warm angezogen war, empfand sie es nicht als störend, sondern vielmehr als belebend. Die Kälte half ihr, ihre Gedanken zu sortieren. Sie setzte sich auf ihr Fahrrad und radelte los zum Wald am Vingster Ring. Mit dem Rad waren es nur wenige Minuten bis dorthin, ganz in der Nähe gab es ein Naturfreibad und der Vingster See war auch nicht weit. Hier ging sie gern spazieren.

Jana freute sich auf das Treffen mit Petra, sie hatte nicht viele Freunde. Petra hatte sie vor einigen Monaten kennengelernt und obwohl sie mit ihren vierundvierzig Jahren doppelt so alt war wie Jana, hatten sie sich sofort verstanden und seitdem unternahmen sie fast jeden Tag etwas gemeinsam.

Jana wusste diese Freundschaft zu schätzen. Zwar hatte Petra ein sehr einnehmendes Wesen und konnte ziemlich stur sein, doch sie war ihr auch eine große Stütze in der Schwangerschaft. Ohne sie wäre Jana nicht so stark gewesen. Erst recht nicht, als Andre einfach abgehauen war. Ohne ihr einen Grund zu nennen.

»Nicht mal einen Abschiedsbrief hat dieser Feigling zurückgelassen«, murmelte sie und stieg von ihrem Fahrrad ab.

Natürlich hatte sie versucht, Andre telefonisch zu erreichen, auch per WhatsApp, aber er hatte sie ignoriert und blockiert. Wie konnte ein Mann, der einen liebte, so etwas Herzloses und Gemeines tun?

Jana hatte keine Antwort darauf.

*Doch, er hat dir geschrieben*, korrigierte sie sich in Gedanken. Zwei Wochen, nachdem er aus ihrem Leben verschwunden war, hatte er ihr eine WhatsApp-Nachricht geschickt: *Ich liebe dich nicht mehr!*

Mehr nicht!

Dieser eine Satz und vor allem das Ausrufezeichen hatten sie rasend gemacht. Sie war in der Küche gewesen, als sie die Nachricht gelesen hatte, und hatte vor lauter Wut Teller und Gläser gegen die Wand geschmissen. Sie konnte nicht anders, sie musste diese unbändige Wut rauslassen. Und das sollte schon etwas heißen, denn sie war eigentlich nicht der Typ für solche Ausfälle. Danach hatte sie sich keinen Deut besser gefühlt. Sie hatte sich hingelegt und, statt ihm zu schreiben, versucht, im Schlaf ihren Kummer zu vergessen.

Als sie aufwachte, sah sie, dass er ihr noch eine Nachricht geschrieben hatte: *Treib das Kind ab. Ich bin niemals der Vater.*

Diese Nachricht hatte ihr den Rest gegeben, sie hatte einen Schreikrampf bekommen und wäre fast kollabiert. Nur das Klingeln an der Tür hatte sie vor einer großen Dummheit bewahrt. Petra war ihre Rettung gewesen, sie hatte sie beruhigt und ihr gut zugeredet, nichts Unüberlegtes zu tun.

*Petra ist ein Engel, manchmal jedenfalls*, dachte sie und stapfte den Pfad durch den Wald entlang. Die dicht stehenden Bäume schlugen dem kalten Wind ein Schnippchen, er war kaum noch zu spüren und fast wurde es Jana zu warm in ihrer dicken Jacke.

Der Winter hatte Deutschland und Köln inzwischen fest im Griff, auch wenn es eine ganze Zeit lang nicht danach ausgesehen hatte. Jana liebte den Winter, sie konnte das Gejammer der anderen nicht verstehen, die sich von der Kälte überrascht fühlten. Und das obwohl sie dazu neigte, schnell zu frieren, denn sie war sehr schmächtig, eigentlich viel zu dünn angesichts ihrer Körpergröße und der Schwangerschaft.

»Jetzt ein Hund«, dachte sie laut und atmete die kalte Waldluft tief ein, worauf sie husten musste. Schon lange trug sie sich mit diesem Gedanken und an sich war es längst beschlossene Sache gewesen, aber dann war Andre weggelaufen und seitdem hatte sie den Plan nicht weiterverfolgt.

Das Geld für den Hund und alle Folgekosten wie Futter und Tierarzt wollte sie lieber für ihren Sohn sparen. Sie würde alles tun, damit er ein besseres Leben hätte als sie. Dazu gehörte auch, ihre Bedürfnisse zurückzustellen und an ihren Schwächen zu arbeiten, von denen sie leider zu viele besaß, obgleich Petra ihr einzureden versuchte, dass sie stark sein könne, aber das war einfach nur gelogen. Sie kannte die Wahrheit und das war schlimm genug.

»Nein, Niklas wird es einmal besser haben.« Inzwischen war sie tief im Wald und ein Geräusch ließ sie aus ihren Gedanken hochschrecken. Ihr Herz raste, doch dann beruhigte sie sich schnell wieder. Es war nur ein Reh, das wohl nach Futter suchte. Als das Reh sie erblickte, lief es weg.

*Das hat mehr Angst vor dir als du vor ihm*, dachte sie und wollte weitergehen, als sie die Spitze von etwas Blauem sah, das aus dem Gehölz herausragte. Es sah aus wie ein Müllbeutel. Sie ging näher heran, es musste sich tatsächlich um das Ende einer Tüte handeln. Laub lag darüber und Spaziergänger hatten dem blauen Etwas sicherlich bisher keine Bedeutung beigemessen, weil es kaum zu sehen und zu abgelegen war. Jana schob die Blätter beiseite und fühlte sich bestätigt, es war ein großer Müllbeutel.

»Dass die Leute ihren Müll einfach im Wald abladen müssen, fürchterlich«, murmelte sie und schüttelte angewidert den Kopf. Dennoch hatte der Beutel ihre Neugierde geweckt. Sie zog daran. Vielleicht hatte jemand hier seinen Sperrmüll illegal entsorgt und sie könnte etwas finden, was sie gebrauchen konnte.

Noch während sie an dem blauen Ende zog, erkannte sie, dass es eine Plastikplane und kein Beutel war.

Doch was die Plane freigab, ließ sie erstarren. Eine tote Frau, der Bauch aufgeschlitzt und in dem offenen Bauch ein totes Baby.

Jana übergab sich und kurz bevor sie das Bewusstsein verlor, glaubte sie, Schritte zu hören.

## Kapitel 2

»Ein neues Jahr, ein neues Glück«, sagte Emre Aydin, als er die Küche im Polizeipräsidium Köln betrat.

»Du glaubst auch an diesen Müll?«, zog Lasse Brandt ihn auf.

»Warum so negativ?«

»Weil sich bestimmt nichts ändert, nur weil ein neues Jahr begonnen hat. Solange man nicht den Arsch hochkriegt und an sich arbeitet, passiert nichts. Bestes Beispiel: dein Bauch.«

»Witzig. Es war Weihnachten, da gehört Schlemmen dazu.«

»Ich sehe schon, du gehörst auch zu den Menschen, die für alles eine Entschuldigung haben«, blieb Brandt unbeeindruckt.

»Und du zu denen, die immer nörgeln müssen.«

»Ich nörgele nicht, ich bin nur ehrlich. Ich erinnere mich an Zeiten, da warst du echt gut in shape. Inzwischen steuerst du aber arg auf Rechs Figur zu.«

»Was ist mit mir?«, fragte Alexander Rech, der jetzt ebenfalls in die Küche kam. »Kannst du mir bitte einen Becher geben?«

»Brandt findet dich zu dick«, grinste Aydin, der sich über diese kleine Steilvorlage freute. Er öffnete den Hängeschrank und nahm einen Becher heraus. »Schwarz?«

»Wie immer. Danke, Kollege. Brandt ist doch nur neidisch. Seine Eitelkeit verdonnert ihn zum Hungern, statt all die leckeren Sachen zu genießen, die es nun mal gibt.« Rech streichelte über seinen Bauch.

»Wusstet ihr eigentlich, dass vor allem Psychopathen ihren Kaffee schwarz trinken?«, fragte Brandt und schenkte Rech ein süffisantes Lächeln.

»Bei der Spurensicherung muss man schon etwas krank im Kopf sein, sonst wäre das alles nicht zu ertragen, Kollege.« Rech nickte und wandte sich an

Aydin. »Wieso lässt du dich immer von ihm ärgern? Einfach freundlich nicken, damit nimmst du ihm jeden Wind aus den Segeln.«

»Im Gegensatz zu dir stört Aydin sein Bauch, er hält sich nach wie vor für einen sehr attraktiven Mann«, konterte Brandt, bevor Aydin etwas erwidern konnte.

»Hey, er sieht doch gut aus. Und im Gegensatz zu dir nagt die Zeit noch nicht so sehr an seinem Körper wie an deinem. Die zwanzig Jahre Altersunterschied können auch deine Ernährung und dein Training nicht wettmachen.«

»Es sind neunzehn«, korrigierte Brandt und trank einen Schluck Kaffee. »Außerdem sehe ich deutlich jünger aus als achtundvierzig.«

»Nicht wirklich«, zog ihn Rech weiter auf.

»Witzig.« Instinktiv hob Brandt die Brust. Natürlich wusste er, dass Rech ihn nur aufzog, aber das Alter war eine Tatsache, die er nicht ignorieren konnte. Dennoch hoffte er, dass er den Prozess mit gesunder Ernährung und viel Sport deutlich verlangsamen könnte. Die Blicke auch der jüngeren Frauen bestätigten ihm jedenfalls, dass er mit jüngeren Männern locker mithalten konnte.

»Jungs, am Ende ist das alles völlig unwichtig. Wichtig ist nur, dass der FC wieder erstklassig wird und die Düsseldorfer gleichzeitig absteigen. Das wäre herrlich. Ihr habt eindeutig zu viel Zeit. Statt hier wie Tratschweiber Kaffee zu trinken, solltet ihr lieber die bösen Jungs jagen.« Rech hob seinen Becher und nahm einen Schluck, um kurz darauf die Küche zu verlassen.

»Tratschweiber, dem gehts doch zu gut«, lachte Brandt.

Die drei waren ein gutes Team, dass sie sich neckten, gehörte einfach dazu. Aydin war einer seiner engsten Freunde, wenn nicht inzwischen sogar sein bester Freund, was zu Beginn, als er ihm als neuer Kollege an die Seite gestellt worden war, nicht der Fall gewesen war. Rech gehörte zu den Kollegen, die Brandt respektierte und mochte, was er nicht von allen sagen konnte, insbesondere nicht von Eugen Kramer, dem Fallanalytiker, der sich für etwas Besseres hielt.

Als hätte er ihn mit seinen Gedanken heraufbeschworen, betrat nun auch Kramer die Küche.

»Kaffeezeit«, grüßte der.

»Komm, wir müssen«, bemerkte Brandt an Aydin gerichtet und verließ die Küche. Auf ein Gespräch mit Kramer hatte er jetzt keine Lust.

»Wir sehen uns«, sagte Aydin zu ihrem Kollegen, bevor er Brandt folgte.

Sie gingen in ihr Büro.

»Das war aber nicht nett, du hättest dich wenigstens verabschieden können.«

»Warum?«

»Weil man das unter Kollegen so macht.«

»Wenn ich zu entscheiden hätte, wäre er mit Sicherheit kein Kollege. Kramer nervt einfach«, entgegnete Brandt und spürte, wie er plötzlich gereizt wurde. Er fuhr sich mit der rechten Hand über das kurze blonde Haar, das wie immer perfekt gestylt und akkurat geschnitten war, schließlich ging er fast alle zwei Wochen zum Friseur.

Er und Aydin hätten nicht unterschiedlicher sein können. Während Aydin gern in Jeans und legerer Kleidung zur Arbeit kam und am liebsten Chucks trug, zog sich Brandt jeden Tag schick an, mit Hemd und Stoffhose. Turnschuhe trug er nur beim Sport.

»Machen wir nachher noch einen kurzen Abstecher zu Walter?«, fragte Aydin.

»Warum nicht, er wird sich bestimmt freuen.«

Aydin nickte und nahm an seinem Schreibtisch Platz.

Brandt öffnete sein E-Mail-Postfach und beantwortete einige E-Mails. Die letzten Tage waren glücklicherweise ruhig gewesen, sie hatten keinen neuen Mordfall gehabt, um den sie sich kümmern mussten.

»Fertig. Wenn du willst, können wir zu Walter«, sagte Brandt, nachdem er die administrativen Aufgaben hinter sich gebracht hatte.

»Perfekt. Bin auch fertig.«

Kaum hatte Aydin seinen Satz beendet, klingelte das Telefon. Auf dem Display sah er, dass es Kristina Bender war, die Leiterin des K-11, ihre Vorgesetzte.

»Hallo«, nahm Brandt das Gespräch an und stellte auf laut.

»Jungs, ihr müsst nach Vingst, auf Höhe des Vingster Sees. Ein Spaziergänger hat eine Leiche gefunden. Ich schicke euch gleich die genauen Daten. Die Spurensicherung ist auch schon informiert.«

»Machen wir«, antwortete Brandt, beendete das Gespräch und atmete aus.

Aydin hatte sich bereits erhoben und die Jacken vom Garderobenständer genommen, um Brandt seine zu reichen.

»Das mit Walter müssen wir wohl verschieben«, bemerkte Brandt und griff nach seiner Jacke. Sie verließen das Büro.

»Wäre auch zu schön gewesen.«

»Schau mal bitte in dein Postfach, was Bender geschickt hat.«

Aydin zückte sein Handy und öffnete die E-Mail.

»Alter Deutzer Postweg, Ecke Vingster Ring. Ich weiß, wo das ist. Da gehe ich manchmal spazieren mit Nina und Leah, es gibt da ein Freibad nicht weit entfernt. Der See ist auch schön. Es muss schon schlimm sein, wenn man gerade da nichts ahnend auf eine Leiche stößt. Ich hoffe, sie ist nicht zu entstellt.«

»Mit Hoffen allein kommt man gegen diese kranken Mörder nicht an«, bemerkte Brandt und spürte die Anspannung in sich aufsteigen, die ihn immer wieder bei einem neuen Fall überkam. Sie eilten zu ihrem

Dienstfahrzeug und Brandt fuhr zum Tatort. Nach knapp zehn Minuten hatten sie ihr Ziel erreicht.

Brandt fuhr auf den Sandweg, der in den Wald führte und aufgrund der Kälte so fest geworden war, dass er kein Hindernis für ihr Auto darstellte. In kurzer Entfernung standen einige Polizeifahrzeuge, Brandt parkte dahinter und sie stiegen aus.

»Hallo«, begrüßte sie ein Polizeibeamter.

»Hallo. Wo ist die Leiche?«, wollte Brandt wissen.

»Keine hundert Meter von hier. Üble Sache, nur damit ihr vorgewarnt seid.«

»Danke«, antwortete Brandt und nickte, dabei warf er Aydin einen prüfenden Blick zu, denn er war der deutlich Sensiblere von ihnen beiden. »Hör zu, ich kann das auch alleine machen.«

»Quatsch. Ich bin kein Kind mehr«, entgegnete Aydin, doch Brandt sah ihm an, dass er unsicher war, dafür kannte er seinen Freund zu gut.

Ohne weitere Worte eilten sie zum Tatort. Die Kollegen von der Spurensicherung waren bereits bei der Arbeit.

»Jungs, das solltet ihr euch nicht anschauen«, warnte sie Rech, der jetzt auf sie zusteuerte. »Der Anblick der Leiche hat einige aus meinem Team übel mitgenommen.«

Rech, der eigentlich sehr hart im Nehmen war, wirkte angeschlagen, fast blass, das ließ Brandt misstrauisch werden.

»Wer ist denn die Leiche?«, erkundigte er sich.

»Eine junge Frau, hochschwanger. Ihr Bauch wurde aufgeschnitten.«

»Der Fötus entnommen?«, fragte Brandt. Aydin war plötzlich wie versteinert.

»Nein, der ist noch im Bauch.«

Brandt sah, wie Aydin immer bleicher wurde, selbst Brandt drehte sich bei der Vorstellung, wie das Ganze aussehen mochte, leicht der Magen um.

»Wieso schneidet jemand einer hochschwangeren Frau den Bauch auf und lässt den Fötus drin, das macht doch keinen Sinn.«

»Sinn? Glaubst du, so ein Mord hat überhaupt irgendetwas mit Sinn zu tun?«, schimpfte Rech. »Das ist einfach nur kranke Scheiße. Außerdem habe ich nicht gesagt, dass er mit dem Fötus nichts angestellt hat.«

»Was?« Brandt erschrak, Aydin wandte den Blick ab.

»Ganz ehrlich, Kollege, Aydin sollte sich das lieber nicht anschauen, so etwas Brutales habe ich noch nie gesehen.«

»Was hat er mit dem Fötus angestellt?«, fragte Brandt, nicht ohne Hintergedanken. Je mehr er vorab wusste, desto besser konnte er sich auf die Leiche einstellen und damit Ekel und Übelkeit unter Kontrolle halten, so hoffte er.

»Er hat ihn aufgeschnitten. Und jetzt bohr nicht weiter nach. Die restlichen Informationen stehen im vorläufigen Bericht oder werden in der Teambesprechung bekannt gegeben.«

Brandt schwirrten jede Menge Fragen durch den Kopf. Was für ein abartiger Psychopath musste man sein, um nicht nur eine Schwangere zu töten, sondern zusätzlich auch noch ein ungeborenes Baby aufzuschneiden?

»Du bleibst hier«, sagte er an Aydin gewandt.

»Nein, ich bin Teil des Ermittlungsteams, ich muss es sehen«, beharrte sein junger Kollege.

»Du Dickschädel, kapierst du es nicht, wenn man dir was Gutes tun will? Was bringt es dir, die Leiche zu sehen?«

»Das ist doch egal, es gehört einfach zu meinem Beruf, sonst hätte ich mir einen Job im Büro suchen müssen. Außerdem werde ich die Bilder von der Leiche eh in der Teambesprechung sehen.«

*Manchmal wäre es besser, wenn du im Büro arbeiten würdest*, dachte Brandt, sagte aber nichts, sondern eilte voraus.

»Jungs, fasst mir nichts an! Sonst bitte Handschuhe überziehen«, rief Rech ihnen noch hinterher.

Doch Brandt dachte gar nicht daran, etwas anzufassen, der Anblick allein würde erschütternd genug sein, jedenfalls stellte er sich auf das Schlimmste ein.

Einige Beamte suchten um die Leiche herum nach Spuren. Brandt und Aydin näherten sich der Stelle vorsichtig. Das Laub und die blaue Abdeckplane am Rand wiesen darauf hin, dass die Leiche versteckt worden war.

»War die Tote in die Plane eingewickelt?«, fragte Brandt einen Kollegen von der Spurensicherung.

»Nein, die Plastikplane wurde nur als lose Abdeckung genommen. Gut möglich, dass der Täter wollte, dass wir sie finden, so dilettantisch wie er vorgegangen ist«, antwortete der. »Wollt ihr euch das wirklich antun?«

»Von Wollen kann keine Rede sein«, entgegnete Brandt und notierte sich die Worte des Beamten. Wenn der Täter beabsichtigt hatte, dass man die Leiche fand, hatte er ihnen dadurch auch eine Botschaft schicken wollen?

In der Kriminalistik galt es als erwiesen, dass Mörder im Schnitt bis zu zwanzig Fehler begingen. Zehn bewusste Fehler, um den Ermittlern eine Nachricht zu übermitteln oder sie in die Irre zu leiten, und zehn Fehler, die sie nicht bemerkten. Genau diese Fehler führten oft zum Täter.

Nur, um was für einen Fehler handelte es sich hier?

Inzwischen trennten sie nur noch zwei Meter von der Leiche, die jetzt freigelegt war. Man sah, dass sie einmal eine junge schlanke Frau gewesen war. Brandt schätzte sie auf knapp einen Meter siebzig. Nun sah er auch, dass ihr Bauch aufgeschnitten war, die Bauchdecke war offen, sodass man in das Innere sehen konnte. Kein schöner Anblick.

»Verdammt, Aydin, schau dir das nicht an«, wurde Brandt deutlich, weil er in diesem Moment das tote, ungeborene Baby entdeckt hatte und sah, wie fürchterlich entstellt es war.

Doch die Warnung kam zu spät. Aydin war wie erstarrt, er wurde kreidebleich und konnte sich gerade noch zur Seite drehen, um sich zu übergeben.

Brandt packte ihn und schleppte ihn von der Leiche weg. Für Vorwürfe war es jetzt zu spät. Der Anblick der Leiche hatte selbst ihn fast dazu gebracht, sich zu übergeben.

»Ich habs euch doch gesagt«, tadelte Rech, der nun plötzlich vor ihnen stand.

»Wer hat die Leiche gefunden?«

»Eine Spaziergängerin. Sie wird gerade medizinisch betreut.«

»Hier oder im Krankenhaus?«

»Vom Notarzt, sie müsste noch da sein«, antwortete Rech und zeigte auf ein Rettungsfahrzeug.

»Du beruhigst dich erst mal«, sagte Brandt an seinen jungen Kollegen gerichtet. »Ich werde mich mit der Zeugin unterhalten.« Er wartete keine Antwort ab, sondern ging gleich weiter zum Rettungsfahrzeug, da er die Zeugin möglichst befragen wollte, bevor sie ins Krankenhaus gebracht wurde. Anderenfalls lief er Gefahr, dass er sich womöglich erst am nächsten Tag mit ihr unterhalten dürfte.

Zeit war ein strategischer Vorteil. Es war nicht undenkbar, dass die Zeugin etwas am Tatort bemerkt hatte, wobei der Zustand der Leiche darauf schließen ließ, dass sie schon etwas länger dort lag und der Täter bei seiner schrecklichen Handlung mit Sicherheit nicht von der Zeugin überrascht worden war. Dennoch war das Gespräch wichtig.

»Hast du die Leiche schon gesehen?«, sprach ihn da Kramer an. Brandt hatte ihn gar nicht bemerkt, so sehr war er in Gedanken.

»Ja, warum?«, antwortete er mit einer Gegenfrage. In dieser Situation war er noch weniger gewillt, sich mit ihm auseinanderzusetzen, als vorher in der Küche.

»So etwas habe ich in meiner Laufbahn als Fallanalytiker noch nicht erlebt«, fing Kramer an und schaute in den Himmel, der sich zwischen den Baumkronen in einem düsteren Grau zeigte. Der Abend kündigte sich an.

»Hast du eine erste Einschätzung?«, erkundigte sich Brandt. Es konnte nicht schaden, sie zu kennen, auch wenn er lieber mit der Zeugin gesprochen hätte.

So überheblich Kramer war, so gute Einfälle hatte er manchmal. Dabei war Brandt nicht einmal in gleichem Maße überzeugt von dessen Qualitäten wie Kristina Bender, seine Chefin. Das lag allerdings an seiner Abneigung Kramer gegenüber. So sehr er versuchte, dem Kollegen professionell zu begegnen, so oft passierte es, dass er es nicht konnte, weil Kramer seine eitlen und arroganten Züge zur Schau stellte, was Brandt jedes Mal auf die Palme brachte.

»Ich habe so eine Vorahnung. In jedem Fall kann ich mir nicht vorstellen, dass es sich um eine Beziehungstat handelt. Der Täter will uns eine Botschaft senden. Er hat die Frau nicht ausschließlich zu seiner Befriedigung getötet, es wirkt fast wie eine Bestrafung, nein …« Kramer hielt kurz inne und fügte dann hinzu: »Es soll eher eine Mahnung sein.«

»Eine Mahnung? Wofür?«

»Das herauszufinden, ist doch dein und Aydins Job.« Kramer schenkte Brandt ein süffisantes Lächeln, als hätte er nur darauf gewartet, ihm diesen Spruch reindrücken zu können.

Brandt war bedient, er ging weiter, ohne noch ein Wort zu verlieren. Allerdings fand er Kramers

Annahme gar nicht so falsch. Natürlich wäre es fahrlässig, am Anfang der Ermittlungen irgendetwas auszuschließen, aber auch er konnte sich nicht vorstellen, dass eine Beziehungstat vorlag.

Warum sollte der Lebenspartner oder der biologische Vater des Ungeborenen so ein schreckliches Verbrechen begehen? Er hätte Frau und Kind auf einfachere Weise töten können, es sei denn, er wollte sie leiden sehen. Aber auch dafür gab es jede Menge andere Möglichkeiten.

*Vielleicht hat Rech einige Antworten*, überlegte er, als er den Rettungswagen erreichte.

»Wo ist die Zeugin?«, fragte er einen Sanitäter, der vor dem Wagen stand.

»Drinnen, aber ich weiß nicht, ob es so clever wäre, sie anzusprechen. Sie ist ziemlich neben der Spur.«

»Darauf kann ich leider keine Rücksicht nehmen«, antwortete Brandt und ging an ihm vorbei zur Rückseite des Wagens, dabei entging ihm der missbilligende Blick des Sanitäters nicht.

Als Brandt hinter dem Fahrzeug angekommen war und sich anschickte, ins Innere zu steigen, sah er die Zeugin, und nun verstand er, was der Sanitäter meinte.

## Kapitel 3

»Wer tut so etwas Schreckliches?« Petra strich nachdenklich über den Henkel ihres Bechers, der mit dampfendem Tee gefüllt war. Sie saß neben Jana auf der Couch. »Trink auch was, Maus. Bist du sicher, dass du nicht lieber ins Krankenhaus willst?«

»Nein, nein. Was soll ich da? Ich kann es doch eh nicht ändern«, antwortete Jana und nahm einen Schluck aus ihrem Becher. Noch immer zitterten ihre Beine, wenn sie an das Gesehene dachte.

*Wäre ich bloß nicht spazieren gegangen*, machte sie sich Vorwürfe.

»Ich will mir gar nicht vorstellen, wie schrecklich es für dich gewesen sein muss, eine …« Petra beendete ihren Satz nicht, aber Jana konnte sich den Rest schon denken.

»Es wäre genauso schrecklich gewesen, wenn sie nicht schwanger gewesen wäre. Was für ein Mann muss das sein, der so etwas Furchtbares tut? Wie sehr muss er seine Frau gehasst haben?«

»Es könnte auch ein Durchgeknallter gewesen sein, muss ja nicht gleich der Lebensgefährte sein«, brachte Petra eine Option ins Spiel, die Jana nicht nachvollziehen konnte. Warum sollte ein Fremder einer Frau so etwas antun?

»Die Welt ist voll von kranken Männern, von Psychopathen. Die Arme, war vermutlich zur falschen Zeit am falschen Ort«, gab Petra ihr indirekt die Antwort.

*Wie ich*, dachte Jana und spürte, wie ihr übel wurde, weil ihr schlagartig klar war, dass auch sie es hätte sein können, wenn Petras Annahme stimmte und irgendein Fremder diese Tat begangen hatte.

»Was, wenn er sie im Wald abgeschlachtet hat? Ich gehe jeden Tag dort spazieren.« Ein kalter Schauer lief ihr den Rücken herunter, sie fror.

»Mach dir keinen Kopf. Der wird sie zu Hause ermordet haben, im Wald wäre die Gefahr zu groß, dass ihn jemand sieht.«

»Ich hoffe, sie finden dieses Schwein.«

»Und dann? Er bekommt ein paar Jahre, dann kommt er frei und kann wieder unschuldige Frauen töten. Unsere Richter sind doch viel zu weich. Aber wehe, du hinterziehst Steuern oder klaust ein Brötchen, weil du Hunger hast. Einfach nur widerlich. So jemanden muss man kastrieren, nein, nicht kastrieren, dem muss man gleich eine Giftspritze geben«, redete sich Petra in Rage.

Jana nickte nur, sie dachte ähnlich. Auch sie war davon überzeugt, dass der Staat mit Sexualstraftätern und Psychopathen viel zu sanft umging, während andere, eher unbedeutende Verbrechen weitaus härter bestraft wurden.

»Vermutlich werden sie ihn nie finden.«

»Gut möglich, was sagt denn die Polizei?«

»Die wollten von mir wissen, ob ich etwas gesehen habe, aber wie sollte mir in der Situation etwas aufgefallen sein? Wäre ich doch einfach weitergegangen.« Jana ärgerte sich über ihre Neugierde, sie wollte nicht in diese Ermittlungen hineingezogen werden. Der Kommissar hatte ihr seine Karte in die Hand gedrückt und sich ihre Daten geben lassen, daraufhin hatte er gesagt, dass es möglich wäre, dass man sie zu einem späteren Zeitpunkt erneut aufsuchen würde. Aber wofür? Sie hatte doch nichts gesehen.

»Du musst nicht mit der Polizei sprechen. Sehen die Idioten denn nicht, dass du hochschwanger bist?«, schimpfte Petra und stellte lautstark ihren Becher ab.

Jana antwortete nicht, sie trank einen Schluck Tee. Der erschrockene Ausdruck im Gesicht des Polizisten, als er sie gesehen hatte, war ihr nicht entgangen.

Wahrscheinlich hatte er nicht damit gerechnet, dass die Zeugin schwanger war.

»Möchtest du noch einen Tee?«

»Nein, danke. Ich glaube, ich werde mich etwas hinlegen.«

»Ja, mach das. Soll ich hierbleiben?«

»Nein. Es war schon sehr lieb von dir, dass du mich abgeholt hast und für mich da bist.«

»Maus, das tue ich doch gern. Du musst jetzt an dein Baby denken. Deswegen solltest du dich nicht so quälen.«

»Tue ich nicht, ich denke andauernd an mein Baby. Ich will mir gar nicht vorstellen, was wäre, wenn ihm etwas passieren würde.«

»So etwas darfst du nicht einmal denken. Bist du sicher, dass ich nicht bleiben soll? Vielleicht bis du eingeschlafen bist?«

»Wirklich nicht, es ist schon spät. Danke für alles.«

»Wie du magst. Wenn etwas ist, ruf mich an, egal wann.« Petra erhob sich von der Couch, auch Jana stand auf und begleitete sie in den Flur, wo Petra sich anzog.

»Sehen wir uns morgen?«

»Was für eine Frage! Natürlich. Leg dich jetzt hin, morgen sieht die Welt schon weniger düster aus.« Petra umarmte sie, sie verabschiedeten sich und Petra verließ die Wohnung.

Jana ging zurück ins Wohnzimmer, nahm die beiden Becher, ging damit in die Küche, spülte sie ab und stellte sie auf die Abtropffläche. Plötzlich spürte sie einen Schmerz in der Magengegend. Sie legte die Hand auf den Bauch.

»Nicht so wild, Niklas«, sagte sie und streichelte ihren Bauch. »Mama ist ja bei dir. Ich werde nicht zulassen, dass dir irgendjemand wehtut. Hörst du? Mama liebt dich.« Sie streichelte weiter ihren Bauch und summte eine Melodie vor sich hin. Es schien zu wirken, die Schmerzen ließen nach und sie atmete erleichtert aus.

Sie ging ins Badezimmer und kaum dort angekommen, spürte sie eine heftige Übelkeit in sich aufsteigen.

»Nicht das auch noch«, konnte sie gerade noch sagen, bevor sie sich über der Kloschüssel erbrach.

Da sie kaum etwas gegessen hatte, kam nicht viel heraus, sie hatte schon den ganzen Tag keinen Appetit gehabt. Der gallige Geschmack verursachte ihr noch mehr Übelkeit und sie übergab sich ein weiteres Mal.

Dieses Übergeben begleitete sie schon seit einiger Zeit, doch ihre Frauenärztin hatte gesagt, dass sie sich deswegen nicht allzu viele Sorgen zu machen brauche. Sie sorgte sich eher darum, dass ihre Patientin zu wenig aß.

Jana bemühte sich daher, mehr zu essen, aber oft vergaß sie es einfach, weil sie keinen Hunger verspürte.

Sie stand auf, betätigte die Toilettenspülung, wusch sich Hände und Gesicht und trocknete sich ab. Dann ging sie zurück in die Küche.

»Du musst etwas essen«, ermahnte sie sich, öffnete den Kühlschrank und nahm einen Joghurt heraus. Großen Appetit hatte sie nicht, doch sie aß ihn.

»Für Niklas«, sagte sie. Danach nahm sie noch ein paar Nüsse zu sich. In den letzten Wochen hatte sie sich angewöhnt, jeden Abend ein paar Nüsse zu essen.

Nachdem sie fertig gegessen hatte, zog sie die Jalousien herunter, ging ins Wohnzimmer, wo sie ebenfalls die Jalousien herunterzog, und betrat dann das Schlafzimmer. Sie fühlte sich unendlich müde. Langsam zog sie sich aus, um ihren Pyjama anzuziehen.

*Immer hat er nur gemeckert: Nie ziehst du was an, was sexy ist*, dachte sie.

Aber sie mochte es nun mal bequem und am liebsten trug sie zum Schlafen einen Pyjama, weil er sie warmhielt, doch Andre hatte darauf nie Rücksicht genommen. Er wollte immer eine Sexbombe an seiner Seite haben, dabei war er mit seinem Übergewicht auch nicht gerade ein Brad Pitt.

Trotzdem hatte er ihr stets das Gefühl gegeben, dass sie ein hässliches Entlein wäre und sie froh sein dürfe, dass jemand wie er sie zur Freundin nahm.

»Das Arschloch«, platzte es aus ihr heraus und plötzlich formten sich Gedanken in ihrem Kopf, die ihr gar nicht gefielen, die ihr sogar Angst machten, weil sie an Niklas denken musste. Die Vorstellung, dass er wie sein Vater werden könnte, widerte sie an. Manchmal so sehr, dass sie ihn hasste, dabei war Niklas noch nicht einmal auf der Welt.

Sie hatte schon mit ihrer Frauenärztin darüber gesprochen und diese hatte versucht, sie zu beschwichtigen. Es liege keine echte Schwangerschaftsdepression vor, ihre Gedanken rührten vielmehr von der Wut auf ihren Ex und dem Stress her. Sie solle die Schwangerschaft als etwas Wunderbares und Einzigartiges annehmen, das würde ihr helfen zu akzeptieren, dass Andre der biologische Vater war.

Jana nahm sich diesen Rat zu Herzen, aber nicht immer klappte es. Es gab Tage, da hätte sie allem am liebsten ein Ende gesetzt und das Kind abgetrieben. Doch dann kamen wieder Tage, an denen sie sich für diesen Gedanken so sehr schämte, dass sie sich nicht mal mehr im Spiegel anschauen mochte.

»Ich bin einfach zu schwach«, gestand sie sich ein und weinte. *Nein, du musst stark sein, für Niklas. Andre will doch, dass du schwach bist, er hat dich immer klein gehalten. Statt für dich da zu sein, hat er auf dir rumgetrampelt, als wärst du sein Besitz. Aber du bist niemandes Besitz.* Um sich Mut zu machen, wischte sie sich die Tränen vom Gesicht, zog die Jalousien herunter, löschte das Licht und legte sich ins Bett.

Sie wusste, dass sie noch die Zähne hätte putzen müssen, doch sie war zu erschöpft. Nein, das war gelogen, in Wahrheit putzte sie einfach ungern ihre Zähne, obwohl es nur wenige Minuten dauerte. Sie gehörte zu den Menschen, die sehr unregelmäßig ihre Zähne putzten.

Jana schloss die Augen und hoffte, dass sie im Schlaf Ruhe finden und das schreckliche Erlebnis am kommenden Tag verarbeitet haben würde. Doch ihre Gedanken kreisten weiter um den grausigen Vorfall. Sie sah sich, wie sie in den Wald ging, immer tiefer hinein. Geräusche begleiteten sie, Geräusche, die ihr Angst machten.

Sie blieb stehen, schaute sich nervös um, aber da war niemand, dennoch waren diese Geräusche da. Dann sah sie das Reh, das zu ihr herüberschaute und hastig davonsprang. Die Geräusche blieben. Ihr war kalt, sehr kalt, und sie hatte Angst.

Plötzlich war ihr, als würde der Wald auf sie zueilen, als würde er sie immer fester umfassen und ihr die Luft zum Atmen nehmen.

Jana atmete schnell, sie versuchte, das Ganze nicht an sich heranzulassen, sie hatte doch nichts zu befürchten, sie hatte nichts gesehen, außer die entsetzlich zugerichtete Leiche.

Sie stand jetzt vor der Toten. War sie noch wach oder träumte sie schon?

Sie schaute in den offenen Bauch, sah das tote Ungeborene und war zu keiner Regung mehr fähig. Da hörte sie wieder die Geräusche.

Sie drehte sich um und erschrak. Wie erstarrt blickte sie in die Augen eines fremden Mannes.

## Kapitel 4

*16. Januar*

Als Brandt und Aydin den Besprechungsraum betraten, saßen die meisten Kollegen schon auf ihren Plätzen. Nur Bender und Maike Schmoll fehlten. Ein kurzer Blick auf die Wanduhr sagte Brandt, dass sie noch fünf Minuten bis zum Beginn der Besprechung hatten.

»Und, hat sich Kollege Aydin von dem gestrigen Anblick erholt?«, fragte Kramer, während er sich einen Kaffee einschenkte.

»Lass ihn in Ruhe«, blaffte Brandt. Aydin reagierte nicht.

»Tue ich doch. Mir ist nur zu Ohren gekommen, dass er sich übergeben hat, und da wollte ich eben wissen, ob es ihm jetzt besser geht.«

»Witzig«, entgegnete Aydin und griff nach der Thermoskanne, um sich und Brandt einen Kaffee einzuschenken.

»Jungs, könnt ihr diese Sticheleien bitte lassen oder wollt ihr Bender den Tag gleich zu Beginn ruinieren? Es ist schlimm genug, womit wir es hier zu tun haben«, mischte sich Rech in das Gespräch ein.

»Kramer hat doch angefangen«, entgegnete Brandt. »Der Kurzgeratene kann einfach nicht akzeptieren, dass seine Sprüche nicht über seine …« Brandt unterbrach sich, die Tür ging auf und Bender und Schmoll traten ein.

Ihre Chefin wirkte sichtlich gereizt, Brandt konnte sich auch vorstellen, warum.

»Guten Morgen, wie ich sehe, sind wir vollzählig. Dann wollen wir mal keine Zeit verlieren«, sagte sie und nahm Platz. Schmoll setzte sich auf den freien Stuhl neben Aydin.

»Kaffee?«, fragte Kramer an Bender gerichtet.

»Danke.«

Kramer schenkte ihr ein und Brandt spürte, wie sich die Wut in ihm zusammenballte. Dieses Geschleime von Kramer vor der Chefin nervte, aber wie es schien, reagierte Bender positiv darauf.

Brandt zollte seiner Chefin höchsten Respekt, denn obwohl sie in einer Männerdomäne arbeitete und ein überwiegend männliches Team leitete, wurde sie von allen akzeptiert und in Sachen Durchsetzungsvermögen stand sie ihren Kollegen in nichts nach. Ihre Kompetenz und ihr Eifer waren weithin angesehen, sogar über die Grenzen Kölns hinaus.

Bender trank einen Schluck Kaffee, dann sagte sie: »Der brutale Mord an der Schwangeren setzt uns schon zu Beginn der Ermittlungen enorm unter Druck. Die Medien haben gestern Abend bundesweit darüber berichtet, und der Polizeipräsident hat sich weit aus dem Fenster gelehnt, als er versprochen hat, dass wir den Mörder schnell ergreifen und ein weiterer, ähnlich brutaler Mord so gut wie ausgeschlossen ist.« Sie schüttelte den Kopf, als könnte sie es nicht fassen, dass ein erfahrener Beamter wie der Polizeipräsident sich zu so einer Aussage hatte hinreißen lassen. »Ich muss sicherlich nicht erwähnen, dass ihr alle für die nächsten Wochen auf Bereitschaft seid. Wenn ich jemanden erwische, der sein Mobiltelefon ausgeschaltet hat oder nicht erreichbar ist, werde ich ungemütlich. Rech, möchtest du bitte anfangen?«

Rech nickte. Er presste die Lippen zusammen, dann nahm er einen Schluck Kaffee. Brandt hatte das Gefühl, dass es ihm nicht leicht fiel, über den Mord zu sprechen.

»Dank Fischer konnten wir die Leiche bereits eindeutig identifizieren.«

»Soweit ich informiert bin, war die Leiche nackt und es wurden keine Gegenstände gefunden, die Aufschluss über ihre Identität geben könnten. Wurde die tote Frau als vermisst gemeldet?«, schnitt Kramer Rech das Wort ab.

»Fischer, kannst du uns bitte kurz aufklären?«, bat Bender.

»Gern«, antwortete Fischer. »Wie du weißt, beteiligen wir uns zusammen mit dem BKA, der Hamburger Polizei und ein paar anderen Dienststellen unter Federführung des Fraunhofer-Instituts FKIE an dem Projekt *PERFORMANCE.* Das Projekt ermöglicht uns die teilautomatisierte Auswertung von Bild- und Videomaterial aus dem öffentlichen Raum und von der Bevölkerung, zum Beispiel aus den sozialen Medien. Es ist schon Wahnsinn, wie weit die Technik fortgeschritten ist. Wenn uns die Datenschützer kein Bein stellen, wird es zukünftig viel einfacher sein, Leichen oder auch untergetauchte Kriminelle zu identifizieren, wenn man allein bedenkt, an wie vielen öffentlichen Plätzen bereits heute Kameras installiert sind.«

»Also hat diese Software dabei geholfen, die Leiche zu identifizieren«, kürzte Brandt Fischers Rede ab. Er mochte ihn zwar, hatte derzeit aber kein Interesse an diesem ganzen technischen Kram, er wusste schließlich, dass die Technologie immer intensiver Einzug bei der Polizei hielt. Vor einigen Monaten erst hatten sie eine Messe besucht, wo ihnen die ersten Polizeiroboter präsentiert worden waren. Brandt stand dem sehr skeptisch gegenüber, er gehörte zur alten Garde, die den Polizeidienst noch von der Pike auf gelernt hatte und nicht wie Aydin oder Fischer direkt nach dem Universitätsabschluss ins Kommissariat gegangen war.

»So ist es«, Fischer nickte. »Wir konnten ihr Profil schnell bei Facebook finden, der Rest war ein Kinderspiel. Wir haben sogar ihren Führerschein.« Er schien die Unterbrechung nicht persönlich zu nehmen. Das war mit ein Grund, weshalb Brandt den Kollegen aus der Informationsbeschaffung so schätzte. Rein äußerlich wirkte er ganz anders als die Kollegen im Team, denn er entsprach mit seinem übergroßen T-Shirt, der blassen Hautfarbe und den langen Haaren, die er zu einem Zopf gebunden hatte, dem Klischee des IT-Nerds. Doch sein Aussehen war nebensächlich, Brandt konnte sich hundertprozentig auf ihn verlassen, allein das zählte.

»Und wer ist die Tote?«, erkundigte sich nun Aydin.

»Silke Topp. Aber ich glaube, Rech kann jetzt wieder übernehmen.«

»Danke. Rech?«, sagte Bender und nickte kurz. Sie hielt mit beiden Händen ihren Kaffeebecher fest und Brandt entging nicht, dass sie sehr angespannt wirkte. Ihr Blick war müde und sie hatte deutliche Ringe unter den Augen, ein klares Zeichen für eine schlaflose Nacht.

In solchen Momenten war er froh, dass er nie der Karrieremensch gewesen war, der nach einem Sesseljob strebte. Er liebte seinen Beruf als Polizist und dazu gehörte eben die Straße. Dort konnte er mehr bewirken als hinter einem Schreibtisch, fand er, auch wenn er das Gefühl hatte, dass sich vieles zum Schlechteren verändert hatte, seit er Polizist geworden war. Die Menschen wurden immer brutaler und schienen abzustumpfen.

Vielleicht lag der Grund für dieses Empfinden in der jahrzehntelangen Arbeit bei der Polizei. Vielleicht hatte der Job ihm die Illusion genommen, dass Menschen sich ändern konnten. Er erinnerte sich noch gut daran, mit welchen Idealen er in die Ausbildung gegangen war, kurz nach dem Abitur. Damals hatte er den unerschrockenen Glauben gehabt, dass er die Welt verändern könnte. Jetzt, fast dreißig Jahre später, war von diesen Idealen nicht mehr viel übrig, dennoch wollte er den Glauben daran nicht verlieren, dass böse Menschen für ihre Verbrechen bestraft wurden. Und sein Job war es, solche Menschen zu jagen und festzusetzen.

»Wie der Kollege eben ausgeführt hat, heißt das Opfer Silke Topp. Sie war zweiundzwanzig Jahre alt, stammte aus Köln-Mülheim und war im siebten Monat schwanger.« Rech unterbrach sich, um tief Luft zu holen. »Auf euren Tischen findet ihr verschiedene Fotos vom Fundort und von der Leiche. Aber seid gewarnt, der Anblick ist entsetzlich.« Er verzog den Mund, presste Luft in die Wangen und atmete aus.

»Wurde sie am Fundort ermordet?«, fragte Maike Schmoll, mit ihren sechsundzwanzig Jahren die Jüngste im Team. Sie war eher ruhig, manchmal geradezu stoisch, obwohl ihr Aussehen auf etwas anderes schließen ließ, denn sie trug unzählige Tattoos und Piercings. Brandt beschlich hin und wieder das Gefühl, dass sie sich jede Woche ein neues Tattoo stechen ließ. Vor einiger Zeit hatte sie sich eine Glatze rasiert, doch jetzt ließ sie ihre Haare wieder wachsen und Brandt fand, dass ihr das stand.

Inzwischen arbeitete sie Bender direkt zu und unterstützte die Kollegen dort, wo Bender es wollte. Sie war jedoch keinem Kollegen als feste Partnerin zugewiesen, wie es bei Aydin und Brandt der Fall war. Daher gab es schon die ersten Gerüchte, dass Bender und Schmoll eine Affäre hätten, was Brandt herzlich wenig interessierte. Er beteiligte sich nicht an solchem Tratsch. Es war, wenn überhaupt, ihre private Angelegenheit, solange die Arbeit nicht darunter litt, und dieses Gefühl hatte Brandt bisher nie gehabt.

»Da die Totenflecken konfluieren, also ineinanderfließen, können wir zum jetzigen Zeitpunkt davon ausgehen, dass das Opfer mindestens seit sechs Stunden tot war, als wir am Fundort erschienen. Die hellroten Totenflecken, die wir an der Leiche gefunden haben und die durch die Kältereoxygenierung des Hämoglobins bei Lagerung in der Kälte verursacht werden, lassen darauf schließen, dass sie schon eine ganze Weile auf dem eisigen Waldboden gelegen hat. Die bläuliche Farbe an den Nagelbetten unterstützt diese Annahme.« Wieder hielt Rech inne. Diesmal kratzte er sich am Kopf. »Der Zeitpunkt, an dem wir am Fundort eintrafen, war 15:08 Uhr. Wenn wir zurückrechnen, ist es wahrscheinlich, dass der Täter Silke Topp entweder in der Frühe oder in der Nacht ermordet hat.«

»Was spricht für die Nacht? Habt ihr weitere Anhaltspunkte? Könnt ihr einen späteren Zeitpunkt ausschließen?«, fragte Bender.

»Da sich die Totenflecken durch Daumendruck vollständig wegdrücken ließen, können wir ausschließen, dass das Opfer länger als einen Tag tot war, als wir sie fanden. Aber nagelt mich bitte nicht fest. Ich gehe nachher noch in die Rechtsmedizin. Ich hoffe, euch danach weitere Details nennen zu können.«

»Bedeutet das also, dass er das Opfer an einem unbekannten Ort getötet, dann aufgeschnitten und erst danach in den Wald gebracht hat?«, fragte Brandt.

»Woher willst du wissen, dass der Täter männlich ist?«, ließ sich Kramer vernehmen.

»Das ist ein schlechter Scherz, oder? Willst du allen Ernstes behaupten, dass eine Frau zu so einer kranken Tat fähig sein könnte? Welches Motiv sollte sie haben? Das Baby wurde der Toten schließlich nicht gestohlen«, rief Brandt wütend. Aydin berührte seinen Oberarm, um ihn zu beruhigen, aber Brandt wäre am liebsten aufgestanden und hätte Kramer eine Ohrfeige verpasst.

»Die Tat könnte genauso gut auf Eifersucht und enttäuschte Liebe schließen lassen. Dass das Opfer schwanger war, unterstreicht das sogar. Frauen morden vor allem, um private Konflikte radikal zu beseitigen, während es bei Männern oft niedere Instinkte sind«, blieb Kramer unbeeindruckt. »Ich erinnere euch nur an den Fall aus dem letzten Jahr in Hamburg, wo ein Sohn beim Entleeren einer Tiefkühltruhe mit abgelaufenen Lebensmitteln zwei Säuglingsleichen am Boden fand. Es stellte sich heraus, dass es die Babys der Exfrau seines Stiefvaters waren. Seine Mutter hatte die beiden Babys vor Jahren getötet, um so die Nebenbuhlerin aus dem Weg zu räumen.«

»Das kann man doch nicht vergleichen«, blaffte Brandt. Der Fall hatte deutschlandweit für Aufsehen gesorgt.

»Es reicht«, platzte nun Bender der Kragen. Sie schlug mit der rechten Hand auf den Tisch. Kramer zuckte zusammen. »Ist es zu viel verlangt, einmal eine Besprechung abzuhalten, ohne dass ihr beiden euch die ganze Zeit ankeifen müsst?«

»Ich wollte doch nur die Aussage des Kollegen …«

»Es ist mir herzlich egal, wer hier was wollte. Rech war an der Reihe. Wenn ich dir das Wort gebe, kannst du uns deine Annahmen und Überlegungen mitteilen.« Bender atmete hörbar aus und rieb mit der rechten Hand ihre Stirn. »Rech, fahr bitte fort. Und diesmal keine dummen Unterbrechungen mehr.«

Kramer lehnte sich zurück, doch sein Blick und seine Körpersprache verrieten, dass er mit dem Rüffel nicht einverstanden war, er hielt die Arme vor dem Oberkörper verschränkt.

Brandt versuchte sich nichts anmerken zu lassen, fand aber auch, dass Bender etwas zu heftig reagiert hatte. Er fühlte sich noch weniger schuldig an dem Streit als Kramer. Dass der Täter nur ein Mann sein konnte, hätte Brandt zu jedem Zeitpunkt blind unterschrieben.

»Zurück zu Brandts Frage: Ja, wir gehen davon aus, dass die Frau an einem anderen Ort ermordet und derart zugerichtet wurde, da wir am Fundort selbst keine Spuren entdeckt haben, die auf etwas anderes schließen lassen. Allerdings gibt es hier einige Ungereimtheiten.«

»Und die wären?«, fragte Schmoll.

»Er hat die Bauchwand wohl zunächst geöffnet, um an den Fötus zu gelangen …«

»Was hat er mit dem Fötus getan?«, wollte Schmoll wissen.

Recht antwortete nicht sofort. Schmoll war nicht am Fundort gewesen, daher wusste sie es offensichtlich noch nicht. Brandt hingegen hatte es gesehen und es hatte ihn viel Kraft gekostet, den Anblick zu ertragen, war er doch an Grausamkeit nicht zu überbieten.

»Ungeborene im siebten Monat ähneln schon einem richtigen Baby«, erklärte Rech. »Das Baby der Toten ist knapp vierzig Zentimeter groß und wiegt fast ein Kilogramm. Es hatte bereits die Augen offen, selbst Wimpern besitzt es und es konnte Schmerz empfinden.« Seine Worte kamen stockend, als suchte er Halt, um das Unvermeidliche hinauszuzögern, doch dann fügte er hinzu: »Dem Baby wurde das Herz entfernt.«

Brandt sah, dass Schmoll erschrocken wirkte, aber sofort setzte sie wieder ihre stoische Maske auf, die den Kollegen wenig Einblick in ihre Gefühlswelt und ihr Innerstes gewährte.

»Willst du damit sagen, der Täter hat dem Baby das Herz bei vollem Bewusstsein entnommen?«

»Davon müssen wir nach den bisherigen Informationen ausgehen. Es fanden sich keine Spuren, die auf eine Betäubung schließen lassen. Der Brustkorb wurde mit einem spitzen Gegenstand, vermutlich einem Messer – ein Skalpell war es eher nicht – auf der Höhe des Herzens geöffnet.« Rech wirkte angeschlagen.

Da konnte man diesen Beruf seit Jahrzehnten ausüben und ein wirklich harter Hund sein, aber so eine grausame Tat ließ niemanden kalt. An sich fand Brandt das gut, denn es stellte sicher, dass man nicht abstumpfte und weiterhin zu Empathie fähig war. Am

Ende waren auch Beamte der Spurensicherung nur Menschen.

»Du sagtest, dass er die Bauchwand *zunächst* geöffnet habe«, hakte nun Aydin nach. Brandt sah ihm an, dass er ebenfalls mit seinen Emotionen kämpfte. Selbst Kramer, der sonst so überlegen rüberkam, als könnte ihn keine schreckliche Tat beeindrucken, wirkte mitgenommen.

»Genau. Nach derzeitigen Erkenntnissen gehen wir davon aus, dass der Täter die Bauchwand geöffnet und dann wieder verschlossen hat, mit einer groben Naht.«

»Verfügt er über chirurgische Kenntnisse?«, wollte Kramer wissen.

»Nach unseren bisherigen Erkenntnissen ist das schwer zu beurteilen, wir müssen die heutigen Untersuchungen der Rechtsmedizin abwarten. Mit einem guten Messer kann auch ein Amateur Bauchwand und Gebärmutter öffnen, dafür bedarf es keiner tiefen medizinischen Kenntnisse. Zahlreiche Anleitungen dazu finden sich online auf den Seiten von Universitäten.«

*Das gute Internet*, dachte Brandt sarkastisch. Heute konnte jeder ein Psychopath werden, Menschen sezieren und andere Grausamkeiten nach Anleitung durchführen, davon gab es jede Menge im Internet. Fast war ihm, als würde das World Wide Web all diesen kranken Menschen, die sich bisher nicht getraut hatten, ihre Fantasien in die Realität umzusetzen, dabei helfen, es doch zu tun.

»Wenn er die Bauchdecke zugenäht hat, warum war sie dann am Fundort offen?«

»Es ist denkbar, dass er sie zugenäht hat, damit das ungeborene Baby beim Transport nicht aus dem offenen Bauch fällt. Anzumerken bleibt, dass auch die Nabelschnur noch intakt war. Gut möglich, dass dem Täter das sehr wichtig war. Die Bauchwand wurde mit einem herkömmlichen, festen Faden grob zugenäht.

Der Täter wird diese Naht im Wald entfernt haben, wir konnten Spuren des Fadens sicherstellen.«

»Das würde aber bedeuten, dass er einige Zeit am Fundort der Leiche verbracht haben muss«, schloss Aydin.

»Richtig. Wenn wir Glück haben, hat vielleicht doch jemand etwas gesehen. Wir werten noch die Schuhspuren aus, da der Boden allerdings aufgrund der Kälte sehr hart ist, weiß ich nicht, ob wir etwas Verwertbares finden werden, das eindeutig dem Täter zuzuordnen ist.«

»Die einzige Zeugin will niemanden gesehen haben. Es ist schwer vorstellbar, dass jemand anderer am Fundort war«, antwortete Brandt. »Gut möglich, dass der Täter das Waldgebiet kennt.« Ein kleiner, aber entscheidender Hinweis, denn das bedeutete wohl, dass der Täter höchstwahrscheinlich aus dem Kölner Umland stammte. Im ungünstigsten Fall war es jemand, der sich dieses Waldgebiet zufällig ausgesucht hatte und irgendwo in Deutschland lebte.

»Ich gehe auch davon aus, dass der Täter die Region sehr gut kennt. Da ich am Fundort bereits erste Eindrücke sammeln konnte, nehme ich stark an, dass der Täter, wie von Rech ebenfalls angenommen, die Leiche im Wald erneut geöffnet hat, damit wir auf das tote Baby stoßen. Der Täter will, dass alle wissen, was er getan hat. Er hat seine Gründe dafür. Gut möglich, dass der Täter, ob weiblich oder männlich ...« Kramer unterbrach sich und warf Brandt einen feindseligen Blick zu, dann fuhr er fort: »... das Opfer kannte, von dem Opfer enttäuscht war und sich zu dieser dramatischen Tat gezwungen sah. Der offene Bauch, der tote Fötus, das entnommene Herz sind eine tiefe symbolische Botschaft. Es geht um Enttäuschung, vielleicht durch verschmähte Liebe, vielleicht, um einen Nebenbuhler aus dem Weg zu räumen«, schlussfolgerte Kramer, der sich augenscheinlich von Benders Tadel erholt hatte.

»Der Täter hat tatsächlich eine Nachricht für uns, Kramer hat recht«, nickte Rech.

»Wie meinst du das?«, fragte Schmoll.

Rech stützte seinen Kopf auf die Hände, um dann zu antworten: »Er hat das Herz entnommen und stattdessen ein kleines Papierstück zurückgelassen, mit einer Botschaft.«

»Und die lautet?«, fragte Schmoll.

»Keine Mutter«, antwortete Rech.

## Kapitel 5

Jana hatte kaum ein Auge zugemacht, so sehr hatten sie die Ereignisse des vergangenen Tages im Griff.

Mitten in der Nacht war sie schweißgebadet aufgewacht, weil sie glaubte, ein Rascheln zu hören, als ob sich jemand am Fenster zu schaffen machte. Sofort schaltete sie das Licht ein, aber die Jalousien bewegten sich nicht. Sie schaute auch in den anderen Räumen nach, doch nichts deutete darauf hin, dass ihr jemand nachstellte.

Verstört ging sie ins Schlafzimmer zurück und zog das nassgeschwitzte Pyjamaoberteil aus und ein neues an. Ihre Hände zitterten, an Schlaf war nicht zu denken. Sie zog die Schublade des kleinen Nachttisches auf und nahm eine Schachtel Zigaretten heraus. Die Schachtel war noch ungeöffnet.

»Nein, das kannst du nicht tun«, sagte sie, aber ihre Hände und ihr Körper zitterten zu sehr. Sie brauchte etwas, was sie beruhigte, also öffnete sie die Schachtel. »Nur in der Hand halten«, versuchte sie, ihr schlechtes Gewissen zu beruhigen. Schließlich hatte sie mit dem Rauchen aufgehört, als sie erfahren hatte, dass sie schwanger war.

Allein die Kippe in der Hand zu halten, half ihr, sich zu entspannen. »Verdammt, was ist los mit dir? Es war purer Zufall, dass du die Leiche gefunden hast. Das war keine Botschaft an dich«, ermahnte sie sich, nicht die Nerven zu verlieren. Aber das war leichter gesagt als getan.

»Und dass sie schwanger war, war auch Zufall?«

Jana hielt die Zigarette vor ihre Lippen, noch war sie nicht angezündet. Sie wusste, dass sie diesen Anblick niemals vergessen würde. Der offene Bauch, in dem das tote, ungeborene Baby lag. Es sah aus wie ein richtiges Baby, nicht so, wie man sich einen Fötus vorstellte. Es hatte Augen, Ohren, Lippen, Ärmchen, Beinchen. Es war ein Baby!

Aber das Allerschlimmste: Der Oberkörper des Babys war aufgerissen oder aufgeschnitten, so genau wusste sie das nicht und es war am Ende auch egal. Beides war gleichermaßen grausam. Es war zu viel gewesen, sie hatte sich übergeben und war in Ohnmacht gefallen.

Im selben Augenblick hatte sie geglaubt, jemanden zu sehen, jedenfalls waren ihr rote Turnschuhe in Erinnerung. Doch als sie wieder zu sich gekommen war, war niemand da gewesen.

»Wenn es wirklich der Killer war, hätte er dich ja wohl getötet. So jemand lässt keine Zeugen zurück. Du hast es dir nur eingebildet. Da war nichts«, machte sie sich Mut, aber es half nur wenig. Ihre Hand, ihr ganzer Körper zitterte und sie steckte sich die Zigarette automatisch in den Mund.

»Nicht, tu es nicht. Denk an Niklas«, ermahnte sie sich erneut und fing an zu weinen.

»Ich bin zu schwach, ich hätte nie schwanger werden dürfen. Ich habe dich nicht verdient, Niklas.«

Sie konnte sich einfach nicht beruhigen, der innere Schmerz schüttelte sie, also ging sie in die Küche, zog eine Schublade auf und holte ein Feuerzeug heraus. Sie zündete die Zigarette an und nahm einen Zug. Doch plötzlich musste sie husten, angewidert warf sie die Zigarette auf den Boden.

»Nein!«, schrie sie. »Du wirst stark sein, für Niklas!«

Sie hatte die Kippe aufgehoben und ausgedrückt, dann war sie zurück ins Bett gegangen und hatte das Licht gelöscht in der leisen Hoffnung, doch noch etwas Schlaf zu finden. Leider war ihr dieses Glück nicht beschieden.

Als sie jetzt auf die Uhr schaute, war es 8:07 Uhr und sie war froh, die Nacht hinter sich gebracht zu haben. Also stand sie auf, ging ins Bad, machte sich frisch und zog sich an.

Danach ging sie in die Küche, um sich ein Frühstück zu machen. Ihr Blick fiel auf den Boden, wo noch immer die angesengte Zigarette lag. Angewidert hob sie die Kippe auf und warf sie in den Mülleimer. »Was soll das?« Sie schüttelte verständnislos den Kopf, befüllte den Wasserkocher und starrte kurz ins Leere.

Während das Wasser kochte, schmierte sie sich eine Scheibe Brot. Im selben Moment hörte sie die Klingel, sie zuckte zusammen.

»Bestimmt die Post«, versuchte sie sich zu beruhigen und ging zur Wohnungstür, um sie zu öffnen.

Vor ihr stand ein Mann. »Entschuldigen Sie, können Sie ein Paket annehmen? Ich bin von Hermes«, sagte er.

»Leider nicht, ich bin den Tag außer Haus«, antwortete Jana, obwohl das gelogen war. Sie hasste es einfach, Pakete für andere anzunehmen, zum einen, weil sie Fremden nicht ihre Pakete hinterhertragen wollte, zum anderen, weil sie neidisch war. Sie konnte es sich nicht leisten, sich schöne Dinge über das Internet zu kaufen.

»Danke trotzdem«, antwortete der Mann und warf ihr einen langen, fast prüfenden Blick zu. Jana schaute ihm nach und plötzlich lief es ihr eiskalt den Rücken herunter. Der Mann trug die gleichen Schuhe wie der Killer am Tatort.

Hektisch schloss sie die Tür und lehnte sich keuchend dagegen. »Da war doch jemand«, wisperte sie und spürte, wie sie am ganzen Leib zitterte.

## Kapitel 6

»Irgendwann klatsche ich ihn an die Wand.«

»Wen?«, wollte Aydin wissen.

»Wen wohl? Kramer, diesen arroganten Vollidioten.«

»Na ja, sei mir nicht böse, aber es könnte tatsächlich auch eine Frau gewesen sein.«

»Lass das, ich bin schon gereizt genug. Der Täter war ein Mann, basta.«

Aydin hob abwehrend die Hände. »Was ist los mit dir? Mir ist nicht entgangen, dass du angepisst bist.«

»Mich regt es nur unglaublich auf, dass ich der Einzige bin, der Kramer die Meinung geigt.«

»Das stimmt doch nicht …«

»Natürlich stimmt das«, fiel Brandt ihm ins Wort. »Du hast auch wieder dein Maul nicht aufbekommen, obwohl er dich verbal angegriffen hat. Du bist eine richtige Pussy.«

»Ich habe ihm kontra gegeben«, reagierte Aydin angesäuert. Er blickte aus dem Beifahrerfenster und Brandt wusste im selben Augenblick, dass er zu weit gegangen war. Natürlich tat es ihm leid, was er gesagt hatte, aber irgendwo musste er seinen Frust loswerden und Aydin war nun mal der Einzige in der Nähe.

»Ich glaube dir nicht, dass du nur wegen Kramer so gereizt bist. Der ärgert dich andauernd, du hast doch was anderes«, schien Aydin einen Vorstoß zu wagen.

»Egal«, antwortete Brandt, dabei wollte er sogar gern mit jemandem darüber sprechen, aber sein männlicher Stolz stand ihm im Weg.

»Komm schon. Du wirst dich besser fühlen.«

»Bist du jetzt Hobbypsychologe?«

»Dafür muss man kein Psychologe sein. Du bist leicht zu durchschauen.«

Brandt atmete hörbar aus und schaute ebenfalls kurz aus dem Seitenfenster ihres Dienstfahrzeugs. Die

Straße war belebt, trotz der Kälte. Die Menschen hatten sich in ihre Winterjacken gehüllt und da es trocken und sonnig war, war es nur zu verständlich, dass sie an die frische Luft wollten.

*Der Mensch ist nicht fürs Alleinsein geschaffen und schon gar nicht dafür, in der Wohnung zu versauern,* dachte er.

»Willst du jetzt endlich mit der Sprache rausrücken?«, holte Aydin ihn aus seinen Gedanken.

»Du weißt es«, antwortete Brandt und warf seinem jüngeren Partner einen prüfenden Blick zu.

»Was weiß ich?«

Brandt war nicht sicher, ob Aydin log oder nicht. An sich ging er davon aus, dass sein Freund ihn nicht anlügen würde. Sollte allerdings Nina, Aydins Frau, ihn gebeten haben, nichts zu sagen, würde er bestimmt dichthalten. Auch wenn Aydin immer etwas anderes zu vermitteln suchte, in ihrer Ehe hatte ganz eindeutig Nina die Hosen an. Aydin war einfach zu gutherzig und zu nachgiebig.

»Du wirst es eh erfahren. Es geht um Ylva.«

»Was hast du wieder angestellt?«

»Nichts. Wir haben uns gestern ganz übel gefetzt. Und dann hat sie ihre Sachen gepackt …«

»Du Depp!«, fiel Aydin ihm ins Wort und schüttelte den Kopf. »Ich hoffe, du hast sie angerufen.«

»Warum sollte ich? Ich habe wirklich nichts getan.«

»Wieso glaube ich das nicht.«

»Weil du mich in dieser Sache falsch einschätzt.«

»Erzähl mir lieber deinen Standpunkt, du weißt doch, dass Nina und Ylva sich gut verstehen, sie wird sich bestimmt bei ihr ausheulen.«

Brandt bog links ab. In Gedanken gab er Aydin recht. Natürlich würde Ylva es Nina erzählen und da wäre es klug, wenigstens Aydin auf seiner Seite zu haben.

»Es ist immer das Gleiche mit ihr. Sie macht zu viel Druck.«

»Verstehe, du willst dich nicht binden.«

»Nein, das ist es nicht. Trotzdem muss man doch nichts überstürzen.«

»Gibs endlich zu, du hast Angst, dich auf sie einzulassen, weil du tief in deiner Seele noch immer verletzt bist, dass dich deine Verlobte damals im Regen stehen lassen hat.«

»So ein Schwachsinn«, wurde Brandt laut, aber tief in seinem Herzen wusste er, dass Aydin recht hatte. Nicht nur, dass seine Verlobte einen Tag vor der Hochzeit kalte Füße bekommen hatte, nein, sie war auch noch mit einem sehr guten Freund von ihm durchgebrannt. Bis heute saß der Stachel dieser Enttäuschung tief, sehr tief, weil er nicht verstehen konnte, wie sie ihn derart hatte hintergehen können.

Schweigend bog er in die Rhodiusstraße ab, ihr Ziel.

»Deine wütende Reaktion sagt mir, dass ich recht habe.«

»Du hast nicht recht. Ich habe Ylva nur um etwas mehr Zeit gebeten, weil ich mir nicht im Klaren bin, was ich will. Ich brauche diese Zeit.«

»Das sagst du seit Monaten. Wie lange willst du sie noch hinhalten?«

»Ich will sie gar nicht hinhalten. Nerv mich nicht.« Brandt hielt am Straßenrand bei der Wohnung von Silke Topp an. Bender hatte einen Durchsuchungsbeschluss besorgt und die Dienstfahrzeuge, die ebenfalls hier parkten, zeigten, dass die Kollegen von der Spurensicherung bereits bei der Arbeit waren.

Ein kurzer Blick auf die Klingelanlage und Brandt wusste, dass sie in den zweiten Stock mussten. Die Eingangstür war offen, sie betraten die Wohnung.

»Jungs, denkt bitte daran, euch zu schützen. Safer Sex«, grüßte Rech die beiden und reichte ihnen Einmalhandschuhe und Überzieher für die Schuhe.

»Immer doch«, scherzte Aydin. Brandt nahm die Sachen kommentarlos entgegen.

»Schlecht drauf?«, fragte Rech.

»Nein, alles gut. Nur lange an der Ampel gestanden«, antwortete Brandt, der nun wirklich nicht mit Rech diskutieren wollte.

»Wie auch immer. Bitte passt auf, dass ihr keine Spuren verwischt.«

»Wir doch nicht«, grinste Aydin.

Sie gingen durch den Flur ins Wohnzimmer. Die Wohnung war einfach möbliert, vermutlich hatte ihr Einkommen Silke Topp nichts anderes erlaubt. Aber sie hatte Geschmack, fand Brandt. Alles wirkte sehr sauber und die Abstimmung der Möbel und Accessoires aufeinander ließ eine positive Atmosphäre entstehen. Vor allem die Farben Lila und Silber dominierten.

»Macht nicht den Eindruck, als wäre sie irgendeine dieser Tussis«, bemerkte Brandt und trat an den Wohnzimmerschrank. Er öffnete einige Schubladen, fand aber nichts, was ihm helfen konnte, zu verstehen, warum sie auf so brutale Weise ermordet worden war.

Danach betraten sie das Schlafzimmer, auch hier fanden sie keine bedeutenden Hinweise, also schauten sie sich das kleine Badezimmer an, zuletzt die Küche.

»Sie hat sehr bescheiden gelebt und wenig Privates hinterlassen. Keine Hinweise auf männliche Bekanntschaften.«

»Sie besitzt nicht mal einen Computer oder einen Laptop«, ergänzte Aydin.

»Komisch, laut Fischer hat sie ein Facebook- und ein Instagramprofil, darüber hat sie öfter was gepostet.«

»Das hat doch nichts zu sagen. Viele machen das mit der App über ihr Smartphone.«

»Ich glaube, hier finden wir keine Hinweise. Vielleicht stößt Fischer in den sozialen Medien auf etwas. Ihr Handy werden wir vermutlich nicht orten können. Ich gehe davon aus, dass der Täter es vernichtet hat.«

»Wir haben ja nicht mal die Telefonnummer.«

Brandt nickte. So gesehen hatten sie nicht viel, sie tappten völlig im Dunkeln. Diese Wohnung war absolut untypisch für eine junge Frau, so unpersönlich. Sie war zwar gemütlich, aber wo waren die persönlichen Dinge, die gerade Frauen in ihren Wohnungen hatten? Bilder von der Familie, von Freunden? Nichts! Die Wände waren kahl, in den Schubladen, in denen sie nachgeschaut hatten, war auch nichts.

»Komm, überlassen wir die Arbeit der Spurensicherung.«

»Wo willst du hin?«

»Zu den Nachbarn.« Brandt schüttelte tadelnd den Kopf, was für eine Frage. Manchmal stand Aydin ganz schön auf dem Schlauch.

Im Hausflur drückte er auf die Klingel der Nachbarwohnung, doch niemand reagierte. Insgesamt gab es drei Wohnungen auf der Etage, einschließlich der des Opfers.

»Bestimmt sind die auf der Arbeit«, kommentierte Aydin.

»Gut möglich, aber wir haben ja noch eine Wohnung.« Brandt ging zur nächsten Tür und betätigte die Klingel. Wieder ohne Ergebnis.

Doch gerade, als er sich abwandte, wurde die Tür geöffnet.

»Ja bitte«, hörte er eine Stimme. Als er sich umdrehte, sah er eine junge südländische Frau mit Kopftuch.

»Entschuldigen Sie …«, antwortete Brandt, schaute auf das Namensschild und fuhr dann fort: »… Frau

Celik, wir sind von der Kölner Kriminalpolizei und würden uns gern kurz mit Ihnen unterhalten.«

»Um was geht es denn?«, fragte sie. Sie sprach akzentfreies Deutsch, also war sie allem Anschein nach in Deutschland geboren. Brandt schätzte sie auf Ende zwanzig, was aufgrund des Kopftuches und der vielen Schminke nicht so leicht zu bestimmen war.

»Es geht um Ihre Nachbarin Silke Topp.«

»Was ist mit ihr?« Die Frau wirkte unsicher. Vermutlich wusste sie noch nicht, was geschehen war. »Kann ich Ihre Ausweise sehen?«

»Selbstverständlich. Mein Name ist Lasse Brandt und das ist mein Kollege Emre Aydin.« Beide Beamten reichten ihr ihre Ausweise. Sie warf einen genauen Blick darauf.

»Kommen Sie doch bitte rein«, sagte sie dann.

Sie betraten die Wohnung und sogleich erfüllte ein besonderer Geruch Brandts Nase. Die junge Frau kochte anscheinend etwas. Es roch nach Linsen und orientalischen Gewürzen, jedenfalls sehr appetitlich.

»Wie gut kennen Sie Frau Topp?«, fragte Aydin, während sie ihr ins Wohnzimmer folgten.

»Wie man Nachbarn halt kennt. Wie gut kennen Sie Ihre Nachbarn?«, entgegnete sie und blieb vor dem Couchtisch stehen.

»Aber Sie hatten schon Kontakt zueinander?«

»Ja, ab und an haben wir geredet. Ich habe ihr auch mal geholfen, Lebensmittel hochzutragen, weil die Wohnanlage keinen Fahrstuhl hat und als schwangere Frau muss man ja vorsichtig sein. Was ist denn mit Silke?«

»Sie wurde ermordet«, erwiderte Brandt und sah, dass diese Information überraschend und unerwartet für sie kam. Celik hielt die Hand vor den Mund, sie wirkte deutlich erschrocken.

Natürlich tat es Brandt leid, ihr so eine furchtbare Nachricht mitteilen zu müssen, aber das war ihr Job.

Schlimmer war es, Eltern oder anderen Familienmitgliedern solche Nachrichten zu überbringen.

»Wer tut so etwas Schreckliches? Sie war doch schwanger.« Celik wirkte angeschlagen.

»Genau das wollen wir herausfinden. Wann haben sie Frau Topp das letzte Mal gesehen?«

»Ich glaube, letzte Woche.«

»Glauben Sie das oder wissen Sie es?«, hakte Aydin nach. »Bitte versuchen Sie, sich genau zu erinnern. Das kann sehr wichtig sein.«

Celik antwortete nicht, sie schien nachzudenken, dann sagte sie: »Es war der 10. Januar.«

»Sicher?«

»Ja, ganz sicher. Ich kam gerade vom Friseur.«

Das kurze, unbewusste Grinsen von Aydin entging Brandt nicht, und er glaubte auch zu wissen, warum sein Kollege schmunzelte.

»Worüber haben Sie gesprochen?«, übernahm Brandt wieder die Befragung.

»Über nichts Besonderes. Hallo und so.«

»Wie wirkte Frau Topp auf Sie? Kam sie Ihnen merkwürdig, vielleicht nachdenklich vor? Irgendetwas, was seltsam war?«

»Nein, sie war wie immer. Sie war sowieso eher ruhig. Ich glaube, sie hat gern geraucht.«

»Geraucht? In der Schwangerschaft?«

»Keine Zigaretten, einen Joint. Ab und an wirkte sie so abwesend, als ob sie stoned wäre.«

»Aber Sie wissen es nicht genau?«

»Nein. Man weiß doch, wie die drauf sind, die Drogen nehmen«, entgegnete sie, Brandt wollte diesem Thema jedoch erst einmal nicht zu viel Aufmerksamkeit schenken. Gut möglich, dass Silke Topp einfach nur ein introvertierter Mensch gewesen war. Dass Schwangere Drogen nahmen, war äußerst selten.

»Hat Frau Topp Ihnen etwas von Problemen erzählt? Gab es vielleicht jemanden, der ihr nachstellte?«

»Nein, über so private Dinge haben wir nicht gesprochen. Ich glaube, dass sie von Männern eh die Schnauze voll hatte.«

»Wie meinen Sie das?«

»Na, sie hatte sich vor zwei Monaten von ihrem Exfreund getrennt, wenn ich mich recht erinnere. Ein richtiger Vollspast.«

»Sie kannten ihn?«

»Das nicht, aber er tat ihr nicht gut. Sie haben fast jeden Abend gestritten. Einer dieser Loser, die ihr Hartz IV versaufen und verzocken.«

Brandt wurde hellhörig. Konnte es sein, dass sie eine erste heiße Spur hatten? Mord aus Eifersucht oder wegen verschmähter Liebe war ein sehr starkes Motiv. So bitter es klingen mochte, aber die meisten Morde geschahen im Umfeld des Opfers und nicht selten war der Ehemann oder der Exfreund der Täter. Ein Mensch, von dem man es am wenigsten erwartet hätte.

»Was ist mit den Eltern von Frau Topp?«

»Keine Ahnung. Die habe ich nie bei ihr gesehen. Sie hatte eigentlich nur Männerbesuch, ich glaube, das waren alles Freunde von diesem Exfreund.«

»Wie heißt denn der Exfreund und können Sie ihn uns kurz beschreiben?«

»Er heißt Franz. Seinen Nachnamen kenne ich nicht. Er ist deutlich älter als Silke. Ich glaube, über vierzig. Sie steht auf ältere Männer, hat sie mal gesagt. Er ist groß, größer als Sie, und hat eine Glatze, ist aber nicht so sportlich wie Sie. Er hat einen Bauch wie Ihr Kollege.«

Diesmal schmunzelte Brandt und warf Aydin einen kurzen Blick zu. Der versuchte, sich nichts anmerken zu lassen.

»Wissen Sie, wo wir ihn finden können?«

»Silke meinte immer, dass er in der Spielhalle am Wiener Platz abhängen würde.«

»Danke. Hier ist meine Karte, wenn Ihnen noch etwas einfallen sollte, rufen Sie uns bitte an.« Brandt reichte ihr seine Visitenkarte, dann verabschiedeten sie sich von ihr und verließen die Wohnung, um zu ihrem Wagen zu gehen.

»Glaubst du, es war der Ex?«, fragte Aydin.

»Keine Ahnung. Dafür ist es noch zu früh, aber es wäre nicht das erste Mal, dass ein Mann seine Ex tötet.«

»Auf so brutale Weise? Es würde doch reichen, sie umzubringen, warum die Sache mit dem Baby? Vor allem macht die Botschaft, die der Mörder hinterlassen hat, so gar keinen Sinn.«

»Das mag sein, aber das spricht den Mann nicht frei«, entgegnete Brandt. Sie stiegen ein und Brandt fuhr los.

»Sie hats dir aber ganz schön gegeben«, bemerkte er augenzwinkernd.

»Wer?« Aydin verzog den Mund.

»Na komm, die Anspielung auf deinen Bauch war bestimmt eine kleine Retourkutsche für dein Grinsen.«

»Ich habe nicht gegrinst.«

»Doch, hast du, als sie das mit dem Friseur erzählt hat.«

»Mal ganz ehrlich, wozu geht sie zum Friseur, wenn sie so ein altmodisches Kopftuch trägt? Hast du gesehen, wie stark sie geschminkt war? Dazu die künstlichen Fingernägel und der kurze Rock. Sorry, aber ich mag diese Doppelmoral nicht.«

»Was für eine Doppelmoral?«

»Na, das Kopftuch soll doch signalisieren, dass sie eine fromme und gläubige Frau ist. Aber …«

»Kann sie doch sein. Nur weil sie einen Rock trägt und sich schminkt, bedeutet das nicht, dass sie nicht gläubig sein kann.«

»Du hast echt keine Ahnung. Wenn die gläubig ist, fresse ich einen Besen. Leider sind viele meiner Landsleute so zurückgeblieben und leben nach ihrer Doppelmoral.« Aydin wirkte angefressen. Brandt wusste, dass sein Kollege mit den türkischen Wurzeln sehr modern eingestellt war und auch so lebte.

»Das könnte man dir ebenfalls vorwerfen. Du sagst zwar, dass du Moslem bist, aber du gehst nicht in die Moschee.«

»Na und? Muss man in die Moschee gehen, um zu glauben? Viele Christen gehen nicht in die Kirche und sind trotzdem gute Christen. Und unter uns, ich will gar nicht in die Moschee. Was die Imame dort vom Stapel lassen, ist doch antidemokratisch. Ich kann einfach nicht verstehen, dass unsere Regierung kein Gesetz erlässt, dass nur Imame, die in Deutschland ausgebildet wurden, in den Moscheen lehren und das Gebet verrichten dürfen.«

Brandt nickte. Wie sollte es je ein friedliches, geschweige denn glückliches Zusammenleben geben, solange ausländische Imame Hass in dic Herzen der in Deutschland lebenden Gläubigen pflanzen konnten? Es war noch ein sehr langer Weg, bis eine Annäherung der Glaubensrichtungen Realität werden würde, aber das Thema war zu komplex, als dass Brandt jetzt darüber diskutieren wollte. Jedenfalls war die Schuld nicht nur bei den Moslems zu suchen.

Brandt parkte und sie stiegen aus.

»Wollen wir hoffen, dass das die Spielhalle ist«, sagte Aydin.

»Und dass er auch da ist.«

Sie betraten die Spielhalle und schauten sich kurz um, als ein Angestellter auf sie zukam.

»Guten Tag«, grüßte der Mann. »Kann ich bitte Ihre Ausweise sehen?«

Brandt antwortete nicht sofort, er ließ seinen Blick durch den Raum wandern. Die Halle war überschaubar, der Exfreund von Silke Topp war jedoch nicht zu sehen.

»Guten Tag. Wir sind von der Kriminalpolizei«, sagte er dann und zeigte seinen Dienstausweis. Der Angestellte, den Brandt auf Anfang zwanzig schätzte, schluckte und warf einen flüchtigen Blick auf den Ausweis.

»Der Chef ist nicht da«, sagte er, als hätte er Angst vor unangenehmen Fragen.

»Das interessiert uns nicht. Wir suchen Franz. Er soll hier regelmäßig spielen.«

»Meinen Sie Glatzen-Franz?«, fragte der junge Mann.

»Genau den. Wo ist er?«

»Noch nicht da. Er müsste aber bald reinschneien. Soll ich ihm eine Nachricht hinterlassen?«

»Was heißt bald?«, fragte Aydin.

»Schwer zu sagen.« Der Mann schaute auf seine Uhr. »So in einer Stunde. Aber bei Glatzen-Franz weiß man nie. Vor allem, wenn er in der Kneipe festhängt.«

»Welche Kneipe?«

»Zur Schänke, hundert Meter von hier.«

Kaum hatte er das ausgesprochen, betrat ein Mann die Spielhalle. »Hallo, Jochen«, begrüßte er den Angestellten.

»Hallo, Franz. Gut, dass du da bist. Die Herren von der Polizei wollen mit dir sprechen.«

Franz warf den beiden Beamten einen Blick zu, dann drehte er sich um und lief aus der Spielhalle.

»Verdammt«, rief Brandt und nahm die Verfolgung auf, Aydin sprintete ihm hinterher.

## Kapitel 7

»Das war nur der Paketbote«, ermahnte sie sich immer wieder, aber es half nicht. Sie zitterte auch jetzt noch am ganzen Körper. In der einen Hand hielt sie eine Zigarette, in der anderen ein Feuerzeug. Die Angst in ihr schrie, dass sie endlich diese verdammte Zigarette rauchen sollte.

*Nur eine Zigarette, was kann das schon schaden? Wenn man allein an die Autoabgase denkt. So oder so, du bist immer irgendwelchen Giften ausgesetzt. Rauch die verdammte Kippe!*

Jana schob die Zigarette zwischen ihre Lippen und zündete sie an, dann gönnte sie sich einen sehr tiefen Zug. Sie hielt den Rauch in ihrer Lunge und atmete ihn wieder aus.

*Geil!*

Sofort spürte sie, wie die Nervosität nachließ und das Zittern weniger wurde. Routiniert nahm sie einen zweiten Zug. Ihre Hände waren jetzt vollkommen ruhig, sie hatte richtig gehandelt, fand sie. Es wäre dumm gewesen, weiter nervös zu sein. Wofür? Eine Kippe brachte ihr Kind schon nicht um. Also lehnte sie sich auf der Couch zurück und rauchte die Zigarette weiter. Mit jedem Zug spürte sie, wie sehr sie das Rauchen vermisst hatte. Schon mit zwölf Jahren hatte sie angefangen zu rauchen. Damals hatte sie heimlich die Zigaretten ihrer Mutter gestohlen, es war cool, wenn man rauchte. In der Schule zählte man dann zu den Älteren.

Bei dem Gedanken an die Schule verzog sie den Mund, sie hatte wenig gute Erinnerungen an diese Zeit, sie hatte viele Fehlzeiten gehabt. Zum Glück hatte ihre Mutter das nie sonderlich interessiert – wenn sie denn einmal bei ihrer Mutter gewesen war, so oft, wie sie herumgereicht wurde.

»Kein Wunder, die Alte war ja immer sturzbetrunken«, schnaubte sie. Sie selbst hatte sich fest vorgenommen, eine gute Mutter zu sein. Niklas würde es besser haben als sie. »Auch wenn ich die Schule gehasst habe, ich weiß, dass sie wichtig ist. Ohne Schulbildung verarschen sie dich nur. Aber niemand wird Niklas verarschen. Niemand.«

Als sie auf die Zigarette in ihrer Hand schaute, war sie überrascht, dass sie sie schon zu Ende geraucht hatte.

*Noch eine?*

»Nein! Eine reicht«, ermahnte sie sich und schrak im selben Augenblick auf, weil die Türklingel ertönte. Sofort dachte sie an den Paketboten und die roten Schuhe.

Was, wenn es doch der Killer gewesen war, der sich vergewissern wollte, wo sie wohnte? Jetzt wusste er es und kam zurück, um sie auf die gleiche bestialische Weise zu töten wie diese junge Frau.

Panik stieg in ihr auf. Es klingelte erneut.

*Er wird gehen. Mach einfach die Tür nicht auf*, dachte sie und spürte, wie sich ihre Kehle vor Angst zuschnürte. Aber es klingelte noch drei weitere Male. Wie erstarrt saß sie auf der Couch, gerade aufgerichtet, zu keiner Bewegung fähig. Ihre Finger bohrten sich in das Polster.

Dann klingelte ihr Handy. Es lag neben ihr auf der Couch. Mit zitternden Händen hob sie es hoch und warf einen Blick aufs Display. Erleichtert atmete sie aus und nahm das Gespräch an.

»Hallo, Petra.«

»Hallo, Maus, alles gut?«

»Ja, kannst du kommen?« Jana hoffte, dass Petra nicht heraushörte, dass sie Angst hatte. Sie wollte jetzt nicht alleine sein, sie brauchte Ablenkung und jemanden bei sich, um diese verdammte Angst in den Griff zu kriegen.

Vor einigen Monaten hatte sie im Internet gelesen, dass Angstzustände ein Beweggrund dafür sein konnten, sich von einer Drogensucht zu befreien, und das Rauchen war eine Sucht, das war ihr bewusst. Sie hatte den Artikel mit großem Interesse durchgelesen, weil sie seit jeher ängstlich war und es ihr damals besonders schwergefallen war, mit dem Rauchen aufzuhören, denn es beruhigte sie gleichzeitig und half ihr, die Ängste zu kontrollieren.

»Ich stehe vor der Tür, aber du machst ja nicht auf«, antwortete Petra.

»Oh, verzeih. Ich war im Bad«, log Jana, der das Ganze plötzlich sehr peinlich war. »Warte, ich öffne dir die Tür.«

»Okay.«

Jana beendete das Gespräch, ging rasch ins Bad, wusch sich die Hände und trocknete sie nur oberflächlich ab, damit Petra, wenn sie sie begrüßte, ihre noch leicht feuchten Hände bemerken und ihr glauben würde, dass sie im Bad gewesen war.

Endlich trat sie an die Tür und öffnete sie.

»Hallo, tut mir echt leid, dass du warten musstest«, entschuldigte sie sich und reichte Petra die Hand. Die Freundin erwiderte den Handschlag und umarmte sie, dann trat sie ein.

»Ich hoffe, du konntest gut schlafen nach der ganzen Aufregung von gestern«, sagte Petra, als sie im Wohnzimmer waren.

»Einigermaßen. Möchtest du was trinken?«

»Ein Wasser wäre lieb.«

»Ich hol dir eins. Nimm doch Platz«, antwortete Jana und verschwand in der Küche. Im selben Augenblick erschrak sie: *Die Zigaretten!*

»Hast du geraucht?«, fragte Petra mit vorwurfsvoller Stimme, als Jana mit dem Glas Wasser zurück ins Wohnzimmer kam.

»Nein, nein. Ich brauchte nur etwas, um mich zu beruhigen. Das gestern war nicht leicht.«

»Lüg mich nicht an«, wurde Petra plötzlich laut. »Hat sich diese Zigarette von selbst geraucht?« Sie hielt den Zigarettenstummel in der Hand.

»Ich habe sie wirklich nicht geraucht, nur angezündet. Ehrlich«, versuchte Jana der unangenehmen Situation zu entgehen und ohrfeigte sich in Gedanken. Sie war eine erwachsene Frau und konnte eigenständig entscheiden, ob sie rauchte oder nicht.

Doch sie war zu feige, um Petra die Wahrheit zu sagen. Petra verkörperte all das, was sie sich für sich selbst manchmal wünschte. Sie war selbstbewusst und direkt, sie hatte ihr Leben im Griff, was man von Jana nicht behaupten konnte. Aber sie war auch herrisch und rechthaberisch, was Jana gar nicht mochte.

»Du lügst«, blieb Petra unnachgiebig, stand auf und trat vor Jana. »Hauch mich mal an.«

Jana schluckte, sie traute sich nicht zu atmen, dann schaute sie zu Boden und konnte nicht anders. Sie fing an zu weinen.

»Weinen macht es nicht besser. Verdammt, was habe ich dir gesagt? Ein Kind zu bekommen, bedeutet, Verantwortung zu tragen. Alles, was du machst, hat direkte Auswirkungen auf Niklas. Er kann sich gegen deine Dummheit nicht wehren. Willst du, dass dein Kind behindert zur Welt kommt? Hast du mir denn nie zugehört? Ich habe dir ganz genau erzählt, dass die Gebärmutter durch das Rauchen weniger gut durchblutet wird«, redete sich Petra in Rage. Jana blieb nur die Rolle der unterwürfigen Zuhörerin. »Das Ungeborene wird nicht nur schlechter mit Sauerstoff und Nährstoffen versorgt, das Nikotin gelangt auch direkt in den Blutkreislauf des Babys. Das kann dazu führen, dass es mit geistigen Behinderungen zur Welt kommt. Ist es dir so egal, was aus Niklas wird? Willst du so eine Rabenmutter sein wie deine Mutter?«

»Nein, verdammt! Nein!«, wurde Jana nun ebenfalls laut. Der Gedanke, dass sie wie ihre Mutter sein könnte, hatte ihre devote Barriere durchbrochen. Sie hasste ihre Mutter und sie wollte nicht, dass Niklas sie hasste. Schließlich bedeutete er ihr alles und nur für ihn nahm sie all diese Strapazen auf sich.

Was wusste Petra schon? Sie hatte nie geraucht, wie konnte sie da verstehen, wie schwer es war, damit aufzuhören. Sie hatte kein kaputtes Elternhaus gehabt und auch kein so schwieriges Leben wie sie. Petra wusste nichts, sie kam aus der guten Mittelschicht. Jana hingegen stammte aus der untersten Unterschicht.

»Und warum tust du dann so etwas Dummes?« Petras Stimme wurde wieder sanfter.

»Ich weiß es doch auch nicht. Das ist gerade alles etwas zu viel für mich. Es tut mir leid.«

Petra schaute sie stumm an, schließlich nahm sie Jana in die Arme. Petra war größer und weitaus kräftiger gebaut als sie. Fast kam es Jana vor, als würde sie in ihrer Umarmung verschwinden.

»Du musst dich nicht bei mir entschuldigen. Entschuldige dich bei Niklas. Ich mache das hier nicht, um dich zu ärgern, sondern weil ich dich mag und weil ich will, dass Niklas gesund auf die Welt kommt. Versprich mir, dass du nie wieder so eine Dummheit begehen wirst.«

»Ja«, schluchzte Jana und Petra löste die Umarmung.

»Ich nehm dir mal das Glas ab«, sagte sie lächelnd. Jana hatte das Glas die ganze Zeit in der Hand gehalten. Petra nahm es und gönnte sich einen großen Schluck. Dann setzte sie sich auf die Couch, stellte das Glas auf den Tisch, griff nach der Schachtel Zigaretten und steckte sie in ihre Tasche.

»Was?«, rutschte es Jana heraus, aber sofort bereute sie, dass sie es überhaupt gewagt hatte, etwas zu sagen.

»Ich werde sie vernichten, damit du nicht auf dumme Gedanken kommst«, erklärte Petra. Jana wagte nicht zu widersprechen. In solchen Momenten wünschte sie sich, wie sie zu sein.

Petra ließ sich nicht von anderen herumschubsen. Sie selbst dagegen wurde schon ein Leben lang herumgeschubst, von ihrer Mutter, ihren Exfreunden, dem Staat und der Gesellschaft. Es war ihr Schicksal, eine Verliererin zu sein, bis Petra in ihr Leben getreten war. Petra hatte ihr die Hoffnung gegeben, dass auch ihr Leben nicht verloren war und dass sich der Kampf lohnen würde, weil Niklas damit die Aussicht auf ein besseres Leben hätte.

Trotzdem fiel es ihr schwer, zu verbergen, dass sie es nicht gut fand, dass Petra ihr wie selbstverständlich die Schachtel Zigaretten abnahm. Sie lächelte zwar, doch es war verkrampft.

»Der Mord war heute Titelthema im Express.«

Jana nickte schweigend. Sie wollte den Mord, den Anblick der Leiche im Wald einfach nur vergessen. Warum musste Petra das jetzt ansprechen? War sie wirklich so taktlos oder wollte sie ihr damit eins verpassen?

»Du hast mir gar nicht erzählt, dass dem Ungeborenen das Herz herausgeschnitten wurde.« Ein leichter Vorwurf lag in ihrer Stimme.

»Das Herz?« Jana erschrak und hielt sich die Hand vor den Mund. Sie hatte das Ungeborene zwar gesehen, aber nicht, dass man ihm das Herz herausgeschnitten hatte.

»Tu doch nicht so, du hast es doch selbst gesehen. Was hast du in dem Moment gedacht?«

»Nichts, ich bin ohnmächtig geworden.« Jana wollte nicht darüber sprechen, warum musste Petra so nachbohren?

*Weil sie eine neugierige Schnepfe ist! Ihr Leben ist nämlich langweilig und spießig!*

»Nichts? Du weißt, dass genauso gut du das hättest sein können. Die Tote war nicht nur im siebten Monat schwanger wie du, sie hat auch fast den gleichen Lebenslauf.«

## Kapitel 8

»Was soll das hier werden?«, schimpfte Franz Tack, als Brandt und Aydin den Raum betraten.

»Die einzigen, die hier Fragen stellen, sind wir. Wenn Sie sich noch immer nicht beruhigt haben, werden wir dafür sorgen, dass Sie die Nacht in der JVA verbringen, bis Sie gesprächsbereit sind.«

»Das dürfen Sie doch gar nicht«, schimpfte Tack, aber Brandt hörte an seiner Stimme, dass er weniger aggressiv war als noch eben. »Was wird mir vorgeworfen?«

»Gar nichts. Wir möchten uns nur kurz mit Ihnen unterhalten«, antwortete Aydin. Beide Beamten nahmen Tack gegenüber Platz. Nur ein schlichter grauer Tisch trennte sie.

»Warum sind Sie weggelaufen?«

Tack grinste und machte die Augen schmal.

»Keine Ahnung, normalerweise bedeutet es nichts Gutes, wenn Bullen auftauchen.«

»Und deswegen rennt man gleich weg?« Brandt glaubte ihm nicht. Zum Glück hatte die Verfolgung schnell geendet. Tacks Kondition war alles andere als gut, was vermutlich mangelnder Bewegung, seinem Übergewicht und dem Alkohol geschuldet war. Tack war stark alkoholisiert.

»Das war ein Reflex. Ich bin unschuldig. Wer auch immer Ihnen da was erzählt hat, lügt.«

Spielte Tack ihnen nur etwas vor oder war er tatsächlich ahnungslos? Brandt war unschlüssig, wollte sich aber Klarheit verschaffen.

»Wann haben Sie Ihre Exfreundin das letzte Mal gesehen?«

Tack schaute Brandt an, er wirkte irritiert, dann holte er Luft und richtete sich auf. »Was will die Schlampe von mir? Ich bin fertig mit ihr. Wenn sie glaubt, sie könnte mir diesen Bastard unterjubeln, hat sie sich geschnitten. Von mir ist das Kind mit Sicherheit nicht.«

»Können Sie sich bitte in Ihrem Ton mäßigen?«, bat Aydin, noch immer bemüht, freundlich zu sein, dabei wusste Brandt, dass man Männern wie Tack mit Härte und Entschlossenheit begegnen musste, sonst würden sie nicht spuren.

»Ihre Exfreundin Silke Topp wurde ermordet. Ihre Leiche wurde in einem Waldgebiet nahe dem Vingster See gefunden«, sagte Brandt.

»Sagen Sie bloß, sie ist die Tote aus dem Express?«

Brandt ließ Tack nicht aus den Augen. Er wirkte gefasst, deutlich gefasster als jemand, der gerade erfuhr, dass seine Exfreundin ermordet worden war und ihr ungeborenes Baby tot. Konnte Tack wirklich so herzlos sein? Oder schauspielerte er nur gut, um etwas zu vertuschen?

»Wo waren Sie zwischen dem 14. und dem 15. Januar?«, fragte Brandt. Er ging auf Tacks Frage absichtlich nicht ein, der Mann sollte begreifen, wer hier die Fragen stellte und wer das Gespräch führte.

»Wieso? Glauben Sie etwa, dass ich sie abgeschlachtet habe? Sie spinnen«, schimpfte Tack und zog die Nase hoch.

»Beantworten Sie nur die Frage.«

»Ich war zu Hause.«

»Haben Sie Zeugen, die das bestätigen können?«

»Das Spiel mache ich nicht mit. Ich bin nicht der Sündenbock. Silke und ich hatten Probleme, ja. Aber wir haben uns getrennt. Damit war sie für mich gestorben, dieses Junkieweib. Fragen Sie doch einen ihrer Dealer oder ihrer Freier. Miststück.«

»Wir wissen, dass Sie und Frau Topp oft Streit hatten und dass Sie zu aggressivem Verhalten neigen.«

»Und das macht mich gleich zu einem Mörder?«, fluchte Tack.

Brandt war diese Reaktion nur recht, sollte er sich doch aufregen. In solch emotionaler Aufgewühltheit konnte es leicht passieren, dass er sich verplapperte, dass ihm etwas herausrutschte, was er sonst nicht gesagt hätte.

»Wo waren Sie zwischen dem 14. und dem 15. Januar?«, wiederholte er seine Frage.

»Ich bin betrunken, aber nicht blöd. Ich sagte doch, dass ich zu Hause war.« Tack atmete in Brandts Richtung und fast schien es Brandt, als würde die Alkoholfahne ihn entrüstet auffordern, ihren Wirt bitte in Ruhe zu lassen.

»Haben Sie dafür einen Zeugen?«

»Nein, habe ich nicht.«

»Was ist mit Ihrer Hand?«

»Was soll damit sein?« Tack legte die rechte Hand unter den Tisch, als könnte er dadurch etwas verbergen.

»Wo haben Sie sich verletzt?« Ein Verband lag um seine Hand, das war Brandt gleich aufgefallen.

»Das war ein Unfall letzte Woche auf Arbeit.«

»Sie arbeiten?«, rutschte es Brandt heraus.

»Ja, ich arbeite. Ich bin nicht jeden Tag betrunken. Heute habe ich getrunken, weil ich frei habe.«

»Wo arbeiten Sie?«

»Da, wo Arbeit anfällt. Auf dem Bau.«

»Hat jemand den Arbeitsunfall gesehen?«

»Ja, warum sollte ich lügen? Sie können gern beim Handwerksbetrieb Scholz fragen. Für die arbeite ich ab und an.«

»Das werden wir, seien Sie unbesorgt.«

»Kann ich jetzt gehen?«

»Zunächst müssen wir Ihre Angaben überprüfen. Wo genau hat der Betrieb seinen Sitz?«

»In Mülheim. Googeln Sie doch.«

»Aydin, kannst du die Firma bitte kurz anrufen?«

»Mach ich«, antwortete Aydin und verließ den Raum.

Brandt hatte das nicht ohne Hintergedanken gefordert, jetzt würde er Tack etwas härter anfassen können. Aydin war in dieser Hinsicht viel zu weich, fand er, und hielt sich zu streng an die Regeln. Ab und an musste man sich in einer Grauzone bewegen, wenn es der Wahrheit diente, so sah Brandt das jedenfalls.

»Jetzt hören Sie mir mal genau zu. Frau Topp wurde auf bestialische Weise ermordet, ihr Bauch wurde aufgeschnitten und ihrem ungeborenen Baby wurde das Herz entfernt. Wenn der Betrieb Ihnen kein Alibi geben kann, werden wir Sie hierbehalten. In Ihrem eigenen Interesse rate ich Ihnen daher, sich kooperativ zu zeigen.«

»Ich habe sie nicht umgebracht. Ja, wir haben uns nicht mehr gut verstanden, aber nur, weil sie eine falsche Schlange war. Sie hat mir erzählt, sie wäre clean. Von wegen! Ich habe sie beim Drogenkaufen erwischt und Freunde haben mir erzählt, dass sie dafür anschaffen geht. Was soll ich mit so einer Frau? Ich bin mit Sicherheit kein Engel, ich trinke gern mal einen über den Durst und manchmal rutscht mir auch die Hand aus, aber ich bin kein Mörder.«

»Von welchem Dealer hat sie ihren Stoff bekommen?« Brandt interessierte das Gejammer nicht, er war geneigt, ihm zu glauben, auch wenn sein Bauchgefühl ihm sagte, dass Tack einer dieser Männer war, die notorisch logen und alles erzählen würden, um ihren Kopf aus der Schlinge zu ziehen.

»Das weiß ich nicht.«

»In Ihrem eigenen Interesse rate ich Ihnen, mir den Namen zu sagen. Ansonsten verspreche ich Ihnen, dass wir Sie als dringend tatverdächtig in Haft nehmen werden.«

»Das können Sie nicht …«

»Lassen Sie es darauf ankommen. Gut möglich, dass mein Kollege sagen wird, dass er den Betrieb nicht erreichen konnte«, bemerkte Brandt ruhig. Natürlich wusste er, dass Aydin nicht lügen würde, aber Tack wusste das nicht.

»Die Polizei, dein Freund und Helfer, dass ich nicht lache«, motzte Tack und zog wieder die Nase hoch. »Diese Männer sind gefährlich.«

»Wie heißt der Dealer?«

Tack schien zu überlegen, dann sagte er: »Ali Shamsin.«

»Und wo finden wir ihn?«

»Der verkauft am Ebertplatz seinen Stoff.«

Ob Shamsin wirklich eine Spur war und ob er helfen könnte, dem Mörder näher zu kommen, oder ob er einfach nur ein Dealer war, war zu diesem Zeitpunkt schwer zu sagen. Bisher hatten sie jedoch keine anderen Anhaltspunkte, also mussten sie jeder Spur nachgehen. In solchen Momenten wurde Brandt bewusst, wie mühselig Ermittlungsarbeit war.

Ehe er etwas sagen konnte, betrat Aydin wieder den Raum.

»Er hat recht. Es war ein Arbeitsunfall«, sagte er.

»Gut. Sie können gehen.«

Tack schaute irritiert, stand dann aber auf. Bevor er den Raum verließ, ergänzte er: »Gut möglich, dass sich Silke mit den falschen Leuten angelegt hat. Ali lässt sich nicht gern verarschen. Der Mord könnte eine Warnung sein.«

»Fühlen Sie sich nicht zu sicher. Noch haben Sie kein Alibi für die Tatnacht. Wir werden Sie weiterhin beobachten«, antwortete Brandt, obgleich er wusste, dass es verdammt schwer werden würde, Tack etwas anzuhängen. Allein die Tatsache, dass er in der Tatnacht alleine zu Hause gewesen war, reichte nicht aus, um ihn zu verhaften. Aber es reichte auch nicht, um ihn von jedem Vorwurf freizusprechen.

»Wer ist dieser Shamsin?«, fragte Aydin, als Tack den Raum verlassen hatte.

»Der Dealer von Silke Topp. Wenn ihr Exfreund nicht gelogen hat, hat sie nicht nur Joints geraucht, sondern harte Drogen konsumiert. Wir müssen Rech fragen, ob man Drogenspuren bei ihr finden konnte, und Fischer bitten, ein bisschen in der Vergangenheit der Toten zu forschen.«

Sie standen auf und verließen den Raum, kurz darauf standen sie in Fischers Büro.

»Hallo, Jungs. Was führt euch zu mir?«

»Eine kleine Rechercheanfrage.«

»Hoffentlich hat es etwas mit dem Fall zu tun. Ich hab deswegen schon Land unter. Ein Auftrag außer der Reihe wird schwer.«

»Keine Angst, es geht um die laufenden Ermittlungen. Der Exfreund von Silke Topp behauptet, dass sie harte Drogen konsumiert hat. Kannst du das bitte überprüfen? Sie wird doch wegen der Schwangerschaft beim Arzt gewesen sein, vielleicht findest du da was. Und wir brauchen Informationen über einen Ali Shamsin. Er vertickt Drogen am Ebertplatz. Gibt es schon Infos bezüglich ihrer Handynummer?«

»Wir haben ihre Handynummer, aber sie ist nicht erreichbar. Gut möglich, dass der Täter das Handy vernichtet hat. Ich habe vom Provider einen Verbindungsnachweis angefordert, aber da müsst ihr euch noch gedulden. Um das andere kümmere ich mich auch, bitte gebt mir etwas Zeit.«

Brandt lachte. »Die gute Zeit. Ich wünschte, ich hätte eine Tüte voll Zeit, dann würde ich dir was davon schenken. Du schaffst das schon.« Er klopfte ihm auf die Schulter und beide Beamten verabschiedeten sich.

Ihre nächste Anlaufstelle war Rech, doch der war nicht da.

»Wir rufen ihn während der Fahrt an«, sagte Brandt und Aydin nickte. Sie gingen zum Parkhaus und fuhren los, wie immer saß Brandt hinter dem Steuer. »Ruf mal bitte Fischer an. Er soll auch Informationen über den Exfreund der Toten besorgen.« Das hatte er bei ihrem Besuch ganz vergessen.

»Mach ich«, sagte Aydin und rief Fischer an, während Brandt den Dienstwagen Richtung Ebertplatz lenkte. Anschließend rief Aydin Rech an, konnte ihn aber nicht erreichen.

Brandt schaute nachdenklich auf die vor ihm fahrenden Autos. Der Ebertplatz war in letzter Zeit in Verruf geraten, weil er vor allem als Drogenumschlagplatz genutzt wurde. Nachts trauten sich die wenigstens dorthin, doch die Stadt hatte das Problem inzwischen angepackt und dank einer Umgestaltung schien sich die Lage wieder zu beruhigen.

Ob sie Shamsin dort wirklich antreffen würden, war nicht sicher, aber die Wahrscheinlichkeit war groß. So wie Brandt die Drogenszene kannte, hatten die Dealer meistens ein paar Plätze, an denen sie regelmäßig ihren Stoff verkauften.

Brandt folgte der Inneren Kanalstraße und sein Blick wanderte nach rechts zum Kölner Zoo. Daneben lagen die Flora und der Botanische Garten, den Brandt erst vor einer Woche mit Ylva besucht hatte.

Plötzlich kam die Erinnerung an diesen schönen Moment wieder hoch und er fragte sich, ob er bei ihrem Streit nicht doch überreagiert hatte, ob er sie nicht anrufen sollte, um sich zu entschuldigen. Denn genau darauf wartete sie bestimmt, oder?

Es war nicht leicht für ihn, über seinen Schatten zu springen.

»Woran denkst du?«, holte ihn Aydin aus seinen Gedanken.

»An nichts«, antwortete Brandt und wischte die Erinnerung an Ylva schnell beiseite. Er hatte Wichtigeres zu tun, als sich über seine Gefühle klar zu werden.

»Sah mir nicht so aus.«

Brandt lächelte verkrampft, er wollte das Thema nicht anschneiden, weil er wusste, wie die Diskussion enden würde. Aydin würde ihm Vorwürfe machen, er würde blockieren und seinen besten Freund beleidigen, woraufhin dieser wie so oft einschnappen würde. So etwas konnte er gerade nicht gebrauchen, sie mussten einen brutalen Mörder schnappen und bis dahin mussten sich Ylva und seine Gefühle zu ihr gedulden.

Wenige Minuten später parkte Brandt den Wagen am Ebertplatz und beide stiegen aus.

»Wie finden wir ihn?«, fragte Aydin.

»Ein Südländer, der Drogen vertickt, ist mit Sicherheit nicht so schwer zu finden. Aber erzähl bloß nicht, dass du von der Polizei bist. Erst wenn wir Ali Shamsin eindeutig identifiziert haben.«

»Du hältst mich echt für reichlich naiv. Trotzdem danke für den freundlichen Hinweis.«

Brandt lachte. »Wenn es jemandem rausrutschen würde, dann dir. Du bist selbst für die Polizei zu ehrlich.«

»Witzig.« Aydin schmunzelte und Brandt wusste, dass er seine Worte nicht als Angriff auf seine Kompetenz empfand. Das wäre auch niemals seine Absicht gewesen, dafür schätzte er ihn als Partner viel zu sehr.

Sie schauten sich auf dem Platz um, sahen aber keine Person, die ein libanesischer Dealer hätte sein können.

»Hoffentlich kann Fischer seine Anschrift ermitteln, dann sollten wir dort unser Glück versuchen.«

Brandt nickte, wollte sich aber noch nicht geschlagen geben. In einer Ecke an der U-Bahnhaltestelle hatten es sich drei Obdachlose gemütlich gemacht, Brandt ging zu ihnen.

»Hallo«, grüßte er in die Runde.

»Hallo. Hast du eine Kippe?«, fragte einer von ihnen. Er war groß, korpulent und etwa Ende fünfzig.

»Leider nicht, aber ich kann Ihnen zehn Euro geben, das sollte reichen, oder?« Brandt holte einen Zehneuroschein heraus und wedelte kurz damit.

»Wen soll ich dafür umbringen?«, fragte der Mann und seine Freunde lachten dröhnend, nur Brandt und Aydin zeigten keine Regung.

»Ich suche jemanden.«

»Du suchst jemanden? Bist du ein Bulle?«, wollte ein zweiter wissen. Er war klein, sehr jung und sah eher wie ein Punker und nicht wie ein Obdachloser aus.

Viele sahen keinen Unterschied zwischen Punkern auf der Straße und Obdachlosen, aber ein Punker hatte Brandt vor einiger Zeit über das Gegenteil aufgeklärt: Punker zu sein, bedeutete, ein politisches Zeichen gegen das Establishment zu setzen. Brandt hatte die Argumentation zwar nicht nachvollziehen können, da es seiner Meinung nach bessere Möglichkeiten gab, sich gegen das politische Establishment zu stellen, als auf der Straße zu leben, aber er hatte damals keine Lust gehabt, mit dem jungen Mann zu diskutieren. Sollte doch jeder leben, wie er wollte, solange er sich an die Gesetze hielt, die galten nämlich für alle, auch für die, die gegen die Regierung rebellierten.

»Wir sind nicht von der Polizei, wir wollen nur etwas Abwechslung«, antwortete Aydin.

»Abwechslung? Seid ihr schwul?«

»Nein, wir brauchen ein bisschen Stoff. Wir kommen aus Hamburg und wollten etwas feiern, wenn ihr versteht«, erklärte nun Brandt.

»Das habe ich mir schon fast gedacht, Jungs«, antwortete nun der Dritte. Sein norddeutscher Akzent war nicht zu überhören. »Einen Hamburger Jung höre ich doch immer raus.«

»Sie kommen auch aus Hamburg?«

»Ich habe lange in St. Pauli gelebt, als ich noch zur See fuhr, aber Seeleute werden schon lange nicht mehr gebraucht.« Wehmut schwang in seiner Stimme mit und Brandt nahm sich die Zeit, den Mann etwas eingehender zu betrachten. Er war groß, schlank und wirkte gut in Form. Er hatte sehr gepflegte Zähne und strahlend blaue Augen. Genau genommen passte er so gar nicht zu den beiden anderen und Brandt bekam Mitleid mit ihm, da er sich ausmalen konnte, dass ein schlimmes Schicksal ihm das Leben auf der Straße beschert hatte.

»Und wisst ihr, wo wir Stoff bekommen können?«, fragte er.

»Geht ins Hotel und lasst diesen Schiet. Hört auf mich. Drogen sind Dämonen, die euch in ein Loch ziehen, ein sehr tiefes, schwarzes Loch, aus dem ihr nicht mehr rauskommt.«

»Danke für die Warnung, aber wir haben das sehr gut im Griff. Nur ein halbes Gramm, mehr wollen wir nicht«, entgegnete Brandt. Wahrscheinlich hatten Drogen den Mann in seine aussichtslose Lage gebracht, aus der er nicht mehr herauskam.

»Dann geht doch mal rüber in den kleinen Park, da ist so ein Araber. Aber ihr solltet euch das gut überlegen.«

»Wie heißt der Araber?«

»Ali.«

Brandt reichte dem Dicken den Zehneuroschein, danach gingen sie in Richtung Park. Brandt hörte noch, wie der Punker sagte: »Der Blonde war echt arrogant, der glaubt, was Besseres zu sein, dieses Opfer.«

»Opfer«, lachte Aydin, der das augenscheinlich auch gehört hatte.

Brandt verdrehte die Augen. Was hätte er darauf antworten sollen?

Sie suchten den Park nach Ali ab, so unauffällig wie möglich, da entdeckten sie einen jungen Südländer, der gut Ali hätte sein können.

Langsam näherten sie sich der Person. »Hallo«, grüßte Brandt, als sie neben ihm standen, dabei schaute er sich auffällig unauffällig um, schließlich sollte es so wirken, als wäre er ein Konsument und die waren immer angespannt, wenn sie Drogen kauften.

»Hallo. Was geht?«, fragte der junge Mann.

»Wir laufen ein bisschen rum. Und bei dir?«

»Ich auch, ist zwar etwas kalt, aber was willst du machen. Winter eben.« Der Mann schmunzelte und rieb sich dabei zum Wärmen die Hände. Sein Deutsch hatte einen starken Akzent, vermutlich war er noch nicht lange im Land.

»So ist es, bei der Kälte ist jede Abwechslung willkommen.«

»Ihr sucht also nach Abwechslung?«

»Ja, ein Freund meinte, wir sollten deshalb hierher kommen«, sagte Aydin.

»Ein Freund?«, fragte der junge Mann. Brandt sah ihm an, dass er skeptisch war und schon fast eine Fluchthaltung eingenommen hatte.

»Wir sollen uns an Ali wenden, der könnte uns helfen, hat er gesagt.«

Der junge Mann schaute zuerst Aydin, dann Brandt an. Er wirkte unentschlossen, aber Brandt sah das Funkeln in seinen Augen, das darauf schließen ließ, dass er ein Geschäft witterte.

»Und wer soll dieser Freund sein?«

»Michael. Wir arbeiten für dasselbe Unternehmen. Normalerweise besorgt er uns immer was, aber leider ist er krank.« Der Name war ein Schuss ins Blaue, doch die Wahrscheinlichkeit, dass einer der Kunden Michael hieß, war recht groß, schließlich war es ein sehr geläufiger Name.

»Michael. So ein großer Schlipsträger?«

»Genau. Blond.«

»Guter Mann. Was braucht ihr denn?«

»Bist du denn Ali?«

»Ist es wichtig, wer ich bin?«

»Ja, wir wollen halt keinen gepanschten Scheiß. Nur Ali verkauft gutes Zeug.«

Der junge Mann grinste breit und jetzt wusste Brandt, dass er angebissen hatte.

»Ich bin Ali und wie euer Freund sagt, ich verkaufe nur gutes Zeug, nicht wie diese Neger, die alles strecken.«

Brandt nahm hundert Euro aus seiner Geldbörse. »Aber wirklich gutes Zeug.«

»Klar doch, Bruder.« Alis Grinsen wollte gar nicht aufhören, er steckte die Hand in seine Jackentasche und holte eine kleine Tüte heraus. »Das macht eigentlich einhundertfünfzig, aber heute bin ich spendabel.«

Ohne zu zögern packte Brandt den Dealer, der gut einen Kopf kleiner war als er.

»Was soll das?«, wurde Ali laut.

»Ganz ruhig. Wir sind von der Kriminalpolizei Köln. Dieser Stoff reicht, um dich nicht nur zu verhaften, sondern für eine ganze Weile ins Gefängnis zu bringen.« Reflexartig warf Ali das Tütchen weg.

»Sie Depp. Glauben Sie, das ändert etwas daran? Wir können das Ganze auch anders lösen.« Brandt lockerte seinen Griff, er war absichtlich zum Sie übergegangen, da er ihre Tarnung hatte auffliegen lassen, somit gab es keinen Grund mehr, den Dealer zu duzen.

»Wie anders?«, fragte Ali.

»Wir wissen, dass sich eine junge Frau mit dem Namen Silke Topp bei Ihnen Drogen besorgt hat.«

»Meinen Sie die Fixerin?«

Brandt war insgeheim überrascht über diese Bezeichnung, er hatte angenommen, dass Silke Topp Ecstasy oder Haschisch konsumiert hatte. War sie wirklich heroinabhängig gewesen? Jetzt war er noch gespannter, was die Rechtsmedizin dazu sagen würde. Heroin war sehr lange im Körper nachweisbar, im Haar sogar Monate später.

»Wann haben Sie ihr zuletzt Drogen verkauft?«

»Was soll das werden? Wollen Sie mir eine Falle stellen?«

»Wenn Sie nicht mit aufs Präsidium kommen wollen, sollten Sie meine Fragen beantworten«, wurde Brandt deutlich.

»Ich weiß es nicht.«

»Dann denken Sie nach.«

Ali verdrehte die Augen, schien jedoch tatsächlich zu überlegen. »Ich glaub, vor ein paar Tagen. Aber ganz ehrlich, ich habe ihr da schon gesagt, dass es das letzte Mal ist. Sie muss doch an ihr Kind denken.«

Ein Dealer mit Gewissen, das nahm Brandt dem jungen Mann nicht ab, dafür war er zu offensichtlich mit allen Wassern gewaschen und zu sehr auf Profit aus. Trotzdem war die Information vielleicht von Nutzen. Dass Ali etwas mit dem Mord zu tun haben könnte, konnte sich Brandt nicht vorstellen. Ali wirkte nicht wie ein Mörder. Aber sein Beruf hatte ihn gelehrt, sich nicht vom Äußeren eines Menschen täuschen zu lassen.

»Hatte sie Schulden bei Ihnen?«, fragte Brandt, da dies die einzige Möglichkeit war, die Ali ein Motiv für so eine schreckliche Tat gegeben hätte, wobei in dem Falle sicher eher die Hintermänner, für die Ali arbeitete, wahrscheinlich seine libanesische Großfamilie, für den Mord verantwortlich wären. Jeder wusste, wie brutal diese Familien waren, wenn es darum ging, ihr Revier zu verteidigen.

Vielleicht war der abartige Mord eine Mahnung an alle, die glaubten, nicht zahlen zu müssen, vielleicht war er eine Nachricht an die Konkurrenz.

»Die ist doch anschaffen gegangen für den Stoff. Bei mir gibt es nur Vorkasse«, antwortete Ali. »Aber ihr nehmt das hier jetzt nicht auf oder so?«

»Nein, beruhigen Sie sich«, erwiderte Aydin und Brandt beschloss, das Gespräch zu beenden. Die Spur führte ins Nichts.

»Kennen Sie einen Franz Tack?«, fragte er dennoch. Schließlich blieb ihnen jetzt nur der Exfreund als potenzieller Täter.

»Meinen Sie den durchgeknallten Exfreund, diesen Choleriker mit der Glatze?«

»Genau den«, antwortete Aydin.

»Ein schlechter Mensch, der hat den Stoff damals für sie gekauft. Miese Type, aber Silke war abhängig von ihm, hat sie mir einmal gesagt. Sie kam nicht von ihm los. Sie hat auch für ihn angeschafft.«

»Wie bitte? Ich dachte, die beiden wären getrennt?«, hakte Brandt nach, Ali hatte plötzlich wieder seine volle Aufmerksamkeit. Wie es schien, hatte Tack gelogen. Konnte es sein, dass er die Tote mit Drogen gefügig gemacht hatte, um sie dann für sich anschaffen zu lassen?

»Hey, so gut kenne ich die beiden nicht«, Ali hob abwehrend die Schultern. »Ich weiß nur, dass sie mit dem Baby ihr Leben ändern wollte. Das hat sie jedenfalls immer behauptet, trotzdem kam sie nach einigen Wochen wieder, um sich einen Schuss zu holen. Heroin ist echt übel, das fickt deinen Kopf.«

Die Situation wurde geradezu skurril. Da verteufelte der Dealer Heroin, obwohl er derjenige war, der dafür sorgte, dass Süchtige wie Silke Topp immer an ihren Stoff kamen. Aber vermutlich hatte Ali auch dafür eine Ausrede: Wenn nicht er, würde jemand anderer ihr die Drogen verkaufen.

Nach Alis Bemerkung würden sie den Exfreund also erneut aufsuchen müssen, da es nun doch einen Beweggrund gab, warum er die junge Frau getötet haben könnte. Rache war ein starkes Motiv. Und dass er das Baby gleich mitgetötet hatte, konnte daran liegen, dass es wirklich nicht von ihm war. Vielleicht war es das Kind eines Freiers.

»Was ist denn nun mit ihr? Hat sie sich den goldenen Schuss gesetzt? Ist wohl besser für das Kind. Sie hat sich so oft bei mir ausgeheult, dabei bin ich doch für so was der komplett falsche Ansprechpartner.«

»Sie wurde ermordet«, antwortete Aydin, ihm war die Abscheu angesichts von Alis Worten deutlich anzusehen. Brandt hingegen nahm die Bemerkung ohne Gefühlsregung hin, Menschen wie Ali konnte er nicht ernst nehmen.

Der Dealer schluckte, wirkte jedoch nicht überrascht. »Echt schade für das Baby. Es kann nichts dafür, dass sie drogensüchtig ist.«

»Am Ende war sie eine Mutter. Und sie hat jede Chance auf ein gutes Leben verdient. Die Drogen mochten sie im Griff haben, aber sie hat sich nicht das Leben genommen oder abgetrieben, sondern sich für das Kind entschieden, das verdient Respekt«, reagierte Aydin immer noch empfindlich. Brandt berührte die Schulter seines Kollegen. Eine Diskussion mit Ali brachte nichts, Menschen wie er würden nie verstehen, was Aydin mit seinen Worten sagen wollte.

»Mag sein, aber dann hatte sie auch die Pflicht, sich um ihr Baby zu kümmern, statt mit solchen Freaks abzuhängen, die ihr nicht guttun. Würde mich nicht wundern, wenn dieser Freak sie getötet hat«, zeigte sich Ali unbeeindruckt.

»Was für ein Freak?«, fragte Brandt.

»Na, der, der mit ihr vor ein paar Tagen den Stoff gekauft hat.«

## Kapitel 9

Der Weinkrampf kam einfach so, ohne Vorankündigung und mit voller Wucht. Ihm folgten ein Schwindelgefühl und dann Übelkeit. Jana lief hastig zur Toilette und übergab sich. Danach betätigte sie die Toilettenspülung und entfernte die Reste mit der Toilettenbürste.

Der Kuchen, zu dem sie sich hatte überreden lassen, hatte den Weg in die Freiheit zurückgefunden.

»Er war zu fettig. Zu viel Sahne«, stellte sie fest, während sie ihr Spiegelbild betrachtete, aber nur kurz, denn sie fand sich alles andere als hübsch. Sie wusch sich das Gesicht, trocknete sich ab und ging zurück ins Wohnzimmer, um sich auf die Couch zu setzen. Dann schaltete sie den Fernseher ein und zappte durch die Fernsehsender. Die Ablenkung tat ihr gut.

»Dass die sich immer überall einmischen muss«, dachte sie laut. Wut stieg in ihr auf. »Was glaubt sie denn, wer sie ist?« Jana ballte die Hand zur Faust. »Hätte ich mich doch nie auf sie eingelassen. Sie ist keine Freundin. Sie will dich nur kontrollieren, über dich herrschen, weil ihr Leben so langweilig ist.« Ihre Augen füllten sich mit Tränen und liefen ihre Wangen herunter. Trotzig wischte sie die Tränen vom Gesicht.

»Was weiß sie schon über Kinder? Sie hat doch keine, weil sie bestimmt unfruchtbar ist oder keiner diese fette Kuh ficken will.« Ein verächtliches Lächeln huschte über ihr Gesicht. »Trotzdem mischt sie sich in mein Leben ein. Sie ist nur neidisch auf mich.«

Ihr Blick wanderte durch das Zimmer, ohne etwas Bestimmtes zu suchen. Dann hustete sie und spürte einen Tritt. Es war Niklas, der sich wieder bemerkbar gemacht hatte.

»Nicht, Schatz, Mama ist ja bei dir«, sagte sie und streichelte ihren Bauch.

Noch ein Tritt.

»Aua, du tust Mama weh.«

Doch Niklas wollte sich nicht beruhigen, es folgte ein weiterer Tritt gegen die Bauchdecke. »Verdammt, lass das«, wurde sie laut, besann sich aber schnell. »Ich wollte nicht schimpfen, verzeih mir. Du hast jeden Grund, wütend zu sein. Es tut mir so leid, ich wollte die Kippe nicht rauchen.«

Wieder ein Tritt.

»Es tut mir leid.« Jana fing an zu weinen. »Auch meine Worte über Petra tun mir leid. Ohne sie würde ich diese Schwangerschaft niemals schaffen. Man muss mir in den Arsch treten, ich bin einfach zu schwach, um es aus eigenem Antrieb zu schaffen.«

Als wäre es Gedankenübertragung, vibrierte ihr Handy. Sie hatte eine WhatsApp-Nachricht erhalten. Von Petra.

Von wem sonst? Außer ihr hatte sie keine sozialen Kontakte. Jana las die Nachricht.

*Maus, war echt schön heute. Hoffe, dir hat es auch gefallen.*

Sie lächelte und tippte als Antwort:

*Ja, danke für alles, auch für den Kaffee und den Kuchen.*

Sie schickte einen Herz-Smiley hinterher.

*Selbstverständlich. Ich bin doch für dich da,*

kam die prompte Antwort, ebenfalls mit einem Herz-Smiley.

*Ich weiß. Danke.*

*Alles gut, aber ich will so etwas wie heute nicht wieder erleben, sonst werde ich wirklich böse. Du gefährdest das Leben von Niklas.*

Kaum hatte Jana die Nachricht gelesen, bekam sie einen weiteren Tritt gegen den Magen.

»Aua«, rief sie und setzte sich wütend auf. Was erlaubte sich Petra, ihr so einen Vorwurf zu machen? Sie war schließlich nicht ihre Mutter! »Ich bin Niklas' Mutter. Du bist nichts, du willst dich nur in mein Leben drängen!« Allmählich hasste sie Petra so sehr wie ihre eigene Mutter.

*Verschwinde aus meinem Leben, du Hexe,*

tippte sie daher als Antwort.

## Kapitel 10

Vielleicht hatte sich das Gespräch mit Ali doch als Glücksfall erwiesen. Seine Angaben über die Person, die Silke Topp begleitet hatte, waren sehr detailliert. Sie hatten sogar seinen Namen und eine mögliche Anschrift, wo er sich aufhalten könnte, erhalten.

»Glaubst du, wir können diesem Ali vertrauen?«, fragte Aydin, während Brandt den Wagen Richtung Köln-Bickendorf steuerte.

»Warum sollte er uns anlügen? Er weiß doch, dass wir seine Angaben überprüfen werden, er hatte so viel Angst vor einer Festnahme. Der hat keinen Grund, uns anzulügen.«

»Mag sein, aber das klingt alles sehr komisch, wie aus einem falschen Film. Mein Gefühl sagt mir, dass wir uns den Exfreund noch mal vorknöpfen sollten. Immerhin ist die größte Gefahr für eine Frau immer noch ihr Mann. Allein 2017 wurden mehr als einhundert Frauen von ihren Ehemännern ermordet.«

»Das macht Tack aber nicht gleich zu einem Mörder. Ich finde ihn auch sehr unsympathisch und wenn es stimmt, dass er Silke Topp hat anschaffen lassen, haben wir sogar ein Motiv: Geld. Aber macht ihn das automatisch zu einem Mörder?«

»So zurückhaltend kenne ich dich gar nicht, normalerweise würdest du dich auf ihn stürzen wie ein Pitbull und erst loslassen, wenn er gesteht.«

»Du weißt so einiges nicht über mich.«

»Oh, so philosophisch. Dann solltest du dich vielleicht häufiger mir gegenüber öffnen.«

Brandt lachte. »Lieber nicht.« Natürlich wusste er, was Aydin meinte, aber er war nun mal nicht so kommunikativ wie sein junger Kollege, erst recht nicht in Dingen, die sein Herz berührten. Über seine Gefühle zu sprechen, war ihm selbst als kleiner Junge schwer gefallen.

Brandt bog von der Inneren Kanalstraße auf die Venloer Straße ab.

»Glaub mir, manchmal ist es nicht verkehrt, wenn man in seinem Herzen klar Schiff macht und sich jemandem anvertraut.«

»Du lässt nicht locker, oder? Wieso habe ich das Gefühl, dass du gleich wieder auf Ylva zu sprechen kommen wirst?«

»Weil sie die perfekte Frau für dich ist. Du bist kein einfacher Kerl, aber Ylva weiß, wie sie dich zu nehmen hat. Das solltest du nicht gedankenlos aufs Spiel setzen. Nina mag sie und ich mag sie. Es ist doch auch wichtig, dass die Freundin mit deinen Freunden klarkommt.«

»Das stimmt. Trotzdem ist das eine Angelegenheit, die nur sie und mich was angeht. Hat sie sich schon bei Nina ausgekotzt?«

»Keine Ahnung.«

»Du lügst doch, das sehe ich.«

Aydin schaute aus dem Beifahrerfenster und bestätigte damit indirekt, dass Brandt recht hatte.

»Frag mich bitte nicht. Du bist mein bester Freund, aber ich mag auch Ylva sehr.«

Das zu hören, schmeichelte Brandt. Dass Aydin ihn als besten Freund empfand und das offen aussprach, freute ihn, und er fand es bewundernswert, dass Aydin ebenso zu Ylva stand wie zu ihm und nicht parteiisch war. Genau das erwartete er von einem besten Freund: dass er unvoreingenommen war. Speichellecker brauchte er nicht um sich. Nachdenklich bog er in die Wilhelm-Mauser-Straße ab und folgte dieser, um schließlich auf die Vogelsanger Straße zu fahren. Kurz hinter dem Bahnübergang bog er auf den Gelbspötterweg ab, ihr Ziel, und parkte den Wagen.

»Überdenk deinen Stolz«, bemerkte Aydin, als sie aus dem Auto stiegen.

Brandt nickte schweigend. Er wusste, dass er eine Lösung finden musste. Aydin hatte recht, es war unfair,

Ylva so in der Luft hängen zu lassen. Aber war er tatsächlich bereit, eine ernsthafte Beziehung mit ihr einzugehen, mit dem Ziel, eine Familie zu gründen? Er hatte keine ehrliche Antwort darauf.

Sie gingen in einen Hinterhof und betraten das Tattoostudio.

»Hallo«, begrüßte sie ein junger Mann, der hinter dem Tresen stand.

»Guten Tag, wir würden gern mit Anton sprechen.«

»Meinem Chef? Wollt ihr euch von ihm stechen lassen? Das wird schwierig, Jungs. Anton ist über Wochen ausgebucht. Aber ich schau mal im Kalender«, antwortete der junge Mann in einem Ton, der freundschaftlich rüberkommen sollte.

»Wir sind von der Kriminalpolizei«, erklärte Brandt. »Können Sie ihn bitte herholen?«

Der Mann schluckte. »Klar, wartet bitte.«

»Von oben bis unten tätowiert, aber sobald er hört, man ist von der Polizei, zahm wie ein Hündchen«, stichelte Brandt, als sie allein waren.

»So ein Tattoo wäre gar nicht schlecht, so am Oberarm. Leider mag Nina das nicht.«

»Da muss ich ihr recht geben. Bei deinen Spargelärmchen würde das ziemlich lächerlich aussehen.«

»Dass du immer gleich beleidigen musst.«

»Nein, ich bin nur ehrlich. Wenn du einen Oberarm wie *The Rock* hättest, dann ja. Aber doch nicht so.«

»Ach und an deinen würde das dann gut aussehen? Menschen ohne Sixpack und sichtbaren Bizeps dürfen sich also nicht tätowieren lassen?«

»Wenn es nach ästhetischen Gesichtspunkten geht, nicht.«

»Du bist echt verdammt arrogant.«

»Noch mal, ich bin nur ehrlich. Aber wenn es dich beruhigt, ich persönlich würde mich auch nicht tätowieren lassen. Wofür? Wer weiß, ob es einem mit siebzig noch gefällt, wenn die Haut nicht mehr so straff ist.«

Aydin schüttelte den Kopf, wie es schien, war ihm sein Tattoowunsch ernster, als es den Anschein hatte. »Willkommen im 21. Jahrhundert. Zum Glück denkt die Mehrheit nicht mehr so altmodisch wie du.«

Bevor Brandt etwas erwidern konnte, kam der junge Mann in Begleitung eines anderen zurück. Die Beschreibung von Ali passte wie die Faust aufs Auge. Der Mann war bestimmt einen Meter neunzig groß und breiter gebaut als Brandt. Sein Haupt schmückte eine Glatze und er war überall tätowiert, selbst auf dem Kopf. Was allerdings noch abnormer wirkte, waren die zwei kleinen Hörner, die sich aus seiner Stirn wölbten.

Brandt fragte sich, was im Leben dieses Mannes schief gelaufen sein musste, dass er so weit gegangen war, sich Implantate unter die Haut setzen zu lassen. Normal war das mit Sicherheit nicht.

»Sie wollen mit mir sprechen?«, fragte Anton. Seine Stimme war tief und sein Blick geradezu angsteinflößend, denn er trug rote Kontaktlinsen, die seine Augen wie aus einem Horrorfilm erscheinen ließen. Warum sich eine junge Frau mit so einem Kerl eingelassen hatte, war Brandt schleierhaft.

*Ihr Ex war aber auch nicht besser. Es gibt Frauen, die schlechte Männer anziehend finden*, korrigierte er sich sogleich. Man musste nur an Cora Schumacher und diesen Typen von den Hells Angels denken.

»Wir sind von der Kriminalpolizei und möchten Ihnen ein paar Fragen zu Silke Topp stellen …«

»Sicherlich haben Sie Ihre Dienstausweise dabei«, fiel Anton ihm ins Wort. Noch wusste Brandt nicht, wie dieser Dämon mit Nachnamen hieß.

Die beiden Beamten zeigten ihre Ausweise, der Mann studierte sie gründlich, dann schaute er Aydin mit seinen gefährlich roten Augen an, als wären sie

Flammen, und gab ihm seinen Ausweis zurück. Aydin wirkte eingeschüchtert.

Den gleichen Vorgang wiederholte er bei Brandt, der seinem Blick jedoch standhielt. »Sie denken, Sie wären tough«, sagte der Dämon, dabei zeigte er seine Zähne und jetzt wunderte Brandt sich über gar nichts mehr. Antons Zähne waren spitz geschliffen, wie bei einem Raubtier. Er kam wohl tatsächlich direkt aus dem Horrorkabinett.

»Und Sie heißen?«

»Das wissen Sie doch.«

»Entweder nennen Sie mir jetzt Ihren vollen Namen oder wir führen das Gespräch auf dem Präsidium weiter«, stellte Brandt die Rangordnung klar. Solche Leute brauchten eindeutige Spielregeln, von so einem Möchtegernteufel würde er sich mit Sicherheit nicht einschüchtern lassen.

»Anton Hemke, aber das wissen Sie doch, sonst wären Sie nicht hier.«

»Herr Hemke, wo können wir uns kurz ungestört unterhalten?«, fragte nun Aydin. Wie immer schien er etwas Feuer aus dem Gespräch nehmen zu wollen.

»Kommen Sie mit«, antwortete Hemke und die beiden Beamten folgten ihm in den hinteren Bereich des Tattoostudios.

»Was wollen Sie von mir? Welche Lügen hat Ihnen Silke aufgetischt?«

»Silke Topp wurde ermordet. Ihre entstellte Leiche wurde gestern im Wald gefunden«, antwortete Brandt. Er wollte Hemkes Reaktion abwarten. Aber da war keine. Er wirkte ruhig und gefasst. »In welcher Verbindung standen Sie zu Frau Topp?«

»Wir kannten uns über das Studio. Sie hat sich ein paar Tattoos stechen lassen.« Brandt erinnerte sich an einige Tattoos, die den Körper der Leiche zierten, er wollte jedoch nicht glauben, dass dies die einzige Verbindung zwischen den beiden war.

»Und warum nehmen Sie an, dass sie Lügen über Sie verbreitet?«

Hemke atmete hörbar ein und aus und Brandt spürte, dass er sich offenbar darüber ärgerte, zu vorschnell etwas gesagt zu haben.

»Was erwarten Sie von einer Heroinabhängigen? Sie war ausgesprochen labil.«

»Hatten Sie eine Beziehung zu ihr?«

Wieder überlegte Hemke. Sein Blick wanderte von Aydin zu Brandt, als wäre er ein Tier, das man in die Ecke drängte. Es schien, als könnte der Dämon mit Druck nicht umgehen. Brandt nahm das wohlwollend zur Kenntnis.

»Wir haben ab und an gevögelt, wenn Sie das meinen. Was soll das hier werden? Werde ich etwa verdächtigt?«

»Wir verdächtigen niemanden, wir versuchen nur zu verstehen, warum jemand eine hochschwangere Frau ermordet hat.«

»Dann sollten Sie sich ihren eifersüchtigen Exfreund vorknöpfen, der hat ihr immer nachgestellt. Das geldgeile Arschloch«, schimpfte Hemke.

»Sie wussten, dass Frau Topp für ihren Exfreund anschaffen ging?«

Hemke lachte, dann brach er ab und streckte seinen Kopf gefährlich nahe zu Brandt vor. »Das wusste jeder. Silke hat kein Geheimnis daraus gemacht, wenn sie drauf war, und der Idiot hat damit geprahlt. Mit ihrer Schwangerschaft wurde das anders. Silke hat sich verändert und ich nahm schon an, sie könnte es schaffen. Aber am Ende war sie doch zu schwach. Ihre Schwäche hat sie getötet.«

»Für jemanden, der nur ab und an mit ihr Sex hatte, wissen Sie ganz schön viel.«

»Weil ich den Menschen zuhöre. Können Sie das? Den Menschen zuhören? Viele haben es verlernt, weil sie Egoisten sind. Sind Sie ein Egoist, Lasse?«

»Ich wüsste nicht, seit wann wir uns duzen. Herr Brandt, bitte.«

Hemke lachte. Es klang tief und es hätte Brandt nicht gewundert, wenn dieser seltsame Mann auch etwas an seinen Stimmbändern hatte machen lassen, um so dunkel und dämonisch lachen zu können. Normal war das jedenfalls nicht.

»Ich sehe Angst in Ihren Augen. Auch Silke hatte Angst. Sie war ein Opfer.« Der Dämon ließ seine Augen funkeln. »Wenn sie auf mich gehört hätte, hätte sie noch leben können.«

»Und was war Ihr Rat?«, hakte Aydin nach, der bisher recht passiv geblieben war.

»Stark zu werden. Sich von dem naiven Gedanken zu lösen, dass Fremde ihr helfen könnten, dass Gott ihr helfen könnte.«

»Was ist so schlimm daran, an Gott zu glauben, wenn es einem Kraft gibt?«, erwiderte Aydin.

Hemke lachte und machte einen Schritt auf Aydin zu. »Sie sind ja so süß«, äffte er ihn nach. »Gott ist die Erfindung ängstlicher Dummköpfe.«

»Und was ist mit dem Teufel?«, erkundigte sich Brandt. Die arrogante Art des Möchtegerndämons missfiel ihm.

»Satan existiert, aber nicht so, wie die Bibel es einen zu lehren versucht. Satan ist weder böse noch gut.«

»Wie kann es Satan geben, wenn es keinen Gott gibt? Sind Sie da nicht allzu naiv?«

»Naiv?« Hemke schnaubte, seine Augen wurden schmal und Brandt spürte, dass der andere ihn am liebsten ergriffen hätte, um ihn in die Hölle zu stoßen.

»Na ja, ganz im Ernst. Es gibt weder einen Beweis für die Existenz Gottes noch für die Existenz Satans. Ihre Verkleidung beweist noch lange nicht, dass es Satan gibt. Sind Sie Satanist?«

»Verkleidung? Glauben Sie allen Ernstes, dass das hier ein Spaß ist? Ich bin ein Zeugnis für die Freiheit des Menschen, losgelöst von allen Zwängen«, polterte Hemke los, dabei sah Brandt kurz eine Halskette durch die Hemdöffnung schimmern.

Er erkannte den Anhänger. Es war das Siegel des Baphomet, ein in satanistischen Kreisen häufig getragenes Symbol.

»Was Sie mit Ihrem Leben anstellen oder nicht, ist uns herzlich egal. Und seien Sie versichert, dass Sie weder meinen Kollegen noch mich mit Ihrem Karnevalskostüm beeindrucken können.«

Der Dämon hätte jetzt sicher gern aus seinen Hörnern geraucht, die bedrohliche Stimmung, die er erzeugte, war fast zum Greifen, aber er schien sich unter Kontrolle zu haben.

»So, jetzt noch mal auf Anfang. In welcher Beziehung standen Sie zu Silke Topp?« Brandt ließ seinen Blick kurz durch den Raum schweifen. Hier wurde augenscheinlich auch tätowiert, es gab allerdings nichts, was seine Aufmerksamkeit auf sich zog, geschweige denn ihm Anlass zu der Vermutung gab, dass die junge Frau hier auf brutale Weise ermordet worden war. Dennoch traute er es Hemke ohne Weiteres zu. Nur war es leider wie bei Tack: Ohne Beweise war es reine Spekulation.

»Das habe ich Ihnen doch gesagt. Wir haben ab und an gevögelt. Ich lasse mir hier nicht irgendwas unterstellen. Silke war schwach, ich hätte mich niemals mit ihr vereinigen können.«

»Aber Sex hatten Sie schon mit ihr.«

»Das war nichts. Ich rede von echter Vereinigung.«

»Wenn Sie nur ab und an Sex hatten, warum haben Sie Frau Topp dann zu ihrem Dealer begleitet?«

Diese Frage schien ihn unerwartet zu treffen, für einen Augenblick wirkte Hemke unsicher, fast ertappt.

»Ich hatte gerade Zeit. Ist das ein Verbrechen?«

»Wenn Sie sie dazu angestiftet haben, mit Sicherheit. Wo waren Sie zwischen dem 14. und dem 15. Januar?«

»Warum?«

»Beantworten Sie bitte nur die Frage.«

»Ich war zu Hause.«

»Kann das jemand bezeugen?«

»Mein Hund.« Hemke ließ seine spitzen Zähne aufblitzen.

»Wann haben Sie Silke Topp das letzte Mal gesehen?«

»Als sie die Drogen gekauft hat. Wars das jetzt? Ich muss arbeiten. Die Miete zahlt sich nicht von selbst.«

»Wir möchten Sie bitten, in den nächsten Tagen erreichbar zu sein«, sagte Aydin und gab ihm seine Karte. »Falls Ihnen noch etwas einfallen sollte, rufen Sie uns bitte an.«

Hemke nahm die Karte und ließ sie demonstrativ auf den Boden fallen, dabei zeigte er wieder seine scharfen Zähne. »Upps!«, bemerkte er kalt.

»Ich empfehle Ihnen, Ihrem Hund das Sprechen beizubringen«, konnte sich Brandt einen ironischen Kommentar nicht verkneifen, bevor sie das Tattoostudio verließen.

»Was für ein widerlicher Kerl«, schimpfte er, als sie wieder in ihrem Dienstwagen saßen.

»Hast du die Augen gesehen?«

»Die Kontaktlinsen waren ja noch harmlos. Wie kann man so krank sein und sich Implantate in die Stirn pflanzen oder die Zähne so spitz machen lassen? Der hat doch einen Schaden.«

»Das waren keine Kontaktlinsen«, sagte Aydin.

»Was?«

»Du lebst echt hinterm Mond. Das ist ein ganz neuer und gefährlicher Trend. Die Augenfarbe wird per Operation in die gewünschte Farbe geändert. Im schlimmsten Fall droht Erblinden.«

»Pah, ich mag vielleicht hinterm Mond leben, aber ich bin nicht so ein Schisser wie du. Du hättest dich doch am liebsten in Luft aufgelöst, als er dich so böse angeschaut hat«, konnte Brandt sich einen Seitenhieb nicht verkneifen.

»Das stimmt überhaupt nicht. Ich hatte ja kaum Gelegenheit, was zu sagen, du hast doch die ganze Zeit gequatscht.«

»Gibs einfach zu, du hattest Angst.«

»Hatte ich nicht. Glaubst du ihm das denn mit seinem Alibi?«

»Nein, er lügt, und das bedeutet, dass er etwas zu verbergen hat. Wir müssen mehr über ihn herausfinden. Der Mord könnte etwas mit diesem satanistischen Schwachsinn zu tun haben.«

Bevor Aydin antworten konnte, klingelte das Autotelefon. Brandt nahm das Gespräch an.

»Hallo, Fischer«, sagte er, er hatte auf dem Bildschirm gesehen, dass er es war.

»Jungs, ich habe etwas sehr Interessantes für euch.«

## Kapitel 11

Jana zögerte. Sie hatte den Text zwar in ihr Handy eingetippt, ihn aber noch nicht abgeschickt.

Sie besann sich und löschte die Nachricht. Stattdessen schrieb sie:

*Das wird nie wieder geschehen. Ich leg mich etwas hin, bin müde.*

Nur wenige Sekunden später kam die Antwort:

*Mach das, wir sehen uns morgen.*

Jana legte ihr Handy zur Seite und ärgerte sich augenblicklich, dass sie zu feige gewesen war, zu ihrer Meinung zu stehen. Wieder einmal. Zu gern hätte sie an einer Kippe gezogen, aber Petra hatte die Schachtel mitgenommen.

Sie nahm die Fernbedienung und zappte weiter durch das Programm, doch es gab nichts, was dazu einlud, bei einem Sender zu bleiben.

Sie machte den Fernseher aus und beschloss, nach draußen zu gehen. Ihr fiel die Decke auf den Kopf, ihre Wohnung kam ihr mit einem Mal so furchtbar klein vor. Es war, als würden die Wände auf sie zu rücken, um sie zu zerquetschen.

Wenn ihr vorher jemand erzählt hätte, wie anstrengend es war, schwanger zu sein, hätte sie sich niemals darauf eingelassen. Stattdessen hatten alle immer nur geschwärmt, wie toll es sei, was für ein wunderbares Gefühl, und dass sie dieses Gefühl nie wieder würde missen wollen.

»Das war alles gelogen! Schwanger zu sein, ist die Hölle. Hättest du mal auf dein Bauchgefühl gehört, wie damals«, sagte sie wütend und schüttelte den Kopf.

Doch die Gedanken an das, was damals geschehen war, wollte sie lieber schnell verdrängen, aus gutem Grund.

Sie ging in den Flur, zog Jacke, Schal und Schuhe an und verließ die Wohnung.

Ein kalter Wind empfing sie. Es war inzwischen dunkel, aber da sie recht zentral in Kalk wohnte und es genug Straßenlaternen gab, war der Fußweg gut beleuchtet.

Sie erreichte die Kalker Hauptstraße und bog nach rechts ab, um in Richtung Köln Arcaden zu gehen, einer großen Mall in diesem Stadtteil. Je länger sie ging, desto mehr spürte sie die Kälte und sie war froh, als sie endlich das Einkaufszentrum erreicht hatte und die Kapuze ihrer Winterjacke, die sie zwischenzeitlich tief ins Gesicht gezogen hatte, wieder abnehmen konnte.

Sie flanierte durch die Mall und blieb öfter an den Schaufenstern von Kleidungsläden stehen. Eine Jacke hatte es ihr besonders angetan, aber als sie sah, dass sie 199 Euro kosten sollte, bekam sie ein flaues Gefühl im Magen.

*Wer kann sich so was leisten?*, dachte sie. Tief in ihrem Herzen wünschte sie sich, dass sie zu diesen Menschen gehören würde. Geld war für sie seit jeher ein knappes Gut gewesen, schon als Kind hatte sie erfahren müssen, wie es war, kein Geld zu haben und von Hartz IV leben zu müssen.

Ihre Mutter war mehr damit beschäftigt gewesen, sich zu betrinken und Drogen zu nehmen, als sich um einen Job zu kümmern oder darum, dass aus ihrer Tochter etwas wurde und sie nicht das gleiche Schicksal teilen musste wie sie.

Es geschah nicht selten, dass Jana ihre Mutter für ihre Misere verantwortlich machte. Mit einer anderen, einer guten Mutter, hätte sie die Schule abgeschlossen, eine Ausbildung gemacht und eine gute Arbeit finden können.

Dass sie das auch hätte schaffen können, wenn sie nicht so faul gewesen wäre und sich nicht mit den falschen Leuten eingelassen hätte, daran dachte sie selten. Es war viel leichter, ihre Mutter für alles verantwortlich zu machen, was in ihrem Leben schieflief, als solche selbstkritischen Gedanken zuzulassen.

Aber jetzt wollte sie nicht weiter an ihre Mutter denken, das zog sie nur runter, also betrat sie den Laden und tat so, als wäre sie eine potenzielle Käuferin.

»Kann ich Ihnen helfen?«, fragte eine Verkäuferin.

»Nein, danke. Ich schaue mich nur um«, antwortete sie und die Verkäuferin entfernte sich. Jana ging zu dem Ständer mit den Jacken, suchte nach einer, die ihr passte, und zog sie an.

»Die steht Ihnen wunderbar«, machte sich die Verkäuferin wieder bemerkbar.

Jana schaute sich im Spiegel an und fühlte sich sogleich wie ein anderer Mensch. Es war tatsächlich etwas an dem Spruch dran, dass Kleider Leute machten.

»Ich überlege es mir. Bin gerade erst angekommen«, antwortete sie und gab die Jacke zurück. Dann zog sie ihre Jacke an und verließ den Laden.

Nur zu gern hätte sie die Jacke gekauft, aber das war schlicht unmöglich. Als sie eine Eisdiele erreichte, beschloss sie, sich wenigstens ein kleines Eis zu gönnen.

Sie nahm Platz, da sprach sie ein Mann an. »Hallo.«

»Hallo«, erwiderte sie und wurde fast im selben Moment leichenblass. Entsetzt starrte sie auf die Schuhe des Mannes, sie kannte ihn.

*Der Mörder!*

## Kapitel 12

Bender hatte kurzfristig eine Besprechung anberaumt. Brandt und Aydin betraten als Letzte den Konferenzraum.

»Wie ich sehe, sind wir jetzt vollzählig«, grüßte Bender die beiden.

»Der Kölner Verkehr ist unberechenbar und erst am Telefon hat uns Fischer von der Besprechung erzählt«, versuchte Brandt die kleine Verspätung zu entschuldigen.

»Ich weiß, ich habe ihn darum gebeten. Es macht mehr Sinn, wenn wir das schnell hier abfrühstücken«, erklärte Bender. »Ich will auch keine Zeit verlieren. Kurze Zusammenfassung von mir, dann übergebe ich an die Kollegen. Wir fangen mit Fischer an.«

Bender schaute in die Runde, einige nickten, andere zeigten keine Regung.

»Wir haben mehr als einhundert Hinweise aus der Bevölkerung zu dem brutalen Mord bekommen. Die Presse hat ausführlich darüber berichtet. Inwieweit die Hinweise brauchbar sind, prüft derzeit ein Team. Sollte es etwas Verwertbares geben, werde ich euch benachrichtigen. Bis dahin gilt, dass wir uns nicht allzu viele Hoffnungen machen sollten, da ihr selbst wisst, dass die allermeisten Informationen aus der Bevölkerung mehr Arbeit als Nutzen bringen. Wir setzen weiterhin auf unsere eigenen Ermittlungen. Ich muss wohl nicht extra betonen, dass für jeden in meinem Team eine Informationssperre gilt und daher jeglicher Kontakt mit den Medien nicht gestattet ist. Fischer, was hast du für uns?«

»Ich konnte einiges über das Opfer und ihren Exfreund herausfinden. Informationen zu Anton Hemke muss ich noch zusammentragen. Außerdem warte ich auf den Verbindungsnachweis des Providers. Silke Topps Handy konnte nicht geortet werden. Auch ein zweiter Versuch blieb ergebnislos. Das Handy wurde zerstört oder die SIM-Karte entfernt.«

»Was hast du denn herausgefunden?«, wollte Brandt wissen. Dass Fischer noch keine Infos über Hemke hatte, war klar, schließlich hatte er ihn erst auf der Rückfahrt zum Präsidium darum gebeten und zaubern konnte auch Fischer nicht.

»Franz Tack ist kein Unbekannter. Er ist des Öfteren mit dem Gesetz in Konflikt geraten und vorbestraft.«

»Weswegen?«, erkundigte sich Kramer.

»Er hat seine Exfrau brutal missbraucht und unter Alkoholeinfluss zusammengeschlagen. Sie sitzt seitdem im Rollstuhl.«

»Und wegen des Alkohols hat es ihm sicherlich nur ein paar Jahre eingebracht und eine Therapie«, bemerkte Schmoll bissig.

»So in etwa. Er bekam eine harte Bewährungsstrafe und musste eine Therapie unter ärztlicher Aufsicht durchführen. Bedingt durch die starke Alkoholisierung war er nicht voll schuldfähig.«

»Und die Frau sitzt dafür ihr restliches Leben im Rollstuhl. Jetzt finde den Fehler.« Schmoll schüttelte verächtlich den Kopf.

Brandt konnte ihr nachfühlen, er hatte auch das Gefühl, dass Richter manchmal zu lasche Urteile sprachen. Menschen wie dieser Tack waren eine Gefahr für ihr Umfeld. Vielleicht war Hemke also doch eine falsche Spur, vielleicht sollten sie sich eher auf Tack konzentrieren. Jemand, der seine Exfrau brutal zusammenschlug und missbrauchte, war auch fähig, die neue Freundin zu ermorden.

»Darüber hinaus ist Franz Tack hoch verschuldet. Er bezieht Hartz IV …«

»Uns hat er erzählt, dass er in einem Handwerksbetrieb arbeitet«, fiel Aydin ihm ins Wort.

»Klar, aber mit Sicherheit schwarz. So jemand nutzt doch die Sozialsysteme eiskalt aus«, bemerkte Kramer spöttisch. Brandt nickte zustimmend.

»In dem öffentlichen Profil des Opfers gibt es einige Bilder von ihr mit Tack, ansonsten konnte ich wenig über die Beziehung der beiden herausfinden. Jedenfalls gab es keine Anzeigen von Silke Topp gegen ihn.«

»Ihr Dealer Ali Shamsin behauptet, dass Tack ihr Zuhälter war und sie anschaffen ging.«

»Das mag sein, darüber liegen mir keine Informationen vor. Sie ist nicht als Prostituierte gemeldet.«

Wieder nickte Brandt, das passte ins Bild. Ein Junkie würde sich sicherlich nicht bei den Behörden melden, um den »Hurenschein«, wie die Registrierung als Prostituierte insgeheim im Präsidium genannt wurde, zu beantragen. Das Prostituiertenschutzgesetz schrieb eine Erlaubnispflicht und eine Anmeldebescheinigung für die Damen und Herren des horizontalen Gewerbes vor.

»Glaubt ihr dem Dealer? Es wäre immerhin möglich, dass er sich einen Scherz mit euch erlaubt hat«, gab Rech zu bedenken.

»Nein, warum sollte er? Er hatte viel zu viel Angst, dass wir ihn verhaften.«

»Hast du noch was für uns, Fischer?«, lenkte Bender das Gespräch wieder in die gewünschte Richtung.

»Nicht mehr viel. Noch zwei Dinge: Vor zwei Jahren hat sie ein Kind abgetrieben und seit einigen Monaten war sie in einer Therapiegruppe für Suchtbekämpfung.«

»Weißt du, welche Selbsthilfegruppe das ist?«

»Ja, ein gemeinnütziger Verein, der sich vor allem an junge schwangere Frauen mit Suchtproblemen wendet. Sein Sitz ist in Köln-Kalk. Die Anschrift findet ihr in der E-Mail, die ich euch gleich schicke.«

Wie gewohnt stand auf dem Tisch vor Fischer sein Laptop. Er war der Einzige, der immer mit Laptop in die Besprechung kam. Bender bat ihn öfter, etwas über den Beamer auf der Leinwand zu zeigen.

»Konntest du die Eltern ausfindig machen?«

»Ja, sie wohnen in Köln-Bayenthal. Die Anschrift findet ihr in der E-Mail.«

»Den Besuch bei den Eltern solltet ihr übernehmen«, sagte Bender und schaute zu Brandt und Aydin. »Vielleicht könnt ihr dabei etwas über das Umfeld ihrer Tochter erfahren.«

Brandt nickte, den Gedanken hatte er auch gehabt, obwohl es immer eine unangenehme Sache war, Eltern so eine schreckliche Nachricht zu überbringen.

»Ansonsten war es das vorerst von mir, sobald ich weitere Informationen habe, auch über diesen Hemke, informiere ich euch.«

»Danke«, antwortete Bender und ihr Blick wanderte zu Rech. »Was hast du für uns?«

»Einiges, was Fischers Angaben entspricht. Bevor ich bei der Rechtsmedizin war, war ich kurz in der Wohnung von Silke Topp. Meine Mitarbeiter haben mir vor dreißig Minuten einen Vorbericht geschickt, der sich leider mit meinen Eindrücken vor Ort deckt. Die Wohnung gibt keinerlei Hinweise auf den Mörder. Wir konnten jedoch einige Spuren sichern, unter anderem Fingerabdrücke, die darauf schließen lassen, dass in den letzten Tagen weitere Personen in der Wohnung waren.«

»Hat die Datenbank etwas ausgespuckt?«, wollte Schmoll wissen.

»Bisher nicht, aber die Prüfung läuft. Es ist gut möglich, dass es sich bloß um Besucher handelt, die in den letzten Tagen mit ihr Kontakt hatten und noch nie mit dem Gesetz in Konflikt geraten sind.«

»Was ist mit Spuren vom Tatort? Du hattest doch etwas von Schuhspuren gesagt?«, erkundigte sich Aydin.

»Darauf wollte ich gerade zu sprechen kommen. Wir konnten glücklicherweise ein paar Spuren sicherstellen. Einige Abdrücke könnten von der Sohle eines Turnschuhs stammen, das Modell zu ermitteln, wird allerdings schwierig, dafür sind die Spuren zu schlecht. Wir arbeiten daran. Sicher ist, dass die Person Schuhgröße 44 bis 46 gehabt haben muss.«

»Also trug unser Mörder Turnschuhe«, schlussfolgerte Brandt laut und musste an Tack und Hemke denken, die beide nicht klein waren und ungefähr diese Schuhgröße haben dürften.

»Höchstwahrscheinlich. Es wäre aber auch denkbar, dass die Spuren von einem Jogger stammen, der am Fundort war, bevor die Leiche dorthin gebracht wurde. Auf dem harten Boden ist es sehr schwer zu bestimmen, wie alt der Abdruck ist. Diese kalte trockene Witterung haben wir seit einer Woche, also nagelt mich bitte nicht darauf fest, ob es tatsächlich die Spuren des Mörders sind.«

»Konntet ihr denn andere Spuren finden, die Aufschluss über den Täter geben?«

»Die Rechtsmedizin führt gerade einige Untersuchungen durch und bei einigen müssen wir aufs Labor warten, vor allem wegen fremder DNA. Es fanden sich Spuren unter ihren Fingernägeln sowie Kratzspuren am Rücken. Gut möglich, dass sie sich gewehrt hat, bevor sie fixiert wurde.«

»Fixiert?«, hakte Schmoll nach.

»Ja, wir haben deutliche Spuren einer Fixierung am Hals, an den Hand- und Fußgelenken sowie oberhalb der Brust gefunden. Nach derzeitigen Erkenntnissen muss es sich um Lederfesseln handeln.«

»Was ist mit Betäubungsmitteln?«

Rech antwortete nicht sofort, er atmete tief durch und sein typisch freundlicher Gesichtsausdruck verschwand. »Derzeit deutet nichts darauf hin, dass sie betäubt wurde. Sie war bei vollem Bewusstsein, als der Mörder ihr die Bauchwand aufschnitt.«

Brandt wollte sich gar nicht vorstellen, welche Qualen das Opfer durchgemacht haben musste, wenn es tatsächlich nicht betäubt worden war. Er hoffte, dass die rettende Ohnmacht nicht allzu spät eingesetzt hatte.

»Könnte die Tat ein Ritualmord sein?«, fragte er.

»Ich kenne keinen Ritualmord, bei dem einem Baby das Herz herausgeschnitten wird«, entgegnete Rech, fügte jedoch hinzu: »Das muss aber nichts heißen. Ich habe das Gefühl, dass die kranke Fantasie von Mördern keine Grenzen kennt.«

»Fischer, kannst du uns einen Gefallen tun und Informationen über bekannte Rituale in der Satanistenszene beschaffen? Vielleicht gibt es Morde, die mit dem Satanskult in Verbindung stehen«, bat Brandt.

»Satanskult?«, hakte Bender nach, schließlich wusste sie noch nichts von dem Gespräch mit dem extravaganten Inhaber des Tattoostudios.

»Anton Hemke, der mit dem Opfer eine Affäre hatte und vor wenigen Tagen mit ihr bei dem Dealer am Ebertplatz war, verkehrt in diesen Kreisen. Gut möglich, dass er unser Mann ist. Derzeit ist er unser Hauptverdächtiger Nummer zwei, nach dem Exfreund«, erklärte Brandt.

»Verstehe. Fischer, bitte teile die Informationen mit dem gesamten Team, damit der Informationsstand einheitlich ist.«

»Mach ich«, antwortete Fischer.

»Hat die Rechtsmedizin Anhaltspunkte für einen Drogenkonsum in den letzten Tagen finden können?«, fragte Brandt.

»Ja, dieser Ali hat euch nicht angelogen. Sie hat vor einigen Tagen Heroin konsumiert. Die Rechtsmedizin konnte sogar noch die Einstichstelle ausmachen.«

»Gab es noch mehr Einstichstellen am Körper, die auf häufigen Konsum schließen lassen?«

»Nein, alles deutet darauf hin, dass sie sich nur unregelmäßig Heroin gespritzt hat. Entweder hat die Therapie in der Selbsthilfegruppe Wirkung gezeigt – Schwangerschaften setzen oftmals ungeahnte psychische Kräfte in Frauen frei, die dazu führen können, eine Sucht in den Griff zu bekommen. Oder sie hat andere Substitutionsdrogen genommen oder verabreicht bekommen, zum Beispiel Methadon. Hierzu laufen derzeit die Untersuchungen im Labor. Ihr müsst euch bitte etwas gedulden.«

»Hast du weitere Informationen für uns?«, fragte Bender, ohne das Gesagte zu kommentieren.

»Das war es zunächst.«

»Danke. Was ist mit euch? Ihr hattet ja heute einige Gespräche.« Ihr Blick wanderte erst zu Aydin, dann zu Brandt. Bevor einer der beiden antworten konnte, fügte sie in deutlich strengerem Ton hinzu: »Wann wolltet ihr mich eigentlich darüber informieren, dass ihr Franz Tack verhaftet und im Präsidium verhört habt?«

Aydin suchte Deckung, indem er zur Seite schaute, also blieb Brandt nichts anderes übrig, als die Verteidigung zu übernehmen. »Wir wollten das gerade ansprechen. Leider haben die Ermittlungen es nicht zugelassen, dass wir dich vorher informieren.«

»Schon mal was von einem Smartphone gehört?«, blieb Bender unbeeindruckt und hob demonstrativ ihr Handy in die Höhe. »Mit diesem kleinen technischen Gerät kann man telefonieren. Warum habt ihr ihn festgenommen?«

»So meinte ich das doch …«

»Ich weiß, wie du das meinst, und genau das ist das Problem. Jetzt muss ich mich vermutlich mit dem Anwalt von Tack auseinandersetzen, ohne zu wissen, worum es überhaupt ging.«

»Wir hatten keine andere Wahl. Als wir ihm ein paar Fragen stellen wollten, ist er geflüchtet. Ihn mit aufs Präsidium zu nehmen, war die einzige Möglichkeit, mit ihm zu sprechen«, antwortete Aydin, der augenscheinlich seinen Mut wiedergefunden hatte.

Bender atmete hörbar aus. »Und, hat das Gespräch die Ermittlungen vorangebracht?«

»Wir wissen, dass er für die Tatzeit kein echtes Alibi hat, er war angeblich allein zu Hause. Wenn wir seine DNA-Spuren an der Leiche finden, braucht er schon eine verdammt gute Erklärung, warum er nicht der Mörder von Silke Topp ist«, übernahm wieder Brandt. »Dafür müssen wir ihn nicht einmal zur Probe bitten. Er hat eine Vorstrafe als Sexualstraftäter, daher gehe ich davon aus, dass wir bereits DNA von ihm haben.«

»Trotzdem will ich das nicht ein weiteres Mal erleben, das gilt für jeden in meinem Team. Wenn ein Verdächtiger verhaftet oder aufs Präsidium gebracht wird, muss ich unverzüglich unterrichtet werden. Ich will mich nicht wiederholen müssen.«

Ihr Blick wanderte durch die Runde. Brandt sah, dass sich Kramer zusammenreißen musste, um nicht vor Schadenfreude in Gelächter auszubrechen, das sah ihm ähnlich.

»Hat das Gespräch mit Tack noch andere ermittlungsrelevante Informationen ergeben?«

»Leider nicht. Aber wir wissen von Ali, dass Tack das Opfer hat anschaffen lassen. Gut möglich, dass durch die Trennung diese Geldquelle versiegt ist. Habgier wäre ein starkes Motiv für einen Mord.« Dass Tack erklärt hatte, er habe sich von Silke Topp getrennt, erwähnte Brandt nicht, denn er glaubte ihm nicht. Einen Beweis hatte er dafür leider nicht, doch warum sollte jemand, der hoch verschuldet war, seinen Goldesel verstoßen? Inzwischen war Brandt geneigt zu glauben, dass alles, was Tack im Verhör erzählt hatte, gelogen war.

»Und das Gespräch mit dem zweiten Verdächtigen? Was hat es mit diesem Anton Hemke auf sich?«

»Er hatte eine Affäre mit dem Opfer, darüber hinaus hat er bestätigt, dass er Silke Topp vor einigen Tagen beim Kauf von Drogen begleitet hat. Wie Tack hat auch er kein Alibi für die Tatzeit. Er war zu Hause.«

»Und das macht ihn zu einem Mörder?«

»Nicht unbedingt, aber Hemke ist allem Anschein nach praktizierender Satanist.«

»Er hat sich sogar Hornimplantate unter die Stirn pflanzen lassen«, fügte Aydin hinzu.

»Das reicht mir nicht. Ich brauche Beweise, bitte keine bloßen Annahmen aufgrund von Antipathie.«

»Falls die Polizeidatenbank nichts ausspuckt, würden wir ihn gern zu einer DNA-Probe herbitten.«

»Das entscheide ich. Wir warten erst Fischers Recherchen ab. Vorher wird in diese Richtung nichts unternommen. Ich hoffe, ich habe mich diesbezüglich klar genug ausgedrückt. Wo kommen wir denn hin, wenn wir jeden Mann, der mit dem Opfer Kontakt hatte, einem Generalverdacht unterstellen. Ihr solltet doch wissen, dass unsere Ermittlungen niemals persönlich werden dürfen.«

»Das sind sie nicht, es gibt berechtigte Anhaltspunkte«, versuchte Brandt ihren Standpunkt klarzumachen, aber Bender schien kein Interesse daran zu haben.

»Habt ihr noch was?«

»Nein.«

»Gut. Kramer, was ist mit dir?« Der schnelle Wechsel zu Kramer war wie ein Schlag ins Gesicht. Bender wollte anscheinend weder mit Brandt diskutieren noch schien sie viel für seine und Aydins Überlegungen in Sachen Hemke übrig zu haben.

»Danke für die Übergabe«, antwortete Kramer und Brandt wusste genau, was nun kommen würde. Kramer lehnte sich zurück, die Stuhllehne gab leicht nach, ein breites, süffisantes Lächeln legte sich auf sein Gesicht, er schaute in die Runde und fuhr dann endlich fort: »Aus der Sicht eines Fallanalytikers ist dieser Fall in seiner Form außergewöhnlich und ich muss den Kollegen Brandt verteidigen.«

Brandt wollte seinen Ohren nicht trauen, hatte Kramer wirklich etwas Positives über ihn gesagt oder würde gleich die Korrektur kommen?

»Auch ich war geneigt zu glauben, dass die brutale Tat ein Ritualmord sein könnte.«

»Tust du aber nicht«, schlussfolgerte Rech.

»So ist es, Kollege. Weil ihr bei all euren Ausführungen etwas Entscheidendes vergessen habt, was mich stark wundert.«

Da war er wieder, der eingebildete, überhebliche Kramer, der sich allen überlegen fühlte und sich nicht scheute, seinen Kollegen das immer wieder deutlich zu zeigen.

»Und was genau, du Schlauberger?«, entfuhr es Brandt. Was er ihm eigentlich am liebsten an den Kopf geworfen hätte, behielt er lieber für sich, da er es sich mit Bender nicht verscherzen wollte.

Kramer richtete sich auf und hob die Brust, was in Brandts Augen einfach nur lächerlich wirkte, denn Kramer war eher klein und schmal.

»Die Botschaft auf dem Zettel, der anstelle des Herzens hinterlassen wurde. Die Botschaft in Verbindung mit Fischers Aussage führen uns direkt zu dem Mörder.«

»Und das bedeutet?«, hakte Aydin nach.

Kramer lächelte selbstgefällig. »Die Botschaft ist absolut eindeutig. Der Mörder schreibt nicht ohne Grund auf den Zettel: *Keine Mutter*«, begann er seine Erklärung. »Zunächst war ich geneigt zu glauben, dass er die Worte darauf bezogen hat, dass das Opfer keine Mutter mehr werden würde, weil er sie und das ungeborene Baby getötet hat. Fischers Aussage jedoch, dass sie schon einmal ein Kind abgetrieben hat, war das fehlende Puzzleteilchen. Der Mörder verteidigt mit der Notiz seine Tat, weil das Opfer in seinen Augen jedes Recht verwirkt hat, eine Mutter zu sein.«

»Das würde aber bedeuten, dass der Täter das Opfer kannte«, schlussfolgerte Schmoll.

Brandt musste zugeben, dass er Kramers Gedanken gar nicht so abwegig fand, obwohl er zunächst geglaubt hatte, dass dieser Zettel nur ein Scherz, ein Ablenkungsmanöver des Mörders war, um eine falsche Spur zu legen.

»In jedem Fall war er über die Vergangenheit des Opfers bestens informiert. Ob das bedeutet, dass er sich ihr persönlich verbunden fühlte oder vielleicht in einem engen Verhältnis zu ihr stand, ist derzeit noch nicht zu sagen. Gut möglich, dass er ihr Arzt war oder jemand von der Drogenberatung. Jedenfalls lässt es den Schluss zu, dass der Mörder überdurchschnittlich intelligent ist. Jemand, der nur aus Eifersucht oder Habgier tötet, wie oft bei Beziehungstaten, hätte sich diese Mühe nicht gemacht. Der Mörder will, dass wir seine Beweggründe verstehen und akzeptieren.«

»Du meinst, er will unseren Segen?«, hakte Schmoll nach.

»Wenn du es so ausdrücken willst, Ja.«

»Und was, wenn er damit nur seine Spuren verwischen will? Was, wenn es doch ein Ritualmord war?«, entgegnete Aydin.

»Das halte ich für ausgeschlossen. Auch bei Ritualmorden steht eine Botschaft über dem Mord. Der Mord ist nur der Schlüssel zu dieser Botschaft.«

»Also schließt du sowohl eine Beziehungstat als auch einen Ritualmord aus?«

»Nach derzeitigem Stand, Ja.« Kramers Blick wanderte zu Brandt und dieser wusste genau warum. Schließlich vertrat er den Standpunkt, dass nur einer dieser beiden Gründe das Motiv sein konnte. Sollte

Kramer recht behalten, würde das bedeuten, dass weder Tack noch Hemke der Mörder waren, und das wiederum hieß, dass sie erneut bei Null anfangen müssten.

Kein schöner Gedanke.

## Kapitel 13

»Verzeihen Sie, ich wollte Sie nicht erschrecken«, sagte der Mann und lächelte. Jana war noch immer zu keiner Regung fähig, dabei schrie alles in ihr: *Lauf!*

»Ich heiße Horst.« Der Mann reichte ihr die Hand und erst jetzt gelang es Jana, aus ihrer Lethargie zu erwachen und die Begrüßung zaghaft zu erwidern. »Darf ich Sie zu einem Eis einladen? Als Wiedergutmachung.«

Bevor Jana etwas sagen konnte, nahm der Mann ihr gegenüber Platz. Instinktiv wanderte ihr Blick zu seinen Schuhen. Diesmal trug er schwarze Turnschuhe, das beruhigte sie etwas.

»Wir kennen uns doch? Sie wohnen in Kalk. Ich arbeite für Hermes. Wir haben uns kürzlich erst gesehen.«

Jana nickte und ein wenig unsicher sagte sie: »Ja, stimmt. Ich hoffe, Sie konnten Ihr Paket noch zustellen.«

»Alles gut, machen Sie sich keine Gedanken. Es passiert andauernd, dass ein Nachbar das Paket nicht annehmen will, würde ich vermutlich auch nicht tun. Man hat ja genug eigene Probleme, da möchte man nicht noch auf die Pakete von Fremden aufpassen.«

»Das freut mich.« Jana versuchte zu lächeln. Der Mann war nett und die Vorstellung, dass er der Killer sein könnte, fand sie jetzt geradezu albern. Nur weil er dieselben Schuhe trug, machte ihn das noch nicht zu einem Mörder. Dabei wusste sie nicht einmal genau, ob sie die Schuhe des Killers wirklich gesehen hatte. Sie hatte unter Schock gestanden und war der Ohnmacht nahe gewesen.

Logisch betrachtet, war es ausgeschlossen, dass sie dem Mörder begegnet war, er hätte sie niemals gehen lassen. Als sie ohnmächtig geworden war, wäre es ihm ein Leichtes gewesen, sie zu töten. Aber sie lebte und das konnte nur bedeuten, dass niemand am Tatort gewesen war außer ihr.

»Guten Tag, wissen Sie schon, was Sie bestellen möchten?«, fragte die Kellnerin, die plötzlich an ihrem Tisch aufgetaucht war.

»Ich hätte gern einen Milchkaffe und eine Kugel Vanilleeis.«

»Nur eine Kugel?«, fragte Horst und wandte sich an die Kellnerin. »Können Sie bitte gleich noch einmal kommen? Wir müssen die Karte etwas genauer studieren.«

»Gern. Was ist mit Getränken?«

»Ich nehme auch einen Milchkaffee. Bringen Sie uns bitte zwei Milchkaffee.«

Die Kellnerin nickte und ging.

»Das geht auf mich, suchen Sie sich bitte das aus, worauf Sie Lust haben. Wenn es nicht teuer ist, wäre ich enttäuscht.« Horst lachte und Jana schenkte ihm ein Lächeln. Sie spürte, dass sie sich immer mehr entspannte. Horst hatte etwas. Auf der einen Seite wirkte er dominant und männlich, auf der anderen Seite sehr einfühlsam.

Sie stand auf dominante Männer. Was sollte sie mit jemandem an ihrer Seite, der ebenso zurückhaltend und ängstlich war wie sie?

Horst reichte ihr die Eiskarte und Jana blätterte darin. »Was ist mit Ihnen? Wollen Sie nicht schauen?«

»Brauche ich nicht. Ich bin öfter hier, ich bestelle eigentlich immer das Gleiche.«

»Ist das nicht teuer?«

»Klar, aber man muss sich im Leben auch mal was gönnen und als Single ist es nur halb so teuer«, lachte Horst und wurde sofort wieder ernst. »Allerdings hätte ich nichts dagegen, wenn ich eine tolle Partnerin an meiner Seite hätte. Ich finde es selbstverständlich, dass der Mann bezahlt. Da bin ich altmodisch. Was ist mit

Ihnen? Sicherlich wartet der Papa des Kleinen zu Hause?«

Sein Blick wanderte zu ihrem Bauch und obwohl sie eine schlanke Statur hatte, war die Schwangerschaft im siebten Monat einfach nicht zu übersehen, auch nicht unter der dicken Jacke, die sie noch immer anhatte. Horst hatte seine längst über die Rückenlehne des Stuhls gehängt.

*Sag ihm, dass du verheiratet bist*, riet ihr die Vernunft. Schließlich konnte man heute nicht vorsichtig genug sein. Es gab reichlich Idioten auf der Welt. Andererseits machte Horst einen freundlichen Eindruck, wenn er wirklich nur der Paketbote war, würde sie sich ärgern, immerhin fand sie ihn nett. Es gab Tage, da war sie sehr einsam, und hatte sie nicht das Recht auf Liebe, Wärme und Streicheleinheiten? Auch wenn diese Streicheleinheiten nur Worte waren? Seit ihr Freund sich von ihr getrennt hatte, hatte sie keinen Mann mehr kennengelernt. Kein Wunder, dachte sie, denn sie empfand sich als hässlich und wer wollte schon eine hässliche schwangere Frau kennenlernen?

»Ich bin Single«, sagte sie dann und lächelte, aber sie hatte das Gefühl, dass das Ganze ziemlich verkrampft rüberkam.

»So eine hübsche Frau?« Horst schüttelte den Kopf. »Wieso hat sich der Vater seiner Verantwortung entzogen?«

Jana wusste nicht mehr, wie ihr geschah. Solche Schmeicheleien war sie nicht gewohnt und sie wusste nicht, wie sie damit umgehen sollte. Ihr Ex hatte ihr schon lange nichts Liebenswürdiges mehr gesagt. Ganz im Gegenteil, er hatte sie psychisch kaputt gemacht, ihr das Gefühl gegeben, dass sie Schmutz wäre, dass sie es nicht wert sei, zu leben, und dass sie froh sein dürfe, dass jemand wie er sie zur Freundin genommen hatte.

Ihre Augen wurden feucht, so sehr sie sich auch dagegen wehrte.

»Verzeihen Sie, ich wollte Ihnen nicht zu nahe treten«, sagte der Mann.

»Nein, ist schon gut. Ich habe empfindliche Augen. Ich vertrage die trockene Luft nicht«, antwortete Jana, was natürlich nicht der Wahrheit entsprach, aber das musste Horst ja nicht wissen. Sie wischte sich mit der Hand über die Augen.

»Und, haben Sie sich schon entschieden?«, fragte die Kellnerin, die mit den Getränken zu ihnen kam und sie auf den Tisch stellte.

»Ich hätte gern den Fruchtbecher«, antwortete Jana. Er kostete 6,50 Euro und war damit günstiger als die meisten anderen Bechervarianten.

»Für mich bitte den Schokobecher«, sagte Horst.

»Gern.« Die Kellnerin ging zurück zur Theke.

»Es war meine Schuld. Ich habe nicht das Recht, Sie über den Vater auszufragen, schließlich kennen wir uns gar nicht. Manchmal bin ich etwas plump. Ich weiß ja noch nicht mal Ihren Namen.«

»Ich heiße Jana.«

»Freut mich, der Name passt zu Ihnen. Sehr schön.«

Jana wurde rot, so viele Komplimente brachten sie etwas aus der Fassung. Sie schaute kurz zu Horst und sah, was für schöne blaue Augen er hatte. Er war groß, deutlich größer als sie und fülliger, aber sie stand ohnehin nicht auf Hungerhaken. Bei dem Gedanken musste sie unweigerlich schmunzeln, denn sie selbst war ein solcher Hungerhaken.

Horst musste etwa Ende vierzig sein, aber es war gut möglich, dass die wenigen Haare auf seinem Haupt ihn älter machten, als er war, doch das war egal. Wichtig war nur, dass er nicht mit ihren Gefühlen spielte.

*Wenn er überhaupt etwas von dir will*, dachte sie skeptisch. Sie fühlte sich seit jeher wie eine graue Maus.

»Ist Ihnen nicht zu warm in der Jacke? Ziehen Sie doch die Jacke aus, sonst werden Sie frieren, wenn Sie das Einkaufszentrum verlassen.«

»Sie haben recht, danke«, antwortete Jana und zog ihre Jacke aus. Dass Horst sie dabei beobachtete, entging ihr nicht, und auch nicht, dass er kurz schmunzelte.

Konnte es sein, dass ihm gefiel, was er sah?

Die Vorstellung war Jana angenehm, sie lehnte sich lächelnd auf ihrem Stuhl zurück.

## Kapitel 14

»Was ist los?«, fragte Brandt, dem Aydins schiefer Gesichtsausdruck nicht entgangen war.

Sie hatten inzwischen die linke Rheinseite erreicht und Brandt fuhr das Agrippinaufer entlang, eine Straße, die dem Rheinverlauf folgte und einen malerischen Blick auf den Fluss gewährte, der ebenso bedeutend für die Stadt war wie der FC oder der Kölner Dom. Rechter Hand waren einige Bürogebäude, in der Nähe der Haltestelle Ubierring befand sich eine Fakultät der Kölner Fachhochschule.

»Nix, Nina hat nur was geschrieben.«

»Und was?« Brandt hatte ein komisches Gefühl. Wenn Aydin so schweigsam war, lag etwas im Argen.

Aydin schaute ihn an. »Ich habe nichts damit zu tun. Nina und Ylva gehen heute Abend ins Kino.«

»Sollen sie doch. Warum sollte ich etwas dagegen haben?«

»Sicher? Sonst würde ich Nina bitten …«

»Quatsch. Wie kindisch wäre das? Ich bin doch keiner von diesen Vollassis.«

»Gut, dann bin ich ja beruhigt. Immerhin sind Nina und Ylva befreundet.«

»Ich weiß.« Brandt nickte, aber tief in seinem Herzen spürte er einen Stich, denn insgeheim nervte ihn die Vorstellung schon, dass sich die beiden trafen. Dass es bei dem Treffen nicht beim Filmegucken bleiben würde, war klar. Sie würden auch über ihn reden und mit Sicherheit würde Ylva kein gutes Haar an ihm lassen. So wie er Nina kannte, würde sie Ylva zustimmen.

Brandt bog in die Schönhauser Straße ab. Aydin schaute aus dem Fenster und noch immer glaubte Brandt, dass ihm etwas auf dem Herzen lag, aber er bohrte nicht nach, da er vermutete, dass es nur etwas mit Ylva zu tun haben konnte.

Nachdem er in die Bernhardstraße abgebogen war, parkte er vor ihrem Ziel. Die Wohngegend sah ganz anders aus als die Ecke, in der Silke Topp gelebt hatte. Wie es schien, lebten ihre Eltern in gut geordneten bürgerlichen Verhältnissen.

Gemeinsam gingen sie zur Haustür des vornehmen Einfamilienhauses.

»Topp«, las Brandt den Namen auf dem Klingelschild. »Fischer hat wieder beste Arbeit geleistet.« Er betätigte die Klingel und kurz darauf wurde die Tür geöffnet.

»Ja, bitte«, sagte eine Frau Ende vierzig. Sie war sehr gepflegt und schien auf ihr Äußeres besonderen Wert zu legen. Jedenfalls sah sie ganz anders aus, als sich mancher die Mutter einer Heroinsüchtigen vorstellen würde. Aber so war das mit Klischees. Viele vergaßen, dass Drogen nicht nur ein Problem der Unterschicht waren, sondern alle gesellschaftlichen Schichten betrafen.

»Guten Tag. Sind Sie Frau Svenja Topp?«

»Ja, warum?« Der unsichere Blick der Frau wanderte von Brandt zu Aydin.

»Wir sind von der Kriminalpolizei, das ist mein Kollege Emre Aydin und mein Name ist Lasse Brandt«, antwortete Brandt und zeigte ihr seinen Ausweis. »Können wir Sie kurz sprechen?«

»Ja, kommen Sie doch bitte rein. Geht es um Silke? Hat sie etwas angestellt?« Ihre Stimme klang schrill. Wie es schien, wusste sie noch nicht, dass ihre Tochter brutal ermordet worden war.

»Wir müssen Ihnen leider mitteilen, dass Ihre Tochter tot ist«, antwortete Brandt, als sie im Wohnzimmer waren. Es hatte keinen Sinn, um den heißen Brei herumzureden. Nach seinen klaren Worten wirkte die Mutter zwar angeschlagen, aber auch gefasst, als hätte sie es geahnt. Brandt hatte da schon ganz andere Szenen erlebt, als er Eltern solch eine grausame Nachricht übermittelt hatte. Viele fingen laut an zu weinen, andere brachen zusammen, nur wenige blieben so gefasst wie Frau Topp. Gut möglich, dass es nur eine Fassade war oder dass der Schock es so scheinen ließ. Sie würden es bald erfahren.

»Möchten Sie sich setzen?«, fragte Aydin, der in solchen Situationen der Sensiblere von ihnen war.

»Danke.« Sie nahm Platz. »Wir haben mit so einer Nachricht gerechnet, dabei sah es so gut aus, seit sie schwanger war.«

»Also wussten Sie von ihrer Drogenabhängigkeit?«, hakte Brandt nach und sein Blick flog kurz über das Wohnzimmer und die Einrichtung, die sehr hochwertig war. Wenn er das mit der absolut bescheidenen Wohnung der Tochter verglich, konnte man meinen, dass hier zwei Welten aufeinanderprallten.

Hatten die Eltern wirklich alles Erdenkliche getan, um ihre Tochter von den Drogen und dem schlechten Umgang wegzubekommen, oder hatten sie irgendwann resigniert?

Brandt glaubte eher das Zweite und fragte sich, was er tun würde, wenn er eine Tochter hätte, die auf die schiefe Bahn geriete.

»Ja, wir haben alles versucht, dass sie davon loskommt, unzählige Therapien bezahlt, sie in die USA geschickt, aber es hat alles nichts gebracht. Als sie schwanger wurde, war das ein Schock für meinen Mann und mich. Jeder weiß doch, was aus Kindern wird, deren Mütter heroinabhängig sind.« Langsam bröckelte die starke Fassade und ihre Augen glänzten feucht, doch es flossen keine Tränen. »Vermutlich ist es das Beste für das ungeborene Baby.« Sie schaute nach oben, als wollte sie damit die Tränen zurückhalten.

»Wir wissen, dass Ihre Tochter in den letzten Monaten regelmäßig bei einer Suchtberatung in Köln-Kalk war. Hat sie Ihnen davon erzählt?«

»Ja«, antwortete die Mutter. »Ich habe sie angefleht, zu uns zu ziehen. Hier hätten wir auf sie achtgeben können, dafür sorgen, dass sie keinen schlechten Umgang hat. Aber sie wollte nicht.« Topp schüttelte den Kopf. »Angebettelt habe ich sie. Das hat sie nun von ihrer Sturheit. Wie kann man so borniert sein und glauben, dass die Eltern etwas Schlechtes für einen wollen. Ja, ihr Vater war streng, aber doch nur, weil er sich um sie sorgte.«

Endlich redete sie mehr und Brandt gab ihr die Zeit, er wollte sie nicht unterbrechen. Auch Aydin hatte keine Anstalten gemacht, Zwischenfragen zu stellen. Als ihr Redefluss sich nun unterbrach, erkundigte sich Brandt: »Wann haben Sie das letzte Mal mit Ihrer Tochter Kontakt gehabt?«

»Das war letzte Woche. Sie klang zuversichtlich, sie erzählte mir, dass die Therapie diesmal anschlagen würde, sie wollte für ihr Baby stark sein. Wie konnte sie sich das Leben nehmen, wenn doch alles gut war?«

Aydins Blick huschte zu Brandt. Wie es schien, ging die Mutter davon aus, dass ihre Tochter Selbstmord begangen hatte, vermutlich glaubte sie, dass sie sich den berühmt berüchtigten goldenen Schuss gesetzt hatte.

»Wir müssen Ihnen leider mitteilen, dass sie sich nicht das Leben genommen hat. Sie wurde ermordet.«

Jetzt brach die Fassade vollends zusammen. Die Mutter starrte sie erschrocken an.

»Ermordet? Warum? Wer tötet eine schwangere Frau?«

»Genau das wollen wir herausfinden. Hat Ihre Tochter mit Ihnen über Probleme gesprochen?«

Die Mutter schüttelte fassungslos den Kopf und gab ein ungläubiges Geräusch von sich, dann antwortete sie: »Glauben Sie, sie wäre drogenabhängig geworden, wenn sie keine Probleme gehabt hätte? Sie hat Probleme magisch angezogen. Allein ihr schrecklicher

Umgang. Als sie sich endlich von diesem widerlichen Franz losgesagt hat, waren mein Mann und ich heilfroh, wir haben für einen kurzen Moment einen Lichtblick gesehen, Hoffnung.« Sie schnaubte. »Wie naiv das war. Ich habe ihn nie gemocht und jetzt hat er unsere Tochter und unser Enkelkind auf dem Gewissen.«

»Wir wissen noch nicht, wer Ihre Tochter ermordet hat«, korrigierte Aydin.

»Wer soll es sonst gewesen sein? Der war doch nur am Geld, an ihrem Erbe interessiert. Glauben Sie, dass es die Idee unserer eigenen Tochter war, uns auf ihr Erbe zu verklagen? Das war für meinen Mann zu viel.«

»Sie hat sich ihr Erbe erstritten? Ging es dabei um die Drogen?«

»Nein, sie wollte es diesem Bastard in den Rachen werfen«, platzte es aus ihr heraus und für einen kurzen Moment verlor sie ihre Würde und Contenance.

»Frau Topp, wir müssen Ihnen leider mitteilen, dass Ihre Tochter anschaffen ging, um ihre Sucht zu finanzieren«, wagte Brandt einen riskanten Vorstoß. Gut möglich, dass die Mutter nichts davon wusste, aber er musste diese Frage stellen. Vielleicht erfuhren sie dann mehr über den Exfreund, schließlich kam er noch immer als Haupttatverdächtiger infrage, unabhängig davon, was Kramer vermutete. Dass die Tote ihre Eltern aus eigenem Antrieb wegen des Erbes verklagt hatte, glaubte auch er nicht. Gut möglich, dass Franz Tack sie unter Druck gesetzt hatte, um an das Geld zu kommen.

Egal wie er es drehte und wendete, am Ende ging es nur um das Geld. Mit der Trennung hatte Tack seinen Goldesel verloren, das musste ihn mächtig gewurmt haben, gut möglich, dass er sie zurückwollte und es zu einem Streit gekommen war, infolge dessen Tack diese unvorstellbar grausame Tat verübt hatte. Nur, sah der Mord wie eine Handlung im Affekt aus? Brandt wollte das nicht glauben, dafür wirkte alles zu geplant. Auch die Botschaft passte nicht zu einer Affekthandlung.

»Anschaffen? Sie meinen, sie war eine Hure? Das kann nicht sein, wir haben ihr ihr Erbe doch ausgezahlt und uns außergerichtlich geeinigt.«

»Wie hoch war die Zahlung?«

»Fast zweihunderttausend Euro.«

Das war eine Menge Geld und es passte nicht ins Bild. Brandt wusste zwar, dass Tack hoch verschuldet war, aber zweihunderttausend Euro hätten ausreichen müssen, um diese Schulden zu begleichen.

»Wann hat sie das Geld erhalten?«

»Das war vor drei Wochen.«

»Und wann hat sie sich von ihrem Freund getrennt?«

»Ich bin mir nicht sicher, es muss vor zwei oder drei Monaten gewesen sein.«

Brandt wurde misstrauisch, irgendetwas passte hier nicht.

»Zu welcher Bank haben Sie die Summe überwiesen?«

»Zur Sparkasse.«

Brandt nickte kurz. Diese Information warf jede Menge neuer Fragen auf. Sie hatte diese große Geldsumme also bekommen, nachdem sie sich von Tack getrennt hatte. War es dann trotzdem möglich, dass Tack das Geld erhalten hatte? Und wenn nicht, was war mit dem Geld? Lag es noch auf ihrem Konto oder hatte es jemand anderer bekommen? Und wenn ja, warum? Konnte es sein, dass diese Person auch ihr Mörder war?

Er musste unbedingt Fischer bitten, zu prüfen, wo das Geld war.

»Sagt Ihnen der Name Anton Hemke etwas?«, wollte Brandt wissen, da es nicht ausgeschlossen war, dass er das Geld hatte. Er hatte zwar behauptet, nur eine lockere Beziehung zu Silke Topp gehabt zu haben, aber das musste nichts heißen. Brandt glaubte diesem Mann kein Wort, nur musste er das auch beweisen können.

Die Mutter antwortete nicht sofort, allerdings wirkte sie inzwischen deutlich gefasster.

»Wann können wir unsere Tochter sehen?«, fragte sie, statt Brandt eine Antwort zu geben.

»Die Leiche Ihrer Tochter ist in der Rechtsmedizin, sobald sie freigegeben wird, werden die Kollegen Sie kontaktieren.«

»Und wie lange dauert das?«

»Ein paar Tage.« Natürlich wusste Brandt nicht, ob das stimmte, aber er spürte, dass sie eine genauere Angabe hören wollte, und diesen Gefallen tat er ihr. Wenn die Aussage half, dass sie sich wieder auf seine Fragen konzentrierte, war es ihm diese kleine Notlüge wert. Er hatte in solchen Situationen schon ganz andere Dinge erlebt, zum Beispiel, dass Angehörige plötzlich dichtmachten und gar nichts mehr sagten.

»Sagt Ihnen der Name Anton Hemke etwas?«, wiederholte Aydin Brandts Frage.

»Nein, habe ich noch nie gehört«, antwortete sie zur Enttäuschung von Brandt, aber das musste nichts heißen.

»Vielleicht hat Ihre Tochter ihn mal erwähnt. Er ist sehr auffällig, er hat in der Stirn Implantate …«

»Dieser Teufel!«, unterbrach sie Brandt.

»Sie kennen ihn?«

»Nicht wirklich, er war nur einmal hier. Hat meinem Mann gedroht.«

»Gedroht? Womit?«

»Wenn wir das Erbe nicht rausrücken, könne er für nichts garantieren. Was hat meine Tochter mit so jemandem zu schaffen gehabt?« Sie schüttelte sich, als hätte sie noch immer Angst vor Hemke.

»War Ihre Tochter dabei?«

»Nein. Mein Mann und ich haben uns gewundert, woher dieser Widerling unsere Anschrift hat. Ich habe meine Tochter angerufen, aber sie wollte partout nicht mit der Sprache rausrücken, sie hat auf stur geschaltet.«

Eins war nun klar, sie mussten unbedingt wissen, wo das Geld war, es würde die Ermittlungsarbeit deutlich erleichtern. Hatte Hemke das Geld? Und wenn nicht, war es möglich, dass er die junge Frau ermordet hatte, um an das Erbe zu kommen?

Brandt hielt das für wahrscheinlicher, als dass Tack das Geld hatte. Der Mord ähnelte einem Satanskult. Aber was hatte es mit der Botschaft auf sich?

*Keine Mutter* hatte auf dem Zettel gestanden. Das klang eher wie ein Vorwurf, es hatte nichts mit Habgier zu tun.

Oder sollte die Botschaft tatsächlich nur von dem eigentlichen Motiv ablenken?

Sobald er die Informationen von Fischer hätte, würde er sich Hemke noch einmal vorknöpfen. Es wäre nicht das erste Mal, dass die Spur des Geldes sie zu dem Mörder führte.

»Gab es noch jemanden, mit dem Ihre Tochter in letzter Zeit Kontakt hatte?«

»Das weiß ich nicht, ich habe nur mit diesen beiden Widerlingen Kontakt gehabt und das hat mir gereicht.«

Brandt nickte, verstärkte es doch seine Annahme, dass einer von den beiden der Mörder war.

## Kapitel 15

*17. Januar*

»Du strahlst so«, sagte Petra. Sie saß bei Jana auf der Couch.

»Ich freu mich einfach nur, dass du hier bist«, log Jana. Sie wollte Petra, die wieder einmal unangekündigt vor der Tür gestanden hatte, nicht von ihrer gestrigen Begegnung mit Horst erzählen.

»Danke, Maus. Ich bin auch immer froh, wenn ich euch beide sehe«, sagte Petra und schaute auf Janas Bauch. »Ich kann es gar nicht abwarten, dass Niklas endlich das Licht der Welt erblickt.«

*Er ist mein Kind, was geht dich das an!,* hätte Jana ihr am liebsten an den Kopf geworfen, stattdessen lächelte sie nur. Sie wollte sich ihre gute Laune von Petras Ignoranz und Überheblichkeit nicht kaputt machen lassen. Dennoch hoffte sie, dass Petra nicht allzu lange bleiben würde.

»Willst du mir keinen Kaffee anbieten?«, fragte diese jetzt schmunzelnd. »Bleib sitzen, ich mach das schon. Ist ja fast wie meine eigene Wohnung hier.«

Wieder lächelte Jana nur, dabei fand sie es unmöglich, dass sich Petra einfach so bediente. Sie hätte niemals gewagt, sich derart in Petras Wohnung zu verhalten, obwohl Petra sie noch nie zu sich eingeladen hatte. Es fiel ihr jetzt erst wieder auf und sie fand es etwas merkwürdig.

»Möchtest du einen Tee?«

»Ja, gern.«

Petra ging in die offene Küche und öffnete einen Oberschrank, um Becher herauszunehmen. »Denk an deinen Arzttermin heute Nachmittag. Gerade in deiner Situation ist das sehr wichtig. Hast du gefrühstückt?«

»Ich weiß, um 16 Uhr. Gefrühstückt habe ich.«

*Wie meine Mutter. Ich bin alt genug und kein Kind mehr!* Es fiel ihr zunehmend schwer, ihren Ärger nicht zu zeigen.

»Sehr gut. Wenn du möchtest, begleite ich dich.«

»Sehr lieb von dir, aber ich schaffe das schon alleine.«

»Nein, nein. Ich habe genug Zeit, du musst vorsichtig sein, du weißt doch, dass du eine Risikoschwangerschaft hast.«

»Danke, ich kriege das selbst hin. Ich wollte danach noch einkaufen«, log Jana. Konnte Petra nicht akzeptieren, dass sie einfach mal alleine sein wollte? So langsam nervte sie dieses ständige Klammern.

Als sie Petra kennengelernt hatte, war sie froh gewesen, dass jemand wie sie, jemand aus besserem Hause, überhaupt mit einer grauen Maus wie ihr befreundet sein wollte. Doch seit einiger Zeit fühlte sie sich eingeengt, sie wusste nur nicht, wie sie es Petra erklären sollte, ohne dass diese es falsch auffasste.

»Einkaufen? Dann erst recht. Wie willst du denn deine Einkäufe hier hochschleppen? Ich habe heute eh nichts anderes vor, ich begleite dich. Keine Widerrede.«

*Du hast nie etwas zu tun*, dachte Jana verärgert, wusste aber, dass eine Diskussion nichts brachte. Gegen Petras Argumente kam sie einfach nicht an, dafür war sie nicht schlagfertig genug.

Ihre Gedanken wanderten zu Horst. Er hatte ihr das Gefühl gegeben, dass sie doch keine graue Maus war, und sich ihr gegenüber vorbildlich benommen. Dafür, dass sie überhaupt in Erwägung gezogen hatte, dass er der Mörder sein könnte, schämte sie sich nun. Gleichzeitig war sie ein wenig stolz auf sich. Durch eine unverfängliche Frage hatte sie nämlich in Erfahrung gebracht, dass er zu der Zeit, in der sie im Wald spazieren gewesen war, Pakete ausgetragen hatte, somit war es ausgeschlossen, dass er der Mörder war.

*Du hast den Mörder auch gar nicht gesehen*, ermahnte sie sich, dieses Hirngespinst endlich zu vergessen. Die roten Turnschuhe waren bloß ein Produkt ihrer Fantasie. Doch etwas anderes beschäftigte sie. Am vergangenen Abend hatte sie auf der Online-Seite des Express einen Artikel über die Tote gelesen und war erschrocken über das, was dort stand.

»Hier, dein Tee«, holte Petra sie aus ihren Gedanken.

»Danke«, antwortete Jana und nahm den Becher, um ihn auf dem Couchtisch abzustellen.

»Dafür doch nicht. Wenn du lieb bist, können wir nach der Untersuchung gern noch zu den Arcaden, ich lade dich zu einem Eis ein.«

Jana antwortete nicht, sie musste das um jeden Preis verhindern, denn eigentlich hatte sie sich mit Horst in dem Eiscafé verabredet. Wenn der sie dort mit Petra sah und erkannte, dass sie ihn versetzte, würde er sicherlich den Kontakt zu ihr abbrechen. Das durfte auf keinen Fall geschehen, sie mochte ihn doch.

*Wäre ich bloß etwas entschlossener*, machte sie sich Vorwürfe und nahm einen Schluck Tee.

## Kapitel 16

Auf Fischer war wie gewohnt Verlass, er hatte herausgefunden, dass sich das Erbe noch auf dem Konto der Toten befand und dass es keine anderen Bevollmächtigten gab.

»Warum geht eine Frau anschaffen, die fast zweihunderttausend Euro auf dem Konto hat?«, überlegte Aydin laut, während sie im Auto auf dem Weg zu ihrem nächsten Ziel waren.

»Na ja, das Geld hat sie erst vor drei Wochen erhalten und wir wissen nicht, wann sie das letzte Mal anschaffen gegangen ist. Gut möglich, dass das vorher war.«

Aydin nickte. »Glaubst du, dass Tack oder Hemke scharf auf das Geld waren?«

»Würde mich nicht wundern. Habgier ist ein starkes Mordmotiv.«

»Aber der Mord sieht nicht danach aus.«

»Mag sein. Vielleicht ist die Botschaft aber auch nur ein Ablenkungsmanöver. Diesem Hemke traue ich das ohne Weiteres zu.«

»Ich auch.«

»Wir müssen mehr über ihn in Erfahrung bringen.«

»Wenn Rech bloß endlich DNA finden würde, die auf Hemke schließen ließe.«

»Wenn, wenn, du Keks, mit Wenn-wenn hat noch kein Kriminalbeamter einen Mord aufgeklärt, das solltest du wissen.«

»Das war doch nur so dahingesagt.«

»Bei dir bin ich mir da manchmal nicht so sicher.«

»Eigentlich hast du so einen netten Freund wie mich gar nicht verdient.«

»Warum?«

»Na ja, im Gegensatz zu dir erlaube ich mir keine solchen Tiefschläge.«

»Hey, das ist die Würze in unserer Freundschaft. Sonst wäre es doch langweilig.«

»Klar, auf meine Kosten.«

»Du bietest einfach viel Angriffsfläche, aber du weißt, dass ich das nur mit Leuten mache, die ich mag«, versuchte sich Brandt zu erklären. Er war schon immer jemand gewesen, der gern austeilte, er konnte allerdings auch einstecken. Aydin hingegen teilte weniger oft aus, doch dafür konnte Brandt nichts.

»Manchmal kann ich das nicht so ganz glauben. Ich weiß echt nicht, was Ylva an dir findet.«

»Verstehe. Was hat dir Nina denn gezwitschert?«, wollte Brandt wissen. Sie und Ylva waren am vergangenen Abend im Kino gewesen und noch immer hatte Brandt keinen Kontakt zu Ylva gehabt. Sie hatte sich bisher nicht bei ihm gemeldet, weil sie sicherlich auf eine Reaktion von ihm wartete, aber er war derzeit zu sehr mit dem Fall beschäftigt, als dass er sich um seine privaten Probleme hätte kümmern können.

Natürlich wusste er, dass das nur die halbe Wahrheit war. Am liebsten wäre es ihm gewesen, wenn Ylva klein beigeben und der Status vor dem Streit wiederhergestellt werden würde. Wenn er stattdessen sie kontaktieren würde, würde sie Bedingungen stellen.

»Lass mich da bitte raus, ich musste Nina versprechen, nichts zu sagen. Aber wie es scheint, bist du auch Ylva gegenüber gern mal ein Macho und Narzisst.«

»Macho? Was soll das? Ich bin kein Macho und kein Narzisst, vielleicht etwas eitel und natürlich selbstbewusst. Wenn sie einen Ja-Sager will, bin ich der falsche Mann für sie, dann sollte sie aber auch den Mut haben, es mir zu sagen.«

»Reg dich ab. Dass du dich jetzt so angegriffen fühlst, sagt mir, dass es dir nicht egal ist«, konterte Aydin. Brandt atmete hörbar aus, schwieg jedoch, weil sein junger Partner recht hatte. Sich das einzugestehen, fiel ihm allerdings nicht leicht.

Er parkte den Wagen vor Walters Imbiss und beide stiegen wortlos aus.

»Kannst du mir einen Gefallen tun?«

»Welchen?«

»Bitte sprich vor Walter das Thema Ylva nicht an, noch einen moralischen Einlauf kann ich gerade echt nicht gebrauchen.«

»Kein Ding.«

Das mochte Brandt an Aydin. Egal wie unterschiedlich ihre Meinung in bestimmten Dingen war und wie oft sie sich zofften, Aydin würde ihn nie bewusst in die Pfanne hauen.

»Jungs, das muss Gedankenübertragung sein. Habe gerade an euch gedacht«, begrüßte sie Walter, er schien bester Laune.

»Moin«, antworteten Brandt und Aydin fast synchron.

»Wie geht es dir?«, wollte Aydin wissen.

»Blendend, ich mache in zwei Wochen Urlaub.«

»Du und Urlaub? Ich dachte, der Imbiss wäre dein Leben.«

»Ist er auch. Aber ich glaube, dass ich es mir so was von verdient habe.«

»Klar, wenn nicht du, wer dann«, sagte Aydin. »Wohin soll es denn gehen?«

»Ich werde mir einen Wohnwagen mieten und einfach losfahren, mal schauen, wo es mir gefällt.«

»Super, das wollte ich auch schon immer mal machen«, antwortete Brandt und das nicht, weil er Walter schmeicheln wollte, sondern weil er diesen Wunsch tatsächlich seit Längerem hegte. Allerdings hätte er sich nicht alleine auf so eine Tour begeben.

»Warum zögerst du? Komm doch einfach mit. Und du auch. Zu dritt, das wird bestimmt lustig.«

»Ich würde sofort Ja sagen, aber wir stecken mitten in Ermittlungen, keine Ahnung, wie lange die noch dauern werden. Bevor wir den Täter nicht verhaftet haben, kommen wir hier nicht weg«, antwortete Aydin und Brandt sah am Leuchten in den Augen seines Partners, dass seine Worte nicht gelogen waren.

»Schade, Jungs. Falls ihr es euch anders überlegt, seid ihr herzlich eingeladen.«

»Wir nehmen dich beim Wort. Ganz ehrlich, wenn wir diesen kranken Psychopathen rechtzeitig verhaften, kommen wir mit«, antwortete nun Brandt und sein Blick wanderte zum Grill, er hatte Hunger. »Ich glaube, die Currywurst da lächelt mich an.«

»Und die Rindswurst mich«, lachte Aydin.

Walter nahm die Currywurst, schnitt sie klein und reichte sie mit etwas Toastbrot auf einem Teller an Brandt.

»Jackpot.« Brandt ballte die Hand zur Faust, weil Walter ansonsten so gut wie immer Aydin zuerst bediente. Es war inzwischen beinahe ein Running Gag zwischen ihnen.

»Dann lass es dir schmecken. Ich könnte schwören, dass die Wurst etwas verbrannt aussieht.«

»Walters Würstchen sind immer auf den Punkt gegrillt«, entgegnete Walter und alle drei lachten. Nun reichte Walter Aydin seine Rindswurst mit einem Stück Toastbrot auf einem Teller.

»Das ist einfach das Beste, was es gibt«, bemerkte Aydin begeistert und biss herzhaft in seine Bratwurst.

»Sagt mal, ihr jagt nicht zufällig diesen Babymörder?«

»Doch, leider.«

»Scheußliche Kiste. Habe davon gehört. Da glaubst du, dass du im Leben schon alles gesehen hast, und dann wirst du aufs Übelste überrascht.« Walter schüttelte angewidert den Kopf.

Brandt verstand, was er meinte, schließlich war Walter gewisserweise vorbelastet, was allein sein Äußeres signalisierte. Der Imbissbudenbesitzer war groß, korpulent und neben zahlreichen Tattoos schmückten auch einige Narben seinen Körper, die daran erinnerten, dass er früher öfter mit dem Gesetz in Konflikt geraten war.

Brandt hatte ihn als Informanten kennengelernt und noch immer war Walter bestens mit der Unterwelt vernetzt. Seit er seinen Grillimbiss führte, hatte er der Kriminalität allerdings abgeschworen und seit einigen Jahren verband die drei eine echte und aufrichtige Freundschaft. Für Brandt war Walter der beste Beweis dafür, dass Menschen sich ändern konnten.

»Habt ihr denn eine Spur?«, fragte Walter und schaute die beiden an. »Wollt ihr ein Bier?«

»Ein Kölsch können wir uns erlauben, glaube ich«, antwortete Aydin, dennoch wanderte sein Blick fragend zu Brandt, da der während der Arbeit keinen Alkohol trank. Die Sache mit Ylva beschäftigte ihn jedoch zu sehr und ein kühles Blondes war daher gar keine so dumme Idee.

»Für mich bitte ein Pils.«

»Da spricht der Norddeutsche«, lachte Walter, womit er auf Brandts Herkunft anspielte. Er nahm zwei Kölsch und ein Pils aus dem Kühlschrank, öffnete die Flaschen und reichte je eine an Aydin und Brandt weiter. Dann stießen sie an und Brandt setzte sogleich die Flasche an die Lippen. Er behielt recht, das kühle Bier war genau das, was er jetzt brauchte.

»Eine echte Spur haben wir nicht, aber wir haben zwei potenzielle Verdächtige. Vielleicht sagt dir ja einer der beiden Namen was«, antwortete Aydin.

»Dann mal raus damit. Ihr wisst, dass meine Würstchen leider auch in der Unterwelt sehr beliebt sind. Man kann sich seine Kundschaft halt nicht aussuchen.« Walter zuckte die Schultern und nahm einen großen Schluck Kölsch.

»Einer ist Anton Hemke, er hat ein Tattoostudio in Bickendorf. Scheint sich in der Satanistenszene zu tummeln«, sagte Brandt.

Walter überlegte kurz. »Sagt mir nichts. In der Szene bin ich nicht so gut vernetzt, eher im Milieu und so.«

»Was ist mit Franz Tack?«

»Franz? So ein dicker Großer mit Glatze?«

»Genau. Du kennst ihn?«

»Leider«, Walter verzog misslaunig den Mund. »Ganz übler Typ, aber die jungen Mädels stehen auf ihn.«

»Was weißt du über ihn?« Brandt ließ das letzte Stück Currywurst in seinem Mund verschwinden.

»Dass er ein ganz übler Kerl ist. So ein Sugar Daddy, nur mit dem Unterschied, dass er die jungen Mädchen mit Drogen hörig macht und sie dann anschaffen lässt. Er hat ein großes Alkoholproblem.«

»Sagt dir der Name Silke Topp etwas?«

Walter schlug die Hand vor den Mund. »Sagt nicht, dass Silke die Tote ist?«

»Ja. Also kennst du sie?«

»Was heißt kennen. Sie war ein paarmal hier. Einmal alleine, als sie sich von diesem Schwein getrennt hat.«

Brandt merkte auf. Vielleicht entpuppte sich das Gespräch mit Walter gerade als echter Glücksgriff.

»Über was habt ihr gesprochen?«

»Als Franz bei ihr war, nur über Belanglosigkeiten. Man hat ihr angemerkt, dass sie sich nicht traute, neben ihm etwas zu sagen. Aber als sie dann alleine hier war, war sie wie ausgewechselt.«

»Und was hat sie erzählt?«, fragte Aydin.

»Na ja, was Junkies so erzählen. Trotzdem wollte ich ihr glauben, allein schon deshalb, weil sie schwanger war. Es wäre ja nicht das erste Mal, dass Frauen aufgrund einer Schwangerschaft von den Drogen wegkommen.«

»Kannst du bitte etwas genauer sein? Hat sie irgendwas über Tack erzählt?«

»Ja, sie wirkte gut gelaunt. Angeblich hatte sie sich von ihm getrennt und endlich jemanden kennengelernt, der sie nicht ausnutzte oder schlecht behandelte.«

»Hat sie über ihre neue Bekanntschaft etwas gesagt?«

»Nicht wirklich, nur dass er der Richtige sein könnte, es würde sich diesmal jedenfalls so anfühlen. Ihr wisst ja, diesen Kram, den Frauen in ihrer Naivität halt so erzählen. Ich habe sie nicht ernst genommen. Meine Sorge galt eher dem Ungeborenen. Also habe ich sie gefragt, ob sie wirklich clean ist.«

»Was hat sie dazu gesagt?«

»Ja, sie wäre clean. Sie wollte ihrem Kind ein besseres Leben ermöglichen. Und bald würde sie auch über genug Geld verfügen, um endlich positiv in die Zukunft schauen zu können.«

»Schon komisch. Wusstest du, dass sie aus gutem Hause kam und von ihren Eltern fast zweihunderttausend Euro eingeklagt hat?«

»Echt? So kam sie mir gar nicht vor, sie wirkte eher wie ein abgebrannter Junkie, der für den nächsten Schuss alles tun würde. Ich verstehe das nicht, wie kann man seine Eltern verklagen? Und überhaupt, wie kann man sich auf Männer wie Franz einlassen, wenn man vermögende Eltern hat und aus gutem Hause kommt?« Walter schüttelte den Kopf.

»Tja, Drogen und falsche Liebe. Ist nicht das erste Mal, dass ein Mädchen aus gutem Hause abstürzt, weil sie sich in den falschen Kreisen bewegt. Hat sie etwas über diesen neuen Freund erzählt?«, wollte Brandt wissen. Schließlich war es denkbar, dass dieser Mann etwas mit ihrem Tod zu tun hatte, weil er an das Geld wollte.

Es blieb dabei, im Mittelpunkt stand immer das Geld als Motiv für den Mord. Alles andere schloss er mehr und mehr aus, auch die Möglichkeit, dass der Täter nicht aus Habgier gemordet hatte, worauf die Botschaft hinwies.

»Nicht viel. Jedenfalls hat sie mir kein Foto von ihm gezeigt, wenn ihr darauf hinauswollt. Glaubt ihr, dass er der Mörder ist?«

»Keine Ahnung, es wäre denkbar. Gut möglich, dass der ominöse Freund an das Geld wollte. Aber wenn sie so verliebt war, ist ihr vielleicht was rausgerutscht. Frauen schwärmen doch gern von ihrer neuen Flamme«, hakte Aydin nach. Er hatte inzwischen ebenfalls aufgegessen und seine Flasche Kölsch geleert.

»Ehrlich, Jungs, ich kann mich nicht daran erinnern, aber es würde mich nicht wundern, wenn er auch aus dem Milieu ist. Diese Frauen landen doch immer bei dem gleichen Typ Mann. Sie sind nur zu naiv, um das zu erkennen. Wenn ihr wollt, höre ich mich um.«

»Das wäre sehr gut. Wir müssen unbedingt wissen, wer dieser Typ ist. Es ist nicht auszuschließen, dass er der Mörder ist oder dass er uns zu dem Mörder führt«, erklärte Brandt.

»Kein Ding, gebt mir ein, zwei Tage, dann habe ich den Namen.«

»Danke«, erwiderte Aydin.

Brandt hoffte, dass Walter den Namen tatsächlich herausbekommen würde, und so wie er seinen Freund kannte, würde er es schaffen. Gleichzeitig war ihm bewusst, dass diese Information bedeutete, dass sie plötzlich einen dritten Verdächtigen hatten.

»Kein Thema, Jungs, für euch doch gern. Ich hoffe, ihr findet dieses Schwein. Da fällt mir übrigens was ein. Vielleicht kennen ihre Eltern ihn.«

»Silke Topps Eltern?« Brandt horchte auf.

»Ja, Silke meinte, dass ihre neue Flamme Druck bei ihren Eltern gemacht hätte, damit sie zahlen. Alleine hätte sie sich das nie getraut.«

»Hemke!«, platzte es aus Brandt heraus.

## Kapitel 17

Es war kurz vor 18 Uhr, als sich Petra endlich von ihr verabschiedete. Jana hatte sie zum Glück dazu überreden können, eine andere Eisdiele als die in den Arcaden aufzusuchen, weil sie nicht Horst begegnen wollte, der schließlich versprochen hatte, sich um 16 Uhr in der Eisdiele, in der sie sich kennengelernt hatten, mit ihr zu treffen.

»Das wars«, dachte sie, als sie ihre Wohnungstür öffnete. »Der glaubt sicher, dass du ihn versetzt hast.«

Sie hatte Kopfschmerzen. Petra hatte sie wieder mit indirekten Vorwürfen und Bevormundungen überfordert. »Ich hätte mich nie mit ihr anfreunden dürfen.«

Jana wollte den Reißverschluss ihrer Jacke aufziehen, doch sie hielt inne, drehte sich um und trat wieder in den Hausflur, schloss die Wohnungstür ab und ging nach draußen.

Die kalte Luft, die ihr entgegenströmte, war wie eine Befreiung. In ihrer Wohnung hatte sie sich mit einem Mal eingeengt gefühlt, sie wollte gerade nicht dort sein. Sich den Grund dafür einzugestehen, fiel ihr allerdings nicht leicht.

Sie hatte Angst. Angst vorm Alleinsein, dabei war sie erleichtert, dass Petra endlich gegangen war. Aber das war etwas anderes, sie musste jetzt unter Menschen gehen, untertauchen in der Anonymität. Unter Menschen sein, die ihr keine Fragen stellten, Vorwürfe machten oder ihr ihre Meinung aufdrängten.

Also ging sie spazieren, ziellos. Je weiter sie ging, desto weniger wurden die Kopfschmerzen, bis sie sie gar nicht mehr wahrnahm.

Vor dem Schaufenster eines Schuhladens blieb sie stehen und bewunderte Stiefeletten, die wie UGGs aussahen, modische Fellboots. Sie hatte noch knapp 60 Euro in ihrer Geldbörse.

»Manchmal muss man sich was gönnen. Außerdem brauche ich Winterschuhe. Wenn ich krank werde, ist das auch schlecht für das Baby«, versuchte sie ihr Gewissen zu beruhigen, da sie die 60 Euro viel dringender für Lebensmittel brauchte. Sie trat ein.

»Guten Abend, kann ich Ihnen helfen?«, wurde sie von einer Verkäuferin angesprochen, sie war die einzige Kundin in dem Schuhgeschäft.

»Ich würde gern die Schuhe anprobieren, die im Schaufenster stehen. Diese Halbstiefel für 39 Euro.«

»Gute Wahl. Das Angebot gilt auch nur noch diese Woche. Welche Schuhgröße haben Sie denn?«

»36.«

»Oh, das sind aber kleine Füße.«

»Ich bin ja auch eine kleine Frau«, sagte Jana und versuchte zu lächeln. Es war ihr immer unangenehm, wenn Menschen sie auf ihre kleinen Füße ansprachen. Sie persönlich fand, dass sie mit ihren ein Meter sechzig keine zu kleinen Füße hatte.

Die Verkäuferin verschwand, um kurz darauf mit einem Karton zurückzukehren. Jana nahm auf einem der Hocker Platz und testete die Schuhe.

»Perfekt. Wie für Sie gemacht. Lassen Sie sich das Schnäppchen nicht entgehen. Wir Frauen frieren ja so schnell und es soll die Tage noch kälter werden«, ließ die Verkäuferin einen Schwall an Argumenten los, warum Jana sich diesen Schuh unbedingt kaufen sollte. Dabei hatte sie sich längst entschieden, die Schuhe passten sehr gut und irgendwie fühlte sie sich darin auch besser, glücklicher.

»Ich nehme sie«, antwortete sie dann. »Kann ich sie gleich anbehalten?«

»Natürlich, die Nächte sind kalt. Soll ich Ihre Schuhe einpacken?«

»Ja, den Karton brauche ich nicht.«

Sie folgte der Verkäuferin zur Kasse.

»Wenn Sie bei unserem Bonusprogramm mitmachen, gibt es fünf Euro Rabatt.«

»Echt?« Jana konnte ihr Glück kaum fassen. Natürlich willigte sie ein und meldete sich bei dem Programm an. Danach zahlte sie den offenen Betrag und verabschiedete sich von der Verkäuferin.

Draußen warf sie einen kurzen Blick auf ihre neuen Schuhe und war sehr zufrieden. Das war ein Megaschnäppchen. Vor allem spürte sie die Kälte nicht mehr so wie in den anderen Schuhen.

Sie folgte der Straße und als sie an einem Dönerimbiss vorbeikam, verspürte sie ein wenig Hunger, was für sie geradezu an eine Sensation grenzte, denn sie hatte nur selten Appetit. Sie betrat den Imbiss, schließlich hatte sie eben erst fünf Euro gespart und die wollte sie in einen Döner investieren.

Sie bestellte einen kleinen Döner für drei Euro und beschloss, ihn im Laden zu essen. Der Mitarbeiter bat sie, sich zu setzen, er werde ihr den Döner bringen, also nahm sie Platz. Sie schaute aus dem Fenster und zuckte plötzlich zusammen.

## Kapitel 18

»Hemke hat Dreck am Stecken«, konstatierte Brandt, während er den Dienstwagen Richtung Bickendorf steuerte. Er war erleichtert, dass der neue Freund der Toten keine dritte Person war, denn dann hätten sie einen nächsten Tatverdächtigen gehabt. Da er aber wusste, dass Hemke die Eltern von Silke Topp bedroht hatte, konnte nur er es sein. Und das bedeutete, dass Hemke sie angelogen hatte.

»Was, wenn er dabei bleibt, dass es eine rein sexuelle Beziehung war?«, brachte Aydin einen Einwand vor.

»Warum sollte Silke Topp Walter anlügen?«

»Du weißt ja, wie Frauen sind, wenn sie für jemanden schwärmen.«

»Dann muss Hemke mir erklären, warum er die Eltern bedroht hat. So oder so, er ist unser Hauptverdächtiger Nummer eins. Allein die brutale Art, auf die die junge Frau ermordet wurde, spricht für diesen Satanisten.«

»Reine Spekulation. Ich will nur an Kramer erinnern.«

»Verdirb mir nicht die Laune mit diesem Idioten. Der hat sich zu sehr auf diesen dämlichen Zettel fixiert.«

»Wir sollten das trotzdem nicht außen vor lassen.«

Brandt warf Aydin einen skeptischen Blick zu. »Glaubst du, das wüsste ich nicht? Einen Schritt nach dem anderen, du Klugsch…«, reagierte Brandt ungehalten, sprach das Wort aber nicht aus. »Ich habe schon Mordfälle aufgeklärt, da hast du noch an Mamas Brust genuckelt.«

»Da siehst du mal, wie alt du bist«, erwiderte Aydin mit einem Schmunzeln. »Hast du eigentlich schon Pläne für deinen fünfzigsten Geburtstag?«

»Nein, habe ich nicht. Ärger mich nicht.«

»Na ja, nächstes Jahr ist es so weit.« Aydin grinste breit.

»Und wenn schon. Die Zeiten haben sich geändert. Fünfzig ist nur eine Zahl.« Natürlich wusste Brandt, dass das Alter auch an ihm nicht spurlos vorbeiging, obwohl er sehr auf sein Äußeres achtete, sich bewusst und gesund ernährte und viel Sport trieb. Die achtundvierzig Jahre, die in seinem Personalausweis standen, sah man ihm nicht an, glaubte er.

Aydin antwortete nicht sofort, dann sagte er: »Wäre gut, wenn Hemke unser gesuchter Mann ist, dann könnten wir mit Walter auf Tour gehen.«

Brandt nickte. »Ja, darauf hätte ich echt Lust. Ein Tapetenwechsel wäre nicht verkehrt und zu dritt ist es eh lustiger als alleine.«

Leider wusste Brandt aus Erfahrung, dass es sehr lange dauern konnte, jemanden wegen Mordes zu überführen. Bisher war es reine Spekulation, dass Hemke der Mörder war, und selbst wenn er es war, mussten sie das erst noch beweisen.

Natürlich war der Plan, ein paar Tage durch Europa zu fahren, nicht ganz uneigennützig, denn so würde er dem unangenehmen Konflikt mit Ylva aus dem Weg gehen können. Es war schon paradox: Da gehörte Brandt zu den Menschen, die keiner Konfrontation aus dem Weg gingen, aber in Liebesdingen fühlte er sich manchmal überfordert.

*Gibs doch zu, du hast es noch immer nicht überwunden, dass deine Ex dich mit deinem Kumpel im Regen stehen lassen hat*, dachte er selbstkritisch, als er auf die Zielstraße abbog und vor der Anschrift parkte.

Sie betraten den Innenhof vor dem Tattoostudio. Zwei junge Männer verließen gerade das Gebäude und warfen den Beamten einen abschätzenden Blick zu.

»Das waren doch bestimmt Satanisten«, sagte Aydin und spielte damit wohl auf den schwarzen Kleidungsstil der beiden an. Brandt nickte, sie betraten das Studio.

Diesmal stand Hemke persönlich hinter dem Tresen. Als er die Beamten sah, verfinsterte sich seine Miene. »Was wollen Sie?«, fragte er wenig begeistert.

»Uns kurz mit Ihnen unterhalten«, blieb Brandt unbeeindruckt. Hemke hatte für ihn von seinem äußerlichen Schrecken verloren. So war es oft mit Dingen, die einem Unbehagen bereiteten, sah man sie öfter oder wurde mehrmals mit ihnen konfrontiert, wirkten sie weniger bedrohlich.

»Und worüber?«

»Es geht um Ihre Beziehung zu Silke Topp.«

»Das hatte ich Ihnen doch schon erklärt, wir kannten uns und ab und an habe ich sie gevögelt. Glauben Sie, ich werde Ihnen jetzt was anderes erzählen? Kein Wunder, dass so viele Verbrecher ungestraft davonkommen, bei solchen Luschen.«

»Sie sollten Ihre Wortwahl vorsichtiger wählen …«

»Sonst was? Wollen Sie mir mit der Staatsgewalt drohen? Glauben Sie, dass Sie mich damit einschüchtern können?« Hemke reckte seinen langen Hals nach vorne, sein Blick wirkte bedrohlich und seine Augen funkelten. Dass seine rote Augenfarbe nicht Kontaktlinsen geschuldet war, konnte Brandt noch immer nicht glauben. Wie kaputt musste man sein, um so etwas Gefährliches und Dummes zu machen?

»Wir wollen niemanden einschüchtern, wir versuchen nur, den Mörder Ihrer Freundin zu finden«, versuchte Aydin freundlich zu bleiben.

»Sie war eine Fickbekanntschaft«, schnaubte Hemke wütend und schaute nach oben wie ein wildgewordener Stier.

*Fehlt wieder mal nur noch der Dampf aus den Hörnern*, dachte Brandt ironisch.

»Dann verraten Sie uns, warum Sie ihre Eltern bedroht haben, wenn Sie bloß eine rein sexuelle Beziehung zu ihr hatten?«, reagierte Brandt deutlich schärfer als sein Partner.

»Was für Eltern? Ich kenne die Eltern von dieser Fotze nicht. Wollen Sie mir irgendwas unterstellen? Sie wissen wohl nicht, mit wem Sie sich gerade anlegen.«

»Lassen Sie diese Spielchen. Mir ist scheißegal, ob Sie zu Satan beten oder zu sonst wem. Diese dämlichen Hörner und Ihre lächerliche Gestalt werden uns nicht von unserer Arbeit abhalten. Wenn Sie noch einmal einem von uns drohen, nehmen wir Sie mit aufs Präsidium. Habe ich mich deutlich genug ausgedrückt?« Jetzt platzte Brandt der Kragen. Er wartete nur darauf, dass Hemke eine Dummheit beging, damit er ihn endlich verhaften konnte.

»Alles gut, bleiben Sie locker. Stress mit der Alten oder was?«, schien Hemke seinen Ausbruch herunterspielen zu wollen. Er lächelte sogar, dabei zeigten sich seine spitzen Zähne. »Ja, ich war bei ihnen, aber nur, weil mich Silke um einen Gefallen gebeten hat.«

»Und der wäre?«

»Sie hat ihre Eltern gehasst, dieses spießige Pack. Die wollten ihr das Erbe nicht auszahlen. Was sind das für Eltern, die ihre Tochter auf den Strich schicken, aber selbst in Geld schwimmen?«

»Sicherlich wussten die Eltern nicht, dass ihre Tochter anschaffen ging. Es ist auch nicht üblich, dass man das Erbe einklagt. Wissen Sie, was sie mit dem Geld wollte?«, fragte Aydin.

»Das, was alle wollen, die dem Geld erliegen: ein besseres Leben. Als ob Geld einem das bieten könnte, wenn der Geist noch schmutzig und vergiftet ist. Man muss erst mit sich im Reinen sein, dann kann sich das Leben ändern, aber wer ist das schon?«

»Sind Sie es denn?«, provozierte Brandt.

»Mehr als Sie. Ihre Aura ist voller verletzter Oberflächlichkeit und Eitelkeit.«

»Und Ihr satanistischer Glaube macht aus Ihnen einen besseren Menschen?«

»Sie haben keine Ahnung. Was wissen Sie schon über Satanismus, über die verschiedenen Strömungen. Sie sind doch das Problem unserer Gesellschaft. Alles, was nicht in Ihr klischeebehaftetes Weltbild passt, wird ausgegrenzt oder genötigt, sich zu assimilieren. Dabei ist es die Vielfalt, die die Menschheit retten wird.«

»Haben Sie eigentlich schon Ihren Hund wegen des Alibis gefragt?«, konnte sich Brandt eine spitze Bemerkung nicht verkneifen. Hemke starrte ihn unbewegt an, also führte Brandt das Verhör fort. »Hat das viele Geld keine Begehrlichkeiten bei Ihnen geweckt?«

»Nein, hat es nicht. Sie hören mir nicht zu: Geld bedeutet mir nichts. Ich bin ein sehr gefragter Tätowierer. Geld war nie ein Hindernis für mich und es wird auch niemals meinen Alltag oder meine Entscheidungen beeinflussen. Sie verschwenden nur Ihre Zeit, wenn Sie glauben, mir etwas anhängen zu können. Sie sollten sich lieber Silkes Exfreund widmen. Der war geil auf ihr Erbe.«

»Er wusste davon?«, fragte Aydin.

»Natürlich, Silke musste es ihm ja unbedingt stecken. Sie war nicht das liebe Mädchen, für das Sie sie halten. Sie hatte es faustdick hinter den Ohren.«

Diese Information überraschte Brandt. »Warum sollte sie es ihm anvertrauen? Sie hatte sich doch von ihm getrennt und wusste, dass er verschuldet war. Damit hätte sie sich nur in Gefahr gebracht.«

»Merken Sie was? Ich sagte Ihnen schon, Sie vergeuden hier Ihre Zeit. Silke war nicht ganz klar im Kopf. Sie hat geglaubt, ihrem Ex eins auswischen zu können, ihn eifersüchtig zu machen, was weiß ich. Sie war halt kaputt. Unterhalten Sie sich doch mit ihrem Betreuer, diesem Typen von der Selbsthilfegruppe.«

»Haben Sie seinen Namen? Meinen Sie die Einrichtung in Köln-Kalk?«

»Genau die. Ralf heißt er.«

»Danke«, antwortete Brandt und verabschiedete sich von Hemke, Aydin nickte ihm zu und folgte Brandt zum Wagen.

»Glaubst du ihm?«, fragte er draußen.

»So schwer es mir fällt, was er sagt, klingt plausibel. Das bedeutet aber nicht, dass ich ihm glaube oder ihn davon freispreche, etwas mit dem Mord zu tun haben. Er versteht es geschickt, die Angriffe gegen sich abzuwehren. Dumm ist er nicht und genau das macht ihn gefährlich.«

Sie stiegen ein, Brandt startete den Motor und fuhr los.

»Und eine gute Menschenkenntnis hat er auch«, bemerkte Aydin.

»Wie meinst du das?«

»Er hat dich echt gut analysiert.«

»Mich?«

»Na ja, als er sagte, dass du Stress mit deiner Freundin hast.«

»So ein Quatsch, das war doch nur ein dämlicher Spruch.« Brandt schüttelte verständnislos den Kopf, da er Aydins Gedankengang weder folgen konnte noch wollte.

»Da wäre ich mir nicht so sicher.«

»Ärger mich nicht. Konzentrier dich lieber auf den Fall, als auf irgendeine dämliche Aussage von einem Freak.«

»Siehst du, du gibst ihm unbewusst recht. Alles, was nicht der Norm entspricht, wird schlecht gemacht.«

»Wenn das so ist, lass dir doch Hörner implantieren, und ich verspreche dir, dass ich dich danach nicht aufziehen werde.«

Aydin verstummte, dann sagte er: »Wohin fahren wir jetzt?«

»Da uns Fischer die Meldeanschrift von Tack gemailt hat, sollten wir ihn direkt mit den Vorwürfen von Hemke konfrontieren, mal sehen, wie er reagiert.«

»Okay.« Die Fahrt nach Köln-Mülheim dauerte fast vierzig Minuten, da an einigen Stellen hohes Verkehrsaufkommen herrschte. Die Stadt hatte einfach keine Lösung für die Verkehrsprobleme, vor allem die Strecke Richtung Mülheim über die Mülheimer Brücke glich häufig einem Glücksspiel. Wenn sich da etwas staute, konnte man gut und gern eine Stunde brauchen, bis man angekommen war. So schlimm war es diesmal zum Glück nicht.

Brandt bog auf die Mündelstraße ab und parkte den Wagen vor dem großen Wohnblock, in dem Tack wohnte. Während der Fahrt hatte Aydin Fischer kontaktiert und ihn gebeten, mehr über Silke Topp und die Selbsthilfegruppe in Erfahrung zu bringen.

Sie stiegen aus und traten an die Klingelanlage.

»Bruder, brauchst du was?«, wurde Aydin angesprochen.

»Ich bin weder dein Bruder noch brauche ich was. Oder willst du der Kriminalpolizei was verkaufen?«

Der junge Südländer, den Brandt auf höchstens sechzehn schätzte, erschrak und lief weg.

»Es ist dein Bart«, zog Brandt seinen Partner auf.

»Was ist mit meinem Bart?«

»Er ist einfach zu lang, kein Wunder, dass dich solche Gestalten ansprechen und glauben, du würdest Hehlerware kaufen.«

»Witzig. Mein Bart ist nicht zu lang. Ich stutze ihn alle sechs Tage.«

»Erzähl doch keine Lügen. Du hast dich bestimmt seit zwei Wochen nicht rasiert.«

»Doch, erst letzte Woche Dienstag habe ich ihn gestutzt.«

»Das sind neun Tage, du Keks«, lachte Brandt und las die Namen auf der Klingelanlage.

»Ich komme halt nicht dazu, die Kleine …«

»Immer ist Leah schuld. Du bist einfach faul geworden und lässt dich gehen. Man hört ja oft von diesem Phänomen, dass sich Männer oder Frauen in einer Ehe schnell gehen lassen«, zog Brandt ihn auf.

»Das stimmt überhaupt nicht.«

»Gut, wenn du dich gern selbst belügst, dann stimmt es eben nicht.« Brandt betätigte die Klingel, er hatte inzwischen den Namen gefunden.

Da kein Summen ertönte, drückte er erneut auf den Knopf.

»Zu wem wollen Sie?«, wurden sie da von einem Herrn um die fünfzig angesprochen, der gerade die Haustür aufschließen wollte.

»Zu Franz Tack«, antwortete Aydin.

»Der ist doch nie zu Hause, höchstens zum Schlafen. Jede Wette, dass er entweder in der Kneipe oder vor dem Daddelautomaten hockt.« Der Mann öffnete die Eingangstür, betrat den Hausflur und schloss schnell die Tür, damit die beiden Beamten ihm nicht folgen konnten.

»Komm, wir schauen in der Spielhalle nach«, schlug Brandt vor und Aydin ging zum Wagen. »Wohin willst du?«

»Zum Auto, was für eine Frage«, erwiderte Aydin.

»Ist nicht dein Ernst, die kurze Strecke gehen wir zu Fuß.«

Aydin lachte, sagte aber nichts. Wenig später erreichten sie die Spielhalle und traten ein. Wie von dem Nachbarn prophezeit, konnten sie Tack auch schon sehen. Der Mitarbeiter der Spielhalle begrüßte sie, es war dieselbe Person, die sie bei ihrem letzten Besuch empfangen hatte.

»Was wollen Sie denn hier?«, fragte Tack, dann drehte er seinen Kopf nach hinten und rief in die Richtung des Mitarbeiters: »Verdammt, Jochen, warum musst du jede Ratte hier reinlassen?«

»Wenn Sie nicht wieder mit aufs Präsidium wollen, sollten Sie Ihren Ton mäßigen«, entgegnete Brandt. Es war weder zu übersehen noch zu überriechen, dass Tack betrunken war.

»Was wollen Sie von mir? Ich habe diese Schlampe nicht getötet.«

»Pass du bitte kurz auf diesen Vogel auf«, bat Brandt seinen Partner und ging zu dem Mitarbeiter. »Entschuldigen Sie, können wir uns hier irgendwo ungestört mit Herrn Tack unterhalten?«

»Ja, hinten in der Küche.«

»Danke«, antwortete Brandt und ging zu Aydin zurück. »Herr Tack, wir sollten das nicht in der Öffentlichkeit besprechen. Der Mitarbeiter war so freundlich und hat uns vorgeschlagen, uns in der Küche zu unterhalten.«

»Und wenn ich mich weigere?«

»Dann nehmen wir Sie mit aufs Präsidium und werden Sie einem Alkohol- und Drogentest unterziehen. Es liegt in Ihrem Ermessen, ob Sie uns in die Küche begleiten oder nicht.«

Tack schnaubte, gab aber nach. Er stand auf und folgte den beiden Beamten in die Küche. Aydin schloss die Tür.

»Was wollen Sie von mir?«

»Wussten Sie, dass Silke Topp eine größere Zahlung von ihren Eltern erhalten sollte?«, kam Brandt gleich auf das Wesentliche zu sprechen.

»Wer wusste das nicht, sie hat es doch jedem auf die Nase gebunden und damit angegeben. Als könnte das Geld einen besseren Menschen aus ihr machen.«

Brandt war erstaunt, dass Tack nicht herumdruckste, damit hatte er nicht gerechnet.

»Und das Geld hat Sie nicht …«

»Was wollen Sie mir unterstellen?«, unterbrach Tack ihn scharf. »Ja, ich habe Geldprobleme, aber Silke war nicht mehr meine Freundin. Außerdem hat mir ihr Wachhund klargemacht, was mir blühen würde, wenn ich mich ihr nähere. Und mit so einem kranken

Psychopathen will ich keinen Ärger, für kein Geld der Welt.«

»Wer war denn ihr Wachhund?«

»Dieser Anton, dieser Teufel.«

»Der hat Sie bedroht?«

»Klar, weil er selbst auf das Geld scharf war. Silke war labil, das hat er sich zunutze gemacht. Aber Silke war nicht dumm, sie hat ihm keine Vollmacht gegeben, da ist er regelrecht ausgeflippt.«

»Woher wissen Sie das?«, fragte Brandt, diese Aussage änderte alles. Wenn das stimmte, hatte Hemke sie angelogen.

»Weil er mir einen Anteil versprochen hat, wenn ich ihm dabei helfe, dass Silke ihm eine Vollmacht ausstellt.«

## Kapitel 19

»Hallo, darf ich mich zu Ihnen setzen?«, fragte Horst. Er hatte den Dönerimbiss betreten und stand nun vor Jana.

»Ja, gern«, antwortete sie. Sie fühlte sich etwas überrumpelt und am liebsten wäre sie davongelaufen, so unangenehm war ihr das Ganze. Sicherlich würde er sie fragen, warum sie ihn versetzt hatte.

Horst zog seine Jacke aus. »Muss man am Tresen bestellen?«

»Ja.«

»Haben Sie schon bestellt?«

»Ja«, sagte sie erneut, kam sich aber etwas dumm vor, weil sie nicht mehr herausbrachte. So eingeschüchtert wagte sie es nicht, Horst in die Augen zu schauen, dabei war er sehr freundlich und schien ihr keine Vorwürfe zu machen.

»Auch was zu trinken?«

»Nein danke. Ich habe keinen Durst.«

»Kommen Sie, für mich. Was möchten Sie trinken? Ich lade Sie ein.«

»Sie können mich doch nicht immer einladen.« Allmählich taute sie auf, denn sie nahm an, dass Horst ihr wirklich keine Vorwürfe machen würde und irgendwie fand sie es schön, dass er hier war und sich wie ein Gentleman verhielt. Sie hatte noch nie jemanden wie ihn kennengelernt.

»Na gut, dann nehme ich eine Cola Zero, aber nur, wenn es nichts ausmacht.«

»Natürlich nicht. Es freut mich sogar. Ich finde es immer blöd, alleine essen zu gehen.«

»Danke.«

»Gut, ich bestell mal.« Er trat an die Verkaufstheke und Jana warf ihm einen kurzen Blick zu. Was sie sah, gefiel ihr. Er war zwar kein Adonis, aber das war nicht wichtig. Er war gepflegt und freundlich, mehr als sie von einem Mann verlangte.

Seine Fingernägel waren sauber und kurz geschnitten, das war ihr gleich aufgefallen, denn ihre Oma hatte ihr damals als Rat mit auf den Weg gegeben: *Kind, schau dir immer die Fingernägel deiner Verehrer an. Sind sie lang und schmutzig, taugt der Mann nichts.*

Diesen Satz hatte sie nie vergessen. Leider war ihre Oma viel zu früh gestorben, bei ihr war sie gern gewesen und sie war sich sicher, dass ihr ein anderes Leben beschieden gewesen wäre, wenn ihre Oma noch lebte.

»Bitteschön«, sagte Horst, er reichte ihr eine Flasche Cola Zero und nahm ihr gegenüber Platz.

»Danke.«

Sie öffnete die Flasche und gönnte sich einen Schluck.

»Und, wie war Ihr Tag?«, wollte Horst wissen.

»Geht so. Ich hatte einen Arzttermin, musste ewig warten, bis ich drankam«, antwortete sie und überlegte kurz, ob sie das nicht als Ausrede nehmen sollte, warum sie nicht zu ihrer Verabredung erschienen war. Allein, der Mut fehlte ihr.

»Verstehe, deswegen konnten Sie es auch nicht rechtzeitig schaffen. Solche Arztbesuche sind für uns gesetzlich Versicherte immer ein reines Glücksspiel. Ich habe mal vier Stunden im Wartezimmer verbracht und als ich an die Reihe kam, hat der Arzt genau zwei Minuten Zeit für mich gehabt. Und da wundern sich die Politiker, dass sie keiner mag. Statt die wahren Probleme anzugehen, reden die da oben den ganzen Tag nur Müll. Aber die sind ja alle auch privat versichert, was kümmern die schon die Sorgen der einfachen Leute.«

Jana lächelte und nickte. Dafür, dass Horst ihr diese Brücke gebaut hatte, war sie sehr dankbar und es bestätigte sie in dem Glauben, dass Horst ein Gentleman war.

Bevor sie etwas sagen konnte, kam der Mitarbeiter und reichte beiden ihre Döner auf einem Teller.

»Guten Appetit«, sagte Horst und biss in seinen Döner.

Jana tat es ihm gleich. Der Hähnchendöner schmeckte wirklich lecker, stellte sie mit Erstaunen fest. Ob es einfach an ihrem Hunger lag oder ob es die Gesellschaft von Horst war, konnte sie nicht sagen. Es musste eine Ewigkeit her sein, dass sie das letzte Mal einen gegessen hatte.

*Mit so einem Mann an meiner Seite würde sich mein Leben zum Guten wenden,* glaubte sie, fürchtete aber, dass es eine leere Hoffnung bleiben würde. Wenn Horst mehr über sie erführe, würde er sich bestimmt von ihr abwenden. Außerdem, welcher Mann wollte schon eine Frau, die ein Kind von einem anderen bekam?

*Was, wenn er dich nur vögeln will?,* überlegte sie kritisch, denn sie ahnte, dass sie drauf und dran war, sich in diesen Mann zu verlieben. In den Mann, vor dem sie anfangs Angst gehabt hatte. Das Leben konnte manchmal komische Wege einschlagen.

»Und, schmeckt es?«, fragte Horst.

»Ja, sehr lecker. Und Ihnen?«

»Mir auch. Schön, dass ich Sie gesehen habe, sonst wäre dieser leckere Döner an mir vorbeigegangen.«

»Ich hoffe, Sie haben nicht allzulange in der Eisdiele gewartet. Leider hatte ich Ihre Handynummer nicht, um Ihnen zu schreiben.«

»Alles gut. Ich war ja im Trockenen und die Eisdiele ist meine Stammlocation. Das mit der Handynummer sollten wir schleunigst ändern.« Horst zückte sein Handy und bat Jana, ihm ihre Nummer zu nennen.

»Ich rufe Sie kurz an, dann haben Sie auch meine«, sagte er. Janas Handy klingelt kurz. Sie speicherte Horsts Nummer und war froh, dass sie sich jetzt schreiben konnten, schließlich wollte sie mehr über diesen Mann erfahren, der sie irgendwie zu mögen schien. Sie, die kleine graue Maus. Dabei hätte er sicher weitaus attraktivere Frauen haben können als sie, das jedenfalls glaubte sie. Dass er deutlich älter war und sich in Wirklichkeit glücklich schätzen durfte, dass eine junge Frau auf ihn stand, auf diesen Gedanken kam sie nicht.

»Wollen Sie meine neuen Schuhe sehen?«, fragte sie.

»Gern.«

Sie schob ihre Beine nach links, sodass er die Boots sehen konnte.

»Das sind doch diese UGGs, oder?«

»Nein, sie sehen nur so aus, halten aber genauso warm«, sagte sie, dabei wusste sie nicht mal, wie warm UGGs waren, sie hatte noch nie welche angehabt.

»Sehr schön, die stehen Ihnen wirklich gut und gerade Sie sollten sich warm kleiden. Eine Erkältung in Ihrer Situation ist nicht ungefährlich.«

»Ich weiß, danke.«

»Freuen Sie sich auf Ihr Baby?«, wollte Horst wissen. Sein Blick wurde dabei seltsam streng.

»Sehr sogar. Niklas bedeutet mir alles.«

»Sie haben schon einen Namen, also wird es ein Junge?«

»Ja, ich wusste von Anfang an, dass das Baby nur Niklas heißen kann, wenn es ein Junge wird.«

»Ich glaube, Sie werden eine gute Mutter sein, obwohl es als Alleinerziehende nicht leicht ist.«

»Danke, ich werde alles für meinen Sohn tun, auch wenn ich nicht viel habe. Aber er soll nicht darunter leiden.«

»Machen Sie sich nichts vor, Sie brauchen einen Mann an Ihrer Seite. Jemanden, der das Heft in die Hand nimmt und sich um Sie und Niklas kümmert. Ich meine, einen richtigen Mann, nicht so einen Waschlappen, der Sie sitzen lässt.«

Jana wusste nicht, wie sie darauf reagieren sollte. Was bildete sich Horst ein, zu glauben, dass sie nicht in der Lage wäre, ihr Kind alleine großzuziehen? Wut und Enttäuschung packten sie, aber gleichzeitig der Gedanke, dass er recht hatte, und der Wunsch, dass Horst dieser Mann sein könnte, wuchs in ihr.

»Es ist nicht leicht, so einen zu finden. Vor allem, was will so jemand von einer Frau wie mir?«

»Verkaufen Sie sich nicht unter Wert. Jemand, der Ihre Schönheit und Herzlichkeit nicht erkennt, ist ein Dummkopf.«

Horst konnte nicht wissen, wie glücklich er sie mit diesen Worten machte.

## Kapitel 20

*18. Januar*

Die Rechtsmedizin hatte DNA-Spuren sichergestellt, deshalb waren Brandt und Aydin auf dem Weg zu Rech, um darüber zu sprechen.

»Dach«, begrüßte Rech sie in breitem Kölsch. Meistens sprach er Hochdeutsch, aber als gebürtiger Kölner ließ er es sich nicht nehmen, ab und an ein Wort auf Kölsch fallen zu lassen.

»Moin«, antworteten Aydin und Brandt.

»Wieso habe ich das Gefühl, dass ihr mich mit Fragen löchern wollt, die ich noch nicht beantworten kann.«

»Wie schnell könntet ihr die DNA auswerten, wenn wir dir die von Hemke besorgen?«

»So wie ihr ihn beschrieben habt, wage ich zu bezweifeln, dass er sich freiwillig darauf einlässt. In der Datenbank gibt es jedenfalls keine DNA von ihm, da er noch nicht aktenkundig ist. Und einen richterlichen Beschluss ohne dringenden Tatverdacht werdet ihr sicherlich nicht bekommen. Somit bleibt diese Frage rein hypothetisch.«

»Es kommt auf einen Versuch an. Wie lange?«

»Für euch maximal zwei Tage. Aber selbst wenn die DNA übereinstimmt, heißt das noch lange nicht, dass er der Täter ist. Schließlich haben wir einiges an Genmaterial gefunden, was allerdings nicht bedeutet, dass es das des Täters sein muss. Ihr habt ja selbst gesagt, dass sie anschaffen ging. Wenn man ständig mit unterschiedlichen Männern in Kontakt ist, gibt es deutlich mehr Spuren, als wir zuordnen können.«

»Aber die Hautpartikel unter ihren Fingernägeln können doch sehr gut von dem Täter stammen, vielleicht hat sie sich gewehrt?«

»Ja, schon möglich. Wie ich vorhin in der Besprechung erzählt habe, können sie genauso gut von einer Sexpraktik herrühren. Die junge Dame hat ihre Drogensucht mit Sex finanziert, das lässt leider einige eindeutige Beweise gleich in einem anderen Licht erscheinen. Jeder gute Anwalt nimmt das auseinander, wenn die Belastungskette nicht stichhaltig ist. Tut mir echt leid Jungs, ich will genau wie ihr, dass wir dieses Schwein finden.«

»Wir besorgen dir Hemke, sorg du nur dafür, dass wir schnellstmöglich die Ergebnisse bekommen.«

»Daran soll es nicht scheitern. Wie es ausschaut, steigen der FC und der HSV übrigens wieder auf.«

»Das will ich doch hoffen«, antwortete Brandt und zwinkerte Rech zu, bevor er und Aydin das Büro verließen.

»Dass von Tack keine DNA gefunden wurde, ist schon merkwürdig«, überlegte Aydin laut. »Immerhin haben wir seine in der Datenbank.«

»Stimmt, das bedeutet aber nicht, dass er aus dem Kreis der Verdächtigen raus ist. Komm, lass uns noch mal zu Fischer gehen.«

Aydin nickte. Bevor sie zu Fischer ins Büro gingen, machten sie einen Zwischenstopp in der Küche.

»Wie es ausschaut, lösen sich eure zwei Hauptverdächtigen in Luft auf«, sagte Kramer, als die beiden eintraten.

»In Luft löst sich höchstens dein …«, wollte Brandt gerade einen Spruch loslassen, doch Aydin kniff ihn in die Seite.

»Warum immer so gereizt? Genau wie ihr möchte ich, dass der Täter schnell gefasst wird, bevor weitere Morde geschehen. Aber im Gegensatz zu euch versteife ich mich nicht auf eine wilde Theorie, sondern stütze mich auf Fakten. Und die Fakten sagen, dass hier kein Mord aus Habgier vorliegt. Das Geld der Toten ist nach wie vor auf ihrem Girokonto. Beide Verdächtigen hatten und haben keinen Zugriff darauf. Wenn man jedoch jemanden aus Habgier tötet, dann doch mit dem Ziel, an das Vermögen zu gelangen, was hier aber nicht der Fall ist. Vor allem passt die Tat nicht in das Muster. Keiner der Täter würde sich so viel Mühe machen, um das Vermögen an sich zu reißen. Erst recht nicht, um von dem eigentlichen Motiv abzulenken. Ihr solltet euch auf die Botschaft konzentrieren.«

»Und du solltest einfach mal die Klappe halten«, konnte sich Brandt einen Kommentar nicht verkneifen.

»Sagt später nicht, dass ich nicht recht hatte«, blieb Kramer unbeeindruckt, als er mit seinem Becher in der Hand die Küche verließ.

»So unrecht hat er wirklich nicht«, sagte Aydin und holte drei Becher aus dem Hängeschrank.

»Glaubst du etwa, das weiß ich nicht? Ich mache diesen Job schon ein paar Jahre länger als du, mein Freund. Ich will das gerade Kramer aber nicht auf die Nase binden. Außerdem hat der leicht reden. Wir müssen mit den Informationen arbeiten, die uns vorliegen. Wir tappen im Dunkeln und haben zwei Brotkrümel zugeworfen bekommen, daran müssen wir uns jetzt weiterhangeln, so einfach ist das. Es heißt noch lange nicht, dass einer von beiden nicht der Mörder ist oder nicht daran beteiligt war.«

»Oder sogar beide?«

»Stimmt«, presste Brandt mit einem lauten Ausatmen hervor. »Die spielen mit uns. Wir sind der Tischtennisball, den sie sich gegenseitig zuschlagen. Und genau deshalb brauchen wir die DNA-Probe von Hemke, das könnte ihn unter Druck setzen und zu Fehlern verleiten.«

Aydin nickte nur und befüllte die Becher mit Kaffee, danach reichte er einen Becher Brandt, die anderen zwei nahm er mit zu Fischer.

Brandt klopfte kurz an die Bürotür, dann traten sie ein.

»Moin«, grüßten die beiden.

»Wir haben dir Kaffee mitgebracht«, fügte Aydin hinzu.

»Danke, sehr nett von euch. Genau das Richtige.«

»Und, hast du was für uns?«, fragte Brandt. »Du warst ja leider nicht bei der Besprechung.«

»Stimmt, weil ich auch nichts wirklich Neues beizusteuern hatte. Ich habe ein bisschen über Satanismus recherchiert und euch vor ein paar Minuten einige Informationen gemailt. Es gibt unglaublich viele Bewegungen, eine der bekanntesten Organisationen wurde in den USA gegründet, sie nennt sich The Satanic Temple. Aber wenn man sich deren Leitlinie und Auftrag durchliest, fragt man sich, was das alles mit Satan zu tun hat.«

»Und was ist deren Auftrag?«

»Güte und Einfühlungsvermögen zwischen allen Menschen zu fördern.«

»Wozu betet man Satan an, wenn man Liebe zu den Menschen bringen will?« Brandt schüttelte verständnislos den Kopf. Er war einfach zu durchschnittlich und wertkonservativ, als dass er das verstehen konnte.

»Satan ist für sie eben nur ein anderes Wort für einen Gott«, suchte Aydin nach einer Erklärung.

»Was ist mit Ritualmorden? Konntest du irgendetwas finden, was dem aktuellen Fall ähnelt?«, fragte Brandt.

»Die meisten aktenkundigen Satanistenmorde fanden in den USA statt. Häufig wird dem Opfer bei einem Ritual die Kehle aufgeschlitzt, anschließend wird das Opfer enthauptet. Typisch für satanistische Ritualmorde ist, dass es meist eine Gruppe ist, die diese Tat während eines Rituals begeht.«

»Es gibt also keins, das mit einer Schwangerschaft in Verbindung steht?«

»Leider nur im Fall des bekanntesten Ritualmords, von dem ihr auch schon gehört habt.«

»Du meinst Charles Manson?«, fragte Aydin.

»Genau. Mansons Jünger töteten auf dessen Befehl die Schwangere Sharon Tate. Ich kann mir schwer vorstellen, dass unser Täter einen Befehl von Manson erhielt, zumal der seit 2017 unter den Toten weilt.«

»Was, wenn es jemand ist, der ihn verehrt? Es gibt genug kranke Menschen, die Psychopathen bewundern«, schlug Aydin vor.

»Ausgeschlossen ist das nicht.«

»Das hilft uns aber nicht, den Täter zu finden«, entgegnete Brandt, der wieder einmal fand, dass Aydins blühende Fantasie mit ihm durchging. »Was hast du noch über Silke Topp herausgefunden?«

»Hättet ihr mal meine E-Mail gelesen«, konnte sich Fischer eine kleine Spitze nicht verkneifen und nahm einen Schluck aus seinem Becher. »Da ihr Profil bei Facebook und Instagram öffentlich einsehbar ist, gibt es da einiges. Glücklicherweise ist es noch immer nicht deaktiviert, daher konnte ich etliches rekonstruieren, was ihr Leben anbelangt.«

»Und, was hast du herausgefunden?«

»Dass sie offen mit ihrer Drogensucht umging. Immer wieder gab sie ihren Eltern die Schuld an ihrer Sucht, weil die angeblich mehr mit dem Unternehmen und sich selbst beschäftigt waren als mit ihr.«

»Immer sind es die Eltern«, bemerkte Brandt bissig. »Ist ja auch einfacher, als die Schuld bei sich selbst zu suchen. Was hast du noch?« Allein diese Info brachte sie dem Täter nicht näher.

»Sie war verliebt und alles spricht dafür, dass sie nach der Schwangerschaft auswandern wollte.«

»Und mit dem?«, fragte Aydin.

»Das weiß ich leider nicht. Sie hat keine Person verlinkt, aber es muss ihr sehr ernst gewesen sein, vor allem, da sie mit Auswanderungsgedanken gespielt hat.«

»Deswegen also das Geld. Sie wollte ein neues Leben anfangen«, schlussfolgerte Aydin.

»Was, wenn sie mit Hemke auswandern wollte, Hemke das aber nicht wollte, sondern nur scharf auf ihr Vermögen war?«, überlegte Brandt laut.

»Das erklärt nicht, warum er sie auf so brutale Weise ermordet hat. Vor allem vor dem Hintergrund, dass Hemke nicht vorbestraft ist.«

»Man muss nicht vorbestraft sein, um jemanden aus Habgier zu töten.« Brandt verzog den Mund.

»Was, wenn sie Hemke mit der Information überrascht hat und dieser plötzlich in Panik geriet?«, schlug Fischer vor, Brandt nickte zustimmend.

»Das würde passen. Er musste sich etwas einfallen lassen, um an das Geld zu kommen. Vielleicht war das Ganze gar nicht so geplant und lief aus dem Ruder. Also hat er es am Ende wie einen Ritualmord aussehen lassen mit einer angeblichen Botschaft an uns. Und wie heißt es so schön, willst du dich unverdächtig machen, mach dich verdächtig. Er wusste, dass wir früher oder später auf der Matte stehen würden und dass sein extremer Lebensstil ihn zu einem Hauptverdächtigen machen würde. Und noch ein schöner Spruch: Häufig ist das Offensichtliche falsch.«

»Na ja, ich weiß nicht, ob der wirklich so durchtrieben ist? Den schlausten Eindruck hat er nicht auf mich gemacht«, zweifelte Aydin.

»Dann muss es eine dritte Person geben. Fischer, gibt es ernsthaft keine Hinweise auf eine solche Person?«

»Leider nicht. Ich bleibe aber dran, versprochen. Ihr wisst ja, solche Recherchen sind sehr zeitraubend und auf meinem Tisch liegen noch Anfragen aus zwei weiteren Fällen.«

»Ich habe vollstes Vertrauen, dass du das hinbekommst.«

»Wart ihr schon bei der Suchtberatung?«

»Meinst du wegen Aydins Zuckersucht?«, lachte Brandt und berührte Aydins Bauch. Aydin zog ihn reflexartig ein.

»Witzig, ich bin gut in Schuss«, schmollte der.

»Ich finde dich auch nicht dick. Ehrlich gesagt, kann ich mit diesem ganzen Körperkult nichts anfangen. Soll doch jeder so glücklich sein, wie er es für richtig hält«, war Fischers trockener Kommentar.

»Du bist mein Mann«, grinste Aydin breit. Brandt schloss kurz die Augen und atmete durch.

»Hast du Informationen über die Suchtberatung?«, erkundigte sich Aydin.

»Nicht viele, deswegen hatte ich euch gefragt. Die Tote hat immer wieder auf deren Seite verlinkt. In ihren Kommentaren in den sozialen Netzwerken nahm sie die Einrichtung und die Therapie sehr ernst, sie hat immer wieder über sie geschrieben oder auf deren Seite verwiesen. Es wäre denkbar, dass sie ihre neue Flamme dort kennengelernt hat.«

»Gut möglich, wir wollten uns die Einrichtung heute eh genauer anschauen«, antwortete Brandt. »Danke. Wenn du etwas hast, ruf uns bitte sofort an.«

»Mach ich.«

Sie verabschiedeten sich und verließen das Büro.

»Da hat Fischer deinen fiesen Spruch aber gut gekontert«, bemerkte Aydin.

»Wir beide wissen, dass ich recht habe und dass du, im Gegensatz zu Fischer, schon Wert auf dein Äußeres legst und dich darüber ärgerst, dass du immer fetter wirst.«

»Trotzdem ist das kein Grund, mir das andauernd vorzuhalten. Irgendwann fange ich wieder mit Sport an und wenn du bereits graue Haare hast, werde ich wieder top in shape sein.«

»Top in shape? Du? Den Tag werden wir beide nicht mehr erleben. Aber wenigstens muss sich Nina keine Sorgen mehr machen, dass du auf dumme Gedanken kommst.«

»Witzig, ich bin treu.«

»Na, früher warst du einem Flirt nie abgeneigt.«

»Jetzt habe ich Frau und Kind.«

»Und einen Bauch«, lachte Brandt. »Komm, lass uns noch mal Hemke in die Mangel nehmen.«

»Und was ist mit der Mutter? Wollen wir sie nicht auf die Freunde ihrer Tochter ansprechen?«

»Machen wir, während der Fahrt.«

Kurz darauf saßen sie in ihrem Dienstfahrzeug und Brandt steuerte aufs Neue Richtung Bickendorf. Währenddessen rief Aydin bei der Mutter der Toten an, doch leider konnte sie nichts über die Freunde ihrer Tochter sagen, auch nicht, ob es einen neuen Mann in ihrem Leben gegeben habe.

»Die hat dichtgemacht. Ich glaube, sie begreift langsam, dass ihre Tochter tot ist«, sagte Aydin. Brandt nickte, das Gefühl hatte er auch.

Aber wie sonst sollten sie an die Information gelangen, ob es diese neue Liebe wirklich gegeben hatte oder ob die Person am Ende doch nur Hemke war. Die einzige Antwort, die ihm einfiel, war Hemke selbst.

»Wir könnten auch die Nachbarn ein zweites Mal befragen. Frau Celik machte den Eindruck, als wäre sie eine aufmerksame Nachbarin.«

»Gute Idee. Aber zunächst knöpfen wir uns Hemke vor, dann die Drogenberatung und danach Celik.«

»Okay.« Aydin nickte.

Kurz darauf erreichten sie ihr Ziel und Brandt parkte das Auto. An diesem Tag war es noch kälter als zuvor und ein eisiger Wind empfing sie, als sie ausstiegen.

»Ganz ehrlich, deine Chucks sind alles andere als wintertauglich.«

»Na, deine Schuhe sind bestimmt nicht besser.«

»Da irrst du dich, mein Lieber, die Lederschuhe sind gefüttert. Unter dem dünnen Stoff deiner Chucks holst du dir doch den Tod.«

»Nein, da bin ich abgehärtet«, schmunzelte Aydin und ging voraus, eindeutig, weil er nicht weiter mit Brandt diskutieren wollte.

Sie betraten das Tattoostudio, diesmal stand Hemke nicht hinter dem Tresen, sondern der Mitarbeiter von ihrem ersten Besuch.

»Ihr seid doch von der Polizei«, begrüßte der Mann sie. »Mein Chef ist nicht da.«

»Und wo ist er?«, fragte Brandt.

Der junge Mann überlegte kurz, er wirkte unsicher, ob er mit der Information rausrücken sollte oder nicht. Jedenfalls machte er nicht den Eindruck, als wüsste er nicht, wo Hemke war.

»Wo ist Ihr Chef?«, wiederholte Brandt daher seine Frage, diesmal etwas fordernder.

»Ich glaube, zu Hause.«

»Und wo wohnt er?«, bohrte Brandt weiter. Er verstand die ganze Aufregung nicht, er hatte eher damit gerechnet, dass der Mitarbeiter erklären würde, Hemke wohne mit seinen Satanistenfreunden irgendeinem kranken Ritual bei.

»Über dem Studio.« Bei diesen Worten drehte er sich kurz um und Brandt sah eine Treppe, die nach oben führte. Brandt fackelte nicht lange.

»Sie können da aber nicht hoch«, rief der Mitarbeiter den beiden nach, doch da war es schon zu spät.

Am Ende der Treppe war ein kleiner Flur, rechts befand sich eine Tür, vermutlich die Wohnungstür.

Brandt klopfte an, da es keine Klingel gab.

»Verdammt, ich sagte doch …«, brüllte Hemke hinter der verschlossenen Tür. Als er sie öffnete und die beiden Beamten sah, brach er ab. »Wer hat Sie hier hochgelassen?«

»Das waren wir selbst. Wir haben noch ein paar Fragen an Sie«, antwortete Brandt und trat energisch in die Wohnung.

»Sie können nicht einfach in meine Wohnung marschieren, ganz ohne Beschluss.«

»Da irren Sie sich gewaltig, wie in so vielen anderen Dingen auch. Ich empfehle Ihnen, sich etwas anzuziehen, damit wir die Unterhaltung wie zivilisierte Menschen fortführen können.«

»Anton, wer ist denn das?«, hörte Brandt eine Stimme, sie war definitiv nicht weiblich. Ein junger Mann, kaum älter als fünfundzwanzig, kam aus einem Nebenraum. Brandt war überrascht, er hatte angenommen, Hemke wäre heterosexuell.

*War die Beziehung zu Silke Topp nur ein falscher Vorwand, um an ihr Vermögen zu gelangen?,* überlegte er. Der Gedanke war gar nicht so abwegig.

»Bleib im Schlafzimmer«, wurde Hemke laut und der junge Mann verschwand wieder.

»Ziehen Sie sich bitte etwas an«, forderte Brandt ihn erneut auf.

Hemke formte die Augen zu Schlitzen, sagte aber nichts, sondern ging ebenfalls ins Schlafzimmer, wo der junge Mann war.

»Hast du sein Ding gesehen? Da würde ich als Frau echt Angst kriegen.«

»Nein habe ich nicht, interessiert mich auch nicht«, entgegnete Brandt, dabei hatte er den großen Penis von Hemke natürlich bemerkt – sehr zu seinem Leidwesen. Das waren Sachen, die er nun wirklich nicht sehen musste.

Kurz darauf erschien Hemke nur mit einer Schlafhose bekleidet, sein Oberkörper war frei. Dass ein Teufelstattoo seine Brust zierte, wunderte Brandt nicht.

»Was wollen Sie?« Hemke war wütend, das war nicht zu übersehen. Brandt kam das sehr gelegen, denn wütende Männer machten Fehler, so jedenfalls seine Hoffnung.

»Wir wussten gar nicht, dass Sie homosexuell sind. Haben Sie Silke Topp also nur etwas vorgespielt?«, provozierte Brandt.

»Sie wissen so einiges nicht. Ich bin bisexuell und ich spiele meine Lust niemandem vor. Ich stehe einfach auf beide Geschlechter, wüsste nicht, dass das strafbar ist.«

»Sagten Sie letztens nicht, dass Ihnen Geld nichts bedeutet?«

»Ja und?«

»Warum haben Sie dann Franz Tack einen Anteil des Erbes angeboten, wenn dieser Ihnen helfen würde, an das Vermögen von Frau Topp zu gelangen?«

»Dieser niederträchtige Schmutz lügt doch«, wurde Hemke laut und hob drohend seine Brust. Brandt fand dieses Getue einfach nur lächerlich.

»Wir haben keinen Grund, an Herrn Tacks Aussage zu zweifeln.«

»Sie glauben einem abgebrannten Alkoholiker? Sie müssen wirklich sehr verzweifelt sein. Sind Sie deswegen zu mir gekommen? Dann war die Mühe umsonst. Ich habe diesem schmierigen Kerl niemals ein Angebot gemacht oder überhaupt Kontakt mit ihm gehabt.«

»Er behauptet, dass Sie ihn bedroht hätten, weil Sie an Frau Topps Vermögen wollten«, blieb Brandt seiner Taktik treu, sollte sich Hemke ruhig noch mehr aufregen.

»Sie spinnen doch. Ich mach das nicht, ich hole mir einen Anwalt.«

»Das ist Ihr gutes Recht, aber solange diese Vorwürfe im Raum stehen und Sie keine Beweise haben, die sie widerlegen, steht Aussage gegen Aussage«, antwortete Aydin.

»Welcher Aussage werden die Richter denn wohl mehr glauben?« Hemke streckte seinen langen Hals vor und kam Aydin gefährlich nahe, der blieb jedoch standhaft auf seiner Position.

»Haben Sie sich schon mal im Spiegel angeschaut? Glauben Sie im Ernst, dass Sie viel glaubwürdiger sind? Sie vergessen, dass Richter eher konservativ geprägt sind.«

Hemke schnaubte, es war offensichtlich, dass er sich in die Ecke gedrängt fühlte.

»Ich habe diesen Dummkopf niemals bedroht und ich habe ihm auch kein solches Angebot unterbreitet.«

»Wussten Sie, dass Frau Topp auswandern wollte?«, wechselte Brandt scharf das Thema, um Hemkes Reaktion zu sehen. Schließlich konnte er sich bei einem so schnellen Themenwechsel nicht sofort auf die Frage einstellen.

»Was?«, fragte er dann auch und fast war Brandt geneigt zu glauben, dass ihn diese Information überraschte. »Davon wusste ich nichts.«

Das konnte nicht sein. Silke Topp hatte diese Information mit ihren Freunden auf Instagram und Facebook geteilt und aus der E-Mail von Fischer, die Aydin während der Fahrt vorgelesen hatte, ging hervor, dass Hemke auf ihrer Freundesliste war. War er demnach nur ein sehr guter Schauspieler?

»Tun Sie nicht so überrascht. Wir wissen, dass Sie auf der Freundesliste von Frau Topps Instagramprofil stehen, also waren Sie darüber im Bilde. Wie viele Lügen wollen Sie uns noch auftischen?«

»Ich wusste das nicht, ehrlich. Ich bin in diesen sozialen Medien nicht unterwegs. Schauen Sie sich doch meine Profile an, dann werden Sie sehen, dass ich seit Monaten nichts mehr gepostet habe.«

»Und die Posts von Ihrem Tattoostudio?«, gab Aydin zu bedenken.

»Das macht mein Mitarbeiter. Ich brauche diesen Scheiß nicht.«

»Wollen Sie Ihre Unschuld beweisen?«

»Ich muss nichts beweisen«, blaffte Hemke, doch an seinem Blick erkannte Brandt, dass er gewillt war, darüber nachzudenken.

»Es liegt ganz in Ihrem Ermessen, aber Sie sollten wissen, dass Sie derzeit der Haupttatverdächtige sind und es wird ein DNA-Test auf Sie zukommen. Entweder freiwillig oder per richterlichem Beschluss. Wenn Sie ihn freiwillig mitmachen, wird sich das positiv auf die weiteren Ermittlungen auswirken können. Alles andere würde Sie nur noch verdächtiger machen, aber das wissen Sie sicher, Sie sind ja nicht dumm«, erklärte Brandt, dabei übertrieb er bewusst, zumal er nicht wusste, ob sie tatsächlich einen richterlichen Beschluss erhalten würden, das musste Hemke allerdings nicht wissen.

Hemke antwortete nicht sofort, er schien abzuwägen.

## Kapitel 21

Jana hatte für ihre Verhältnisse gut geschlafen. Als sie aufwachte, waren ihre ersten Gedanken bei Horst. Der Abend mit ihm war sehr schön gewesen. Er hatte angeboten, sie nach Hause zu begleiten, aber sie hatte dankend abgelehnt. Wenn er darauf bestanden hätte, hätte sie bestimmt nachgegeben, das war ihr klar. Sie genoss seine Nähe und fühlte sich einfach sicherer, wenn er bei ihr war.

Ihr Handy klingelte, es war Petra. Kurz überlegte sie, ob sie den Anruf annehmen sollte, und ließ es weiter klingeln. Dann plagte sie ihr schlechtes Gewissen und sie nahm den Anruf an.

»Hallo«, meldete sie sich.

»Hallo, Maus, ich dachte, ich frag mal, wie es dir heute so geht.«

»Danke gut, und dir?«

»Das freut mich, du hörst dich auch so an. Hast du positive Nachrichten?«

Es freute Jana, dass Petra an ihrer Stimme erkannte, dass sie gut gelaunt war, und am liebsten hätte sie ihr von Horst erzählt, doch sie fand, dass es noch zu früh war. Bis jetzt wusste sie ja gar nicht, ob sie und Horst überhaupt zusammenkommen, ein Paar werden würden, oder ob er einfach nur freundlich zu ihr war.

»Eigentlich nicht, aber ich fühle mich trotzdem gut. Die Sonne scheint.«

»Stimmt, trotzdem ist es kalt, also immer schön einpacken, wenn du rausgehst.«

»Ich weiß«, antwortete Jana. Sie fragte sich, warum Petra überhaupt angerufen hatte.

*Weil sie jeden Tag anruft, aus Langeweile*, gab sie sich selbst die Antwort.

»Ich kann dich heute leider nicht besuchen, weil ich meine Mutter zum Arzt bringen muss.«

»Das verstehe ich, mach dir meinetwegen keine Umstände«, antwortete Jana, die aus vorherigen Erzählungen wusste, dass Petras Mutter seit Jahren unter chronischen Rückenschmerzen litt.

»Ich melde mich, sobald ich abends etwas Luft habe, und du unternimm nichts, was dich zu sehr anstrengen könnte. Vielleicht bleibst du heute zu Hause.«

»Mach ich, war eh mein Plan«, antwortete Jana und spürte wieder, wie Wut in ihr aufstieg. Es war schließlich ihre Entscheidung, was sie tat, was glaubte Petra, wer sie war, dass sie sich derart in ihr Leben einmischte.

*Dann sag es ihr endlich!*, rief ihre innere Stimme, doch sie blieb stumm, wie so oft.

Petra beendete das Gespräch. Jana legte ihr Handy neben sich auf die Couch und schaltete den Fernseher ein. Bei RTL blieb sie hängen, es lief eine dieser Scripted Reality Serien, die vormittags fast ständig ausgestrahlt wurden.

Ihr Handy leuchtete auf, sie hatte eine WhatsApp-Nachricht bekommen. Als sie den Absender sah, strahlte sie.

Es war Horst. Seit sie am vergangenen Abend ihre Nummern ausgetauscht hatten, hatte er sich nicht bei ihr gemeldet. Sie selbst hatte ihm auch nicht schreiben wollen, aus Angst vor Enttäuschung und weil sie glaubte, dass es die Aufgabe des Mannes war, sich zuerst zu melden. Da war sie altmodisch.

Sie öffnete die Nachricht und las:

*Hallo, hoffe, du hast gut geschlafen.*

Sie tippte als Antwort:

*Ja, habe ich. Ich hoffe, du auch.*

Die Antwort folgte auf dem Fuße:

*Ja, danke. Sag mal, hast du Hunger?*

*Warum?*,

fragte Jana.

*Na ja, ich frühstücke nicht gern alleine. Würde dich am liebsten einladen und möchte dich auch wiedersehen. War schön gestern Abend.*

Jana schmunzelte und spürte plötzlich Hitze in sich aufsteigen. Ihr Herz schlug schneller, Horsts Offenheit schmeichelte ihr.
*Er mag dich,* dachte sie glücklich. Also tippte sie als Antwort:

*Na, dann will ich dich nicht alleine frühstücken lassen, das wäre ja nicht nett.*

Hinter die Nachricht setzte sie einen Lach-Smiley. Bevor seine Antwort kam, tippte sie rasch:

*Ich fand es auch schön.*

Nun merkte sie, dass ihre Hände schwitzten, sie war nervös, aber es war eine positive Nervosität und ein angenehmes Kribbeln meldete sich in ihrem Bauch. Am liebsten hätte sie gleich nach dem Treffpunkt gefragt, sie wusste jedoch, dass Horst jetzt dran war, schließlich hatte er die Einladung ausgesprochen.
Aber es kam keine Antwort und plötzlich wurde sie nervös. Warum schrieb er nicht mehr? Eben hatte er noch so schnell geantwortet.
Die Minuten kamen ihr wie Stunden vor und schon begann sie zu zweifeln. Was, wenn er sich einen Scherz auf ihre Kosten erlaubte?

»Entspann dich, warum sollte er das tun?«, sagte sie sich, dennoch spürte sie die Nervosität immer weiter ihre Kehle hochsteigen, sie schnürte ihr fast die Luft ab. Endlich kam die Antwort:

*11 Uhr im Restaurant Kampel? Die haben auch ganz gutes Frühstück.*

Erleichtert atmete Jana aus und antwortete:

*Gern. Wo genau ist das?*

Diesmal ließ die Antwort nicht lange auf sich warten, Horst schickte ihr eine Anschrift in Deutz.

*Freu mich,*

antwortete sie und erhielt die gleiche Antwort von ihm. Glücklich drückte sie ihr Handy an die Brust und schloss die Augen. Sie spürte, wie ihr Herz schneller schlug. Dass sie nach ihrer letzten Beziehung in so kurzer Zeit wieder einen Mann kennenlernen würde, hatte sie nicht für möglich gehalten.

Eigentlich hatte sie sich vorgenommen, ihr Kind alleine großzuziehen, mit den Männern hatte sie abgeschlossen, da sie ohnehin immer nur an die falschen geriet. Wenn sie Single bliebe, könnte ihr keiner das Herz brechen. Doch so schnell konnte sich die Meinung ändern. Das Wort Liebe wollte sie gar nicht in den Mund nehmen, dafür kannten sie sich noch nicht genug, aber sie hatte unbestreitbar Gefühle für ihn.

»Mensch, Jana, du verliebst dich einfach zu schnell«, ermahnte sie sich.

Es war die Wahrheit. Sobald ihr ein Mann gefiel, er sie gut behandelte und ihr das Gefühl gab, dass sie etwas Besonderes sei, verliebte sie sich in ihn. Sie war machtlos dagegen, so fest sie sich auch immer wieder vornahm, vorsichtiger zu sein.

»Vielleicht bist du eben nicht gern allein«, suchte sie nach einer Erklärung für das schnelle Verliebtsein.

Horst war anders, er war deutlich älter als ihre Exfreunde. Sie schätzte ihn auf Ende vierzig, so genau konnte sie es nicht sagen. Im Schätzen war sie schon immer schlecht gewesen. Letzten Endes war sein Alter aber egal, es war nur eine Zahl und sie würde ihr Glück bestimmt nicht daran festmachen. Viel wichtiger war, dass Horst so normal war. Er hatte einen normalen Job und war insgesamt guter Durchschnitt. Und das Allerwichtigste: Er nahm keine Drogen. All ihre Exfreunde hatten Drogen genommen, wie hätte sie da jemals von diesem Zeug wegkommen sollen?

Sie schaute auf ihr Handy und sah, dass sie noch eine knappe Stunde hatte, also lief sie ins Bad, um sich fertig zu machen. Sie wollte hübsch aussehen, er sollte seine Augen nicht von ihr abwenden können.

Nachdem sie sich fein gemacht hatte, ging sie ins Schlafzimmer und öffnete ihren Kleiderschrank. Viel Kleidung besaß sie nicht, da sie kein Modejunkie war, und vor allem, weil Kleidung Geld kostete. Das wenige Geld, das sie vom Amt bezog, brauchte sie für andere Dinge. Kurz überlegte sie, ob sie einen Pulli anziehen sollte, fand das aber unpassend, also griff sie nach ihrer schwarzen Bluse und zog sie an.

»Mit Schwarz macht man nie was falsch«, sagte sie sich. Danach zog sie ihre blaue Jeanshose an. Es war eine ohne Löcher, ganz schlicht, nicht so hip, wie sie junge Leute gern trugen. Zum Schluss schlüpfte sie in ihre neuen Schuhe, die sie besonders liebte. Noch immer fand sie, dass sie damit ein Megaschnäppchen gemacht hatte, zudem waren es die Schuhe, die dazu geführt hatten, dass sie Horst getroffen hatte. Wenn sie nicht in den Laden gegangen wäre, um die Schuhe zu kaufen, hätte sie vermutlich nie in der Dönerbude gegessen und dann hätte sie Horst nicht wiedergesehen.

Die Schuhe waren ein Wink des Schicksals, das jedenfalls redete sie sich ein, als sie ihre Jacke anzog, um die Wohnung zu verlassen. Kurz betrachtete sie sich im Spiegel. Sie war zwar etwas dünn, aber nicht so hässlich, wie sie sich manchmal fühlte. Außerdem war sie mit ihren zweiundzwanzig Jahren deutlich jünger als Horst.

»Der kann froh sein, dass so ein junges Ding wie ich überhaupt was von ihm will«, schmunzelte sie, um sich Mut zu machen.

Danach eilte sie zur U-Bahn-Haltestelle und fuhr nach Deutz. Das Restaurant lag ganz in der Nähe des Deutzer Bahnhofs.

Als sie das Restaurant betrat, fühlte sie sich plötzlich wieder wie ein graues Mäuschen, alles wirkte so hochwertig und teuer. Dass Horst sich für sie derart in Unkosten stürzte, bereitete ihr ein schlechtes Gewissen, zumal sie ein bescheidener Mensch war. Ihr Exfreund hatte sie jedenfalls nie so fein ausgeführt. Wenn, hatte es was vom Dönerimbiss oder von McDonald's gegeben, aber das hatte ihr nie etwas ausgemacht.

Horst sah sie als Erster und machte durch Winken auf sich aufmerksam. Jana ging zu ihm.

»Schön, dass du da bist. Vor allem so pünktlich, das gefällt mir«, sagte Horst, er hatte sich von seinem Platz erhoben und reichte Jana die Hand.

»Das alles hier sieht so schön aus!« Jana war noch immer ganz gefangen von dem Anblick des Restaurants.

»Deswegen habe ich es ausgewählt. Manchmal muss man sich was gönnen.«

Kaum hatte sie sich gesetzt, kam der Kellner zu ihnen.

»Guten Morgen, darf ich Ihnen etwas zu trinken bringen?«, fragte er freundlich. Die Speisekarte lag bereits auf dem Tisch, sodass Jana davon ausging, dass Horst schon vor ihr da gewesen war.

»Ich nehme einen Kaffee. Du?«, fragte Horst.

»Ich hätte gern einen Kamillentee«, antwortete Jana etwas verlegen.

»Bringen Sie uns bitte das große mediterrane Frühstück.«

»Gern«, erwiderte der Mann und verschwand.

Jana nickte nur, dabei hätte sie lieber selbst in die Speisekarte geschaut, um zu entscheiden, was ihr geschmeckt hätte. Doch sie wollte nicht unhöflich sein, da Horst sie eingeladen hatte.

»Das wird dir schmecken, die Platte ist echt super. Da ist für jeden was dabei.«

»Daran habe ich keinen Zweifel«, sagte sie lächelnd.

»Ich muss dir heute ein Kompliment machen.«

»Wofür?« Jana machte große Augen, schließlich hatte sie schon lange keine Komplimente gehört. Streng genommen hatte ihr Ex ihr nie ein Kompliment gemacht und welche Frau war für ein paar schöne Wortc nicht cmpfänglich?

»Die Bluse steht dir sehr gut. Nicht jede Frau kann Bluse tragen, aber bei dir muss man sich beherrschen nicht allzu sehr zu starren.«

»Danke, das Hemd steht dir auch gut«, sagte sie leicht errötend.

»Das habe ich für dich angezogen, ich wollte dich ein wenig beeindrucken«, lachte er und warf ihr einen intensiven Blick zu. Jana wandte den Blick nicht ab und Horst auch nicht.

»Ihre Getränke«, unterbrach der Kellner die romantische Situation.

»Danke«, sagten sie fast gleichzeitig.

»Gern. Die Frühstücksplatte kommt gleich«, antwortete er und entfernte sich.

»Musst du heute gar nicht arbeiten?«, fragte Jana.

»Ich bin selbstständiger Vertragspartner von Hermes, daher kann ich meine Arbeitszeiten selbst bestimmen«, erwiderte Horst.

»Ach so. Dann arbeitest du gar nicht als Angestellter. Ich wusste nicht, dass es so etwas gibt.«

»Die meisten wissen das nicht, das ist ja das Prinzip von den Logistikern, es soll so aussehen, als wäre man bei Hermes beschäftigt. Genauso ist das bei McDonald's. Viele Filialen sind nur Franchise.«

Jana hörte interessiert zu, selbst das hatte sie nicht gewusst. In diesem Moment fühlte sie sich etwas dumm und schämte sich, dass sie nicht die Gebildetste war. Sie hatte nicht einmal einen Hauptschulabschluss.

Hoffentlich würde er nicht plötzlich mit Politik anfangen, darüber wusste sie noch viel weniger. Sie konnte nicht einmal sagen, wer der Außenminister war. Wie es schien, war Horst sehr schlau, das gefiel ihr. Einen klugen Mann an ihrer Seite konnte sie sich sehr gut vorstellen.

»Hast du Mitarbeiter?«, fragte sie.

»Derzeit nicht. Aber bei der guten Auftragslage werde ich nächstes Jahr zwei, drei Leute einstellen. Schade, dass du schwanger bist, dich hätte ich sofort eingestellt.«

»Danke, ich würde gern bei dir arbeiten, ich glaube, du bist ein guter Chef. Vielleicht kann ich ja bei dir anfangen, wenn das Kind auf der Welt ist.«

»So ein Quatsch. Als Mutter musst du dich um dein Kind kümmern«, wurde er plötzlich ernst. Jana erschrak, sein Tonfall war schroff. »Eine Mutter muss in erster Linie für ihr Kind da sein, ansonsten sollte sie das Muttersein lassen.«

»Na ja, die Miete muss doch irgendwie bezahlt werden und man will sich ja auch mal was gönnen. Nur vom Amt leben möchte ich nicht«, wagte Jana einen kleinen Vorstoß in Richtung Emanzipation.

»Dafür ist der Mann da.«

»So einen Mann muss man erst mal finden.«

»Ich bin so ein Mann. Ich will nicht, dass meine Frau arbeitet. Ich bin der Ernährer, da bin ich sehr altmodisch.«

»Ich bin auch altmodisch«, antwortete sie und verstand nun, warum Horst sich so aufgeregt hatte. Er war eben noch ein richtiger Mann und keiner dieser Waschlappen, die sie vorher gekannt hatte. Ihr Exfreund hatte allen Ernstes von ihr verlangt, dass sie für ihn anschaffte, um seinen Drogenkonsum zu finanzieren, aber Jana hatte sich zum Glück dagegen gewehrt. Sie hatte auch Drogen genommen, allerdings keine harten wie ihr Ex, der heroinabhängig war.

Der Gedanke, dass sie zu Hause die Kinder großzog, während ihr Mann arbeitete, gefielt ihr, in dieser Rolle könnte sie sich wohlfühlen.

Der Kellner kam mit der Frühstücksplatte und Jana konnte ihr Erstaunen kaum verbergen.

»Wer soll denn das alles essen?«, fragte sie, als der Kellner wieder gegangen war.

»Na, wir beide. Ich sagte ja, für jeden Geschmack ist etwas dabei. Und ein paar Kilo mehr würden deiner Schwangerschaft guttun. Vergiss nicht, du musst für zwei essen.« Horst nahm sich etwas von der Platte und legte es auf seinen Teller.

Als Jana ebenfalls zugreifen wollte, wurde sie von hinten angesprochen.

»Du hier?«, sagte die Person und trat vor. Als Jana sie erkannte, erschrak sie.

»Hallo, Petra«, antwortete sie und versuchte, sich ihren Schreck nicht anmerken zu lassen, dabei wusste sie, dass das einem Supergau gleichkam.

»Ich wusste gar nicht, dass du dich heimlich mit einem Mann triffst«, sagte Petra vorwurfsvoll.

## Kapitel 22

Natürlich hatte sich Anton Hemke geweigert, einen freiwilligen DNA-Test zu machen.

»Komm, lass uns einen kurzen Stopp beim Bäcker einlegen«, schlug Aydin vor, als sie auf dem Weg nach Deutz waren.

»Warum nicht«, antwortete Brandt und fuhr den nächsten Bäcker an, der auf ihrem Weg lag. Sie stiegen aus und betraten die Bäckerei.

Brandt bestellte einen Espresso, Aydin ebenfalls und zusätzlich einen Berliner.

»Ich nehme auch einen«, sagte Brandt zu der Verkäuferin, obwohl er versuchte, nicht so viel Zucker zu essen, und ein Berliner war Zucker pur. Jetzt gerade war ihm das allerdings herzlich egal.

»Du musst schon ziemlich angesäuert sein, wenn du deine Prinzipien über Bord wirfst«, konnte sich Aydin einen kleinen Seitenhieb nicht verkneifen, nachdem sie sich mit ihrem Espresso und den Berlinen einen Platz gesucht hatten.

»Das nervt einfach alles. Wenn Hemke unschuldig ist, warum wehrt er sich dann so gegen einen DNA-Test?«

»Ehrlich gesagt würde ich so einen Test auch nicht unbedingt freiwillig machen.«

»Warum? Hast du Angst, dass man dir nachweisen könnte, dass du Marihuana konsumierst?«, kam die Retourkutsche. Brandt biss ein Stück von seinem Berliner ab. Der Zuckerschock kam ihm sehr gelegen, er beruhigte ihn.

»Witzig. Seit Leah auf der Welt ist, rauche ich nicht mehr. Aber mit so einem Test haben die Behörden für alle Zeit deine DNA und dass das nicht jeder will, ist doch verständlich.«

»Du und dein verständlich. Immer musst du gegen das argumentieren, was ich sage. Immer Gegenposition beziehen«, moserte Brandt.

»Das stimmt doch gar nicht. Das glaubst du nur, weil du stur bist und keine andere Meinung akzeptieren willst«, erwiderte Aydin.

»Jetzt tust du mir unrecht. Wenn man seine Argumente sorgsam wählt, bin ich der Letzte, der sie nicht akzeptiert. Hemke weiß, dass er verdächtigt wird, da müsste es ja wohl in seinem eigenen Interesse liegen, diese Vorwürfe zu entkräften.«

Aydin schwieg und statt etwas zu entgegnen, biss er ein großes Stück von seinem Berliner ab. Nachdem er ein wenig darauf herumgekaut hatte, sagte er: »Ich kann deine Argumentation verstehen, aber meine ist doch auch nicht so abwegig, oder?« Er wirkte geradezu verloren, was Brandt liebenswert fand und ihn milder stimmte. Jetzt mit Aydin zu streiten, wäre Blödsinn.

»Bei einem unbescholtenen Bürger wie dir würde ich es verstehen. Aber jemanden wie Hemke findest du nicht in dieser Kategorie«, blieb er diplomatisch und leerte mit einem Schluck seine Espressotasse. Der leicht bittere Geschmack, den der Kaffee am Gaumen hinterließ, gefiel ihm. Die Bäckerei machte einen sehr ordentlichen Espresso, das war nicht selbstverständlich. Gerade beim Espresso gab es gewaltige Qualitätsunterschiede.

»Ohne weitere Beweise können wir ihn aber nicht dazu zwingen«, gab Aydin zu bedenken.

»Leider. Wir müssen weiter nachbohren. Mehr über sein Umfeld und seine Beziehung zu Silke Topp herausfinden.«

»Und außerdem, ob es diesen dritten Verehrer gibt.«

»Das auch. Es würde mich allerdings nicht wundern, wenn es Hemke ist.«

»Wenn er es nicht ist, stehen wir ganz schön im Regen. Dann wird es nichts damit, dass wir Walter auf seiner Wohnwagentour begleiten.«

»Hast du dich mit dem Gedanken so stark angefreundet?«

»Klar, wird bestimmt lustig und Walter würde sich freuen. Irgendwie habe ich das Gefühl, dass er außer uns keine echten Freunde hat.«

»Manche Menschen brauchen nicht viele Freunde in ihrem Leben«, suchte Brandt nach einer Erklärung. Er hatte den gleichen Eindruck wie Aydin, dabei war Walter einer der herzlichsten Menschen, die er kannte, und jeder konnte sich glücklich schätzen, ihn als Freund zu haben, da er absolut loyal und ehrlich war. So ganz anders als man glaubte, wenn man den großen, kräftigen, tätowierten Glatzkopf zum ersten Mal sah. Er war eher ein Teddybär als ein Schläger, dennoch wusste Brandt, dass Walter keine Konfrontation scheuen würde, wenn einer seiner Liebsten in Gefahr wäre.

»Komm, lass uns die Celik aufsuchen.«

»Ich dachte, wir wollten zuerst zu dieser Selbsthilfegruppe«, entgegnete Aydin und erhob sich von seinem Sitz.

»Planänderung«, schmunzelte Brandt und verließ mit schnellen Schritten die Bäckerei. Aydin nahm das hin, ohne etwas zu erwidern.

Knapp dreißig Minuten später erreichten sie Köln-Mülheim und die Rhodiusstraße. Während der Fahrt hatten sie die weitere Vorgehensweise besprochen.

Brandt parkte den Wagen und betätigte kurz darauf die Klingel von Frau Celik.

»Wer ist da?«, hörte er über den Lautsprecher.

»Guten Tag. Emre Aydin und Lasse Brandt von der Kölner Kriminalpolizei. Wir möchten uns noch einmal kurz mit Ihnen unterhalten.«

Kaum hatte er das ausgesprochen, ertönte der Summer und sie traten ein. Frau Celik erwartete sie an der offenen Wohnungstür.

»Ich muss leider gleich los. Was kann ich für Sie tun?«

»Wir würden Ihnen gern noch ein paar Fragen zu Frau Topp stellen.«

»Wie ich schon bei unserem ersten Gespräch sagte, so gut kannte ich sie nicht. Wir haben uns nur ab und an über eher Belangloses unterhalten.«

»Sie hatten gesagt, dass auch Freunde ihres Exfreundes Frau Topp besuchten. Kennen Sie jemanden davon mit Namen?«

»Leider nicht. Der Einzige, den ich öfter gesehen habe, war ihr Exfreund. Über die anderen Männer hat sie sich nur aufgeregt.«

»Kennen Sie diesen Mann?«, fragte Aydin und hielt ihr sein Handy hin. Er hatte die offizielle Instagramseite des Tattoostudios von Anton Hemke geöffnet. Diese Vorgehensweise hatten sie im Auto besprochen. Da Brandt keine sozialen Netzwerke nutzte, musste Aydin die Seite von Hemke über sein Profil aufrufen.

»Ja, ganz ekliger Typ. Dass der sich nicht schämt, ein Kreuz zu tragen«, antwortete sie und schüttelte sich. Es war nicht zu übersehen, dass sie Hemke nicht mochte.

»War er denn bei Frau Topp?«, fragte Brandt. Vielleicht war dies einer dieser Zufälle, die ihnen bei den Ermittlungen halfen, dem Täter einen Schritt näher zu kommen.

»Nein, nicht dass ich wüsste. Was sollte Silke von so einem Freak wollen? Sie war doch froh, dass sie den anderen Idioten los war. Nein, nein.« Celik schüttelte den Kopf, als könnte sie nicht glauben, dass ihr so eine Frage gestellt wurde.

»Und woher kennen Sie ihn dann?«, erkundigte sich Aydin.

»Ich kenne ihn nicht, ganz bestimmt nicht«, entgegnete sie deutlich angewidert. »Mit solchen gottlosen Gestalten habe ich nichts zu tun.«

»Aber Sie sagten doch eben …«, erwiderte Aydin, als sie ihm ins Wort fiel.

»Ich habe ihn gesehen. Sie müssen wissen, dass ich sehr aufmerksam bin. Als gläubige Frau muss man heutzutage vorsichtig sein. Es gibt viele Idioten da draußen, die ein Problem mit mir haben und mir vorwerfen, dass ich nicht frei in meinem Denken wäre, dass mein Mann und meine Familie mich zu dieser traditionellen Kleidung zwingen würden, aber das tun sie nicht. Ich habe nicht mal einen Freund, das ist allein meine persönliche Entscheidung. Nur will das keiner akzeptieren, die Menschen haben sich ihre Meinung gebildet und daran zu rütteln, ist ungefähr so schwer, wie einem Macho zu erklären, dass Frauen kein Freiwild sind.«

»Und wo haben Sie ihn gesehen?« Brandt versuchte sich nicht anmerken zu lassen, dass er schmunzeln musste, weil Aydin ihm gegenüber nach ihrer ersten Begegnung genau diese Vorwürfe geäußert hätte. Wie es schien, lag er völlig falsch mit seiner Annahme und Celik gehörte zu den Frauen, die tatsächlich gern und freiwillig das Kopftuch trugen. Dass es trotzdem viele Frauen gab, die es aufgrund von Familienzwang taten oder weil der Ehemann es forderte, blieb dennoch eine Tatsache, die es nicht zu beschönigen galt. Im Islam war die Rolle der Frau noch immer rückständig und keinesfalls zeitgemäß, das sah Brandt genau wie Aydin.

»Am Wiener Platz. Er hat sich mit dem Exfreund von Silke unterhalten.«

»Wann war das?«, wollte Brandt wissen, er konnte sein Glück kaum fassen. Endlich hatten sie den Beweis, dass Hemke Kontakt zu Tack hatte.

»Das muss vor zwei Wochen gewesen sein, aber so genau weiß ich das nicht.«

»Danke. Würden Sie diese Aussage schriftlich zu Protokoll geben?«

»Ja, selbstverständlich. Ich habe keine Angst, wenn Sie darauf hinauswollen.«

»Das hätte ich Ihnen niemals unterstellt. Gab es eine weitere Begegnung mit ihm?«

»Nein, nur das eine Mal. Wenn er nicht so dämonisch ausgesehen hätte, wäre mir das sicherlich nicht in Erinnerung geblieben.«

»Wir wissen, dass Frau Topp frisch verliebt war. Bei unserer ersten Begegnung sagten Sie, dass Sie sich ab und an auf dem Flur trafen, das letzte Mal eine Woche vor der Tat. Hat sie Ihnen gegenüber nicht vielleicht doch etwas über einen Verehrer erzählt? Verliebte Menschen wollen ihr Glück meist mit der ganzen Welt teilen«, hakte Brandt nach. Es war mehr als wahrscheinlich, dass Celik bei ihrem ersten Gespräch nervös gewesen war und einiges nicht erzählt hatte. Nervöse Menschen neigten zu Wissenslücken.

Und tatsächlich schien Celik zu überlegen.

»Ich glaube nicht. Sie sagte nur, dass sich alles zum Besseren wenden würde, wenn erst mal das Baby auf der Welt wäre.«

»Hat sie Ihnen denn nicht erzählt, warum?«, wollte Aydin wissen.

»Nicht, dass ich wüsste. Ich bin auch kein Mensch, der sich in die privaten Angelegenheiten anderer Leute einmischt. Aber ich habe mich für sie gefreut.«

»Sie haben sich für sie gefreut, obwohl Sie nicht mal wussten, warum?«, bohrte Aydin nach. Er schien mit der Antwort nicht zufrieden zu sein.

»Ja, ist das etwa ein Verbrechen?«

»Das nicht, mein Kollege hatte nur gehofft, dass Frau Topp Ihnen vielleicht doch den Grund verraten hat«, übernahm Brandt wieder das Wort.

»Das hat sie nicht.« Celik schaute nur zu Brandt, Aydin ignorierte sie. »Wenn Sie keine weiteren Fragen haben, muss ich Sie bitten, zu gehen, da ich selbst auf dem Sprung bin.« Sie richtete ihren Blick demonstrativ auf ihre Armbanduhr.

»Sollte Ihnen doch noch etwas einfallen, melden Sie sich bitte bei uns. Sie haben unsere Kontaktdaten, oder?«

»Ja, die Visitenkarte liegt auf dem Schreibtisch. Wann soll ich meine Aussage unterschreiben?«

»Ein Kollege wird Sie kontaktieren, falls es notwendig wird.«

»Demnach muss ich es nicht?«

»Das kommt auf die Aussage von Herrn Hemke an«, erklärte Brandt. Sein Gefühl, dass Celik es sehr genau nahm mit den Worten, die man ihr sagte, verstärkte sich.

Sie nickte und ihr Blick wanderte zum Flur, also verabschiedeten sich Brandt und Aydin.

»Lass uns noch den anderen Nachbarn befragen. Vielleicht ist er ja da«, sagte Brandt und wandte sich zur nächsten Tür. Auf der Etage gab es drei Wohneinheiten und Schmoll hatte in den letzten Tagen mit sämtlichen Nachbarn gesprochen, nur diesen einen hatte sie nicht erreichen können. Die Anwohner hatten vermutet, dass er verreist sei.

Brandt betätigte die Klingel und war erstaunt, dass nur wenig später die Tür geöffnet wurde.

»Was wollen Sie?«, fragte ein Mann Ende zwanzig. Er war einen Kopf kleiner als Brandt, zudem deutlich fülliger. Ein schmaler blonder Haarkranz schmückte sein Haupt und er trug eine dieser langweiligen runden Stahlbrillen.

»Heißen Sie Moritz Betz?«, fragte Brandt.

»Ja, und wer sind Sie?« Betz schien mies gelaunt.

»Das ist mein Kollege Emre Aydin und mein Name ist Lasse Brandt. Wir sind von der Kriminalpolizei«, antwortete er. Dass Betz sogleich ihre Ausweise sehen wollte, erstaunte ihn nicht. Nach eingehender Prüfung ließ Betz sie in die Wohnung, genauer gesagt, in den Flur. Dort blieb er stehen.

*Eigenartiger Kauz*, dachte Brandt.

»Und was kann ich für Sie tun?«

»Wir müssen uns mit Ihnen über Ihre Nachbarin Silke Topp unterhalten«, antwortete Aydin. Betz verzog das Gesicht.

»Nur damit wir uns verstehen, ich pflege keinen Kontakt zu solchen Subjekten. Wir sind nur Nachbarn.«

»Subjekte?«, wiederholte Brandt fragend. Ihm war nicht entgangen, dass Betz verstimmt war und mehr als ablehnend bei dem Namen Silke Topp reagierte.

»Na, dieses drogensüchtige Subjekt. Sie wissen doch, was Subjekte sind?«

»Woher wissen Sie, dass sie drogensüchtig ist?« Brandt wählte bewusst die Gegenwartsform, weil er annahm, dass Betz nicht wusste, dass die junge Frau ermordet worden war. Gut möglich, dass er gerade erst von seiner Reise zurückgekommen und daher noch nicht im Bilde war.

»Das ist doch offensichtlich. So ungepflegt, wie die aussah, und dann diese komischen Typen. Jeder im Haus wusste das. Ich habe auch mal eine Nadel im Müll gefunden.«

»Wühlen Sie im Müll fremder Leute?«, konnte sich Aydin offenbar eine Spitze nicht verkneifen. Anscheinend ärgerte es ihn, wie Betz über die Tote sprach.

»Nein, wo denken Sie hin«, tat Betz echauffiert. »Ich habe das gesehen, als ich meinen Müll wegbrachte. Glauben Sie im Ernst, dass ich es nötig habe, im Müll von Drogenjunkies zu wühlen?«

»Wann haben Sie Frau Topp das letzte Mal gesehen?«, wollte Brandt wissen und überging Betz' Einwand.

»Keine Ahnung, vor meiner Auslandsreise.«

»Und wann war das?«

»Vor drei Wochen, glaube ich. Aber warum fragen Sie mich über dieses Subjekt aus? In welcher Verbindung sollte ich zu solchen Leuten stehen? Werfen Sie mir etwa den Konsum von Drogen vor? Hat sie Ihnen so etwas erzählt? Ich verklage sie.«

»Jetzt beruhigen Sie sich bitte«, wurde Brandt deutlich. »Das *Subjekt* hat einen Namen, Silke Topp, und sie wurde zwischen dem 14. und dem 15. Januar ermordet.«

Betz schluckte, er erschrak und bekam Schluckauf. Wenn die Sache nicht so ernst gewesen wäre, hätte Brandt die Situation amüsiert. Diesen Rollmops mit Schluckauf zu sehen, hatte etwas von einer dieser schrecklichen amerikanischen Komödien, in denen nur getrunken wurde und ein fetter junger Mann den Nerd spielte.

»Ich glaube, Sie sollten einen Schluck Wasser trinken«, ließ sich Aydin vernehmen, da der Schluckauf nicht besser werden wollte. Betz nickte nur und eilte in die Küche.

»Komischer Vogel«, flüsterte Aydin, als sie alleine waren. »Ich glaube, hier verschwenden wir nur unsere Zeit.«

»Das glaube ich nicht.«

»Komm, der hasst Silke Topp. Er wird sie mit Sicherheit in kein Gespräch verwickelt haben. Wenn die Celik nichts Wichtiges beisteuern konnte, dann der hier erst recht nicht.«

»Wir werden sehen«, entgegnete Brandt, da er nicht glaubte, dass Betz nur zufällig die Nadeln, mit denen sich Silke Topp ihren Stoff gespritzt hatte, im Müll entdeckt hatte. Er kannte Menschen wie diesen kleinen verklemmten Menschenhasser. Solche Leute stöberten absichtlich in den Sachen ihrer Nachbarn, um ihrer

Neugierde und ihrem langweiligen Leben etwas Abwechslung zu geben.

Nach einer gefühlten Ewigkeit kam Betz zurück. Er wirkte blass, aber er hatte keinen Schluckauf mehr.

»Wieso wundert mich das nicht. Jede Wette, das war einer ihrer Freier.«

»Ein Freier?«, fragte Brandt. Er fühlte sich darin bestätigt, dass Betz mehr wusste, als er bisher zugab.

»Ja, mein Schlafzimmer grenzt an ihres. Manchmal hat sie die Jalousien nicht runtergelassen.«

*Ein Spanner*, schoss es Brandt durch den Kopf.

»Und Sie konnten aus dem Schlafzimmerfenster beobachten, dass sie wechselnde Liebhaber hatte?«

»Sobald ich es gesehen habe, habe ich meine Jalousien sofort runtergezogen, ich bin ja kein Spanner. Manchmal hatte ich das Gefühl, dass sie ihre Gardinen absichtlich nicht zugezogen hatte. Ich glaube, sie wollte, dass ich sie sehe.«

Brandt hielt das durchaus für möglich, allerdings glaubte er eher, dass sie unter dem Einfluss von Drogen Sex gehabt und die Gardinen gar nicht mehr wahrgenommen hatte. Außerdem war er überzeugt davon, dass Betz doch spannte. Das mit den Jalousien war für ihn nur eine dämliche Ausrede.

»Kennen Sie diesen Mann? Hat er Frau Topp auch besucht?«, fragte Aydin und zeigte Betz das Instagramprofil des Tattoostudios.

»Ja, der war bei ihr.«

»Wann?« Brandt horchte auf.

»Das muss knapp einen Monat her sein, aber nageln Sie mich nicht darauf fest.«

»Hatte er Sex mit ihr?«

»Nein, sie haben sich gestritten. Dann ist er wutentbrannt aus der Wohnung.«

## Kapitel 23

Jana war die Situation megapeinlich und sie wusste nicht, wie sie auf Petras Vorwurf reagieren sollte.

Doch bevor sie etwas sagen konnte, ergriff Horst die Initiative. »Ich glaube, Jana ist alt genug, um entscheiden zu können, mit wem sie sich zum Frühstück trifft, und von heimlich kann bei so einer Lokalität wohl keine Rede sein.« Petras Augen schienen Blitze abzufeuern, Blitze voller Wut, aber sie sah auch Enttäuschung darin und Jana hatte einen leisen Verdacht.

*Sie ist nur eifersüchtig, weil sie keinen so tollen Mann kennenlernt*, dachte sie, behielt diesen Gedanken allerdings lieber für sich.

Das Letzte, was sie wollte, war ein Streit. Was sonst sollte der Grund sein, dass Petra so wütend reagierte? Sie hatte ihr anvertraut, dass sie seit acht Jahren Single sei. Einmal hatte sie im Scherz gesagt, dass bei ihr unten schon alles zugewuchert sei.

Jana hatte sich darüber nicht gewundert. Welcher anständige Mensch wollte schon solch einen Drachen zur Freundin? Männer standen nun mal auf zierliche Frauen, die eher devot waren, weil sie noch immer die Beschützer sein wollten.

»Dann wünsche ich weiterhin ein gutes Frühstück«, antwortete Petra und wandte sich zu ihrer Mutter. »Komm, Mama, hier ist kein Platz für uns.«

Jana schluckte und schaute ihr nach. Am liebsten wäre sie aufgestanden und zu ihr geeilt, um sie um Entschuldigung zu bitten und das große Missverständnis aufzuklären. Schließlich hatte sich Horst erst nach ihrem Gespräch gemeldet und sie hatte angenommen, dass Petra mit ihrer Mutter beim Arzt wäre.

Andererseits war sie froh, dass Horst so resolut gehandelt und ihr die Meinung gegeigt hatte. Petra verstand nur diese direkte Sprache und es bestätigte ihren Eindruck von ihm: Er war ein Mann der klaren Worte. Genau so jemanden brauchte sie an ihrer Seite, keinen Ja-Sager, wie sie es selbst war.

»Was ist denn das für eine Zicke?«, fragte Horst, als Petra das Restaurant verlassen hatte.

»Ich weiß auch nicht, was mit ihr ist. Eigentlich ist sie nicht so«, versuchte Jana ihre Freundin zu verteidigen, doch ihre Worte klangen nicht überzeugt. In diesem Augenblick war ihr Petra herzlich egal.

»Wieso sagt mir meine Menschenkenntnis, dass sie immer genau so ist, wie sie sich eben präsentiert hat. Eine eifersüchtige, misslaunige und herrische Schnepfe. So ein diktatorisches Miststück. Was wollen Sie von so einer?«

Jana erschrak ein wenig über diese deutlichen Worte. Ja, Petra war herrisch und rechthaberisch, aber sie war kein Miststück und sie war die Einzige, die immer für sie da war. Auch wenn sie Jana mit ihrer Aufmerksamkeit häufig erdrückte.

»Sie ist mir eine große Hilfe seit meiner Schwangerschaft«, unternahm sie einen weiteren Versuch, Partei für sie zu ergreifen.

»Lassen Sie uns bitte nicht mehr über sie sprechen, das verdirbt mir nur die Laune und heute ist so ein schöner Tag. Nur noch einen kurzen Rat: Sie sollten sich von ihr nicht so einnehmen lassen.«

»Tue ich nicht«, log Jana, wagte es jedoch nicht, Horst bei diesen Worten in die Augen zu schauen. Dann fügte sie schnell hinzu: »Ehrlich nicht.« Sie starrte auf ihren Teller, pikte mit ihrer Gabel eine Olive auf und ließ sie im Mund verschwinden.

»Sie sind einfach zu gut für sie. Verkaufen Sie sich nicht unter Wert.«

»Mache ich nicht«, entgegnete sie. Sie fand es schon süß, wie er Partei für sie ergriff, dabei kannten sie sich nicht einmal richtig.

*Er mag dich*, dachte sie nicht ohne Stolz, weil alles andere für sie keinen Sinn ergab. Warum sonst hätte er sich so für sie einsetzen sollen?

Ihrem Ex war es immer vollkommen egal gewesen, was sie tat. Er hätte sich nie derart für sie ins Zeug gelegt.

»Sehr gut. Ich hoffe, Sie nehmen es mir nicht übel, dass ich eben etwas grob war. Das liegt an meinem Gerechtigkeitssinn, da kann ich nicht anders.«

»Nein, bin ich nicht. Ehrlich gesagt, fand ich es sehr nett«, antwortete sie und schaute ihm wieder in die Augen. Horst schmunzelte und seine Augen funkelten. Wie es schien, freute er sich über ihre Worte.

»Danke, für Sie tue ich das besonders gern«, erwiderte er und wie durch Zufall wanderte seine rechte Hand zu ihrer linken Hand, die auf dem Tisch lag. Er berührte sie flüchtig, tat aber so, als habe er nach der kleinen Schale Oliven greifen wollen.

Diese kurze Berührung war so intensiv, dass Jana ein Kribbeln im Bauch spürte und sich wünschte, er möge diese Berührung gleich wiederholen. Sie hätte niemals den Mut dafür gehabt.

»Möchten Sie noch eine Olive?«, fragte er, nachdem er eine in seinem Mund hatte verschwinden lassen.

»Ja, gern. Die sind echt lecker. Ich weiß nicht, wann ich das letzte Mal Oliven gegessen habe.«

Er reichte ihr die Schale und wieder berührte er kurz ihre Hand, die sie bewusst in derselben Position gelassen hatte, denn genau das hatte sie gehofft.

*Er ist der Richtige,* dachte sie und hätte ihm am liebsten einen Kuss auf die Wange gedrückt, aber dafür war sie viel zu schüchtern. Sie wusste, dass sie ihm etwas würde entgegenkommen müssen, sonst riskierte sie, dass sie am Ende nur Freunde wurden und eine andere Frau ihn ihr wegschnappte.

*Petra!*

Schnell wischte sie diesen Gedanken beiseite, das wäre das Schlimmste, was Petra ihr antun könnte.

»Möchten Sie noch etwas trinken?«, fragte Horst.

»Nein, danke. Der Tee reicht. Der ist bestimmt sehr teuer.«

»Eine Frau, die auf das Geld achtet, obwohl der Mann sie gern einlädt, das gefällt mir. Das ist selten.«

»Ich bin auch nicht wie andere Frauen, ich würde das niemals machen. Nur weil ich eingeladen werde, heißt das nicht, dass ich das schamlos ausnutzen muss. Erst recht nicht bei Menschen, die ich gern habe.«

»Haben Sie mich denn gern?«, fragte er und Jana wurde rot vor Scham, dass ihr das eben herausgerutscht war.

»Es ist nicht schwer, Sie zu mögen, Sie sind sehr höflich und charmant und wissen, wie man Frauen behandeln muss.«

»Das gebe ich sehr gern zurück. Ich genieße die Zeit mit Ihnen.«

Jana strahlte. Jetzt schob sich Horsts Hand wieder zu ihr und diesmal hielt er ihre Hand fest. Seine Hand war warm, im Gegensatz zu ihrer.

»Ich glaube, wir sollten zum Du übergehen«, schlug Horst vor, er hielt noch immer ihre Hand fest umschlossen.

»Sehr gern.«

»Ich bin der Horst.«

»Und ich die Jana.« Sie lächelte. Horst dagegen wirkte seltsam angestrengt, sodass sich Jana fragte, ob es ihm vielleicht doch zu schnell ging, dabei hatte er ihr das Du angeboten und er war es auch, der ihre Hand hielt.

»Du hast ganz kalte Hände.«

»Ich friere schnell.«

»Wenn du magst, mache ich dir bei mir zu Hause einen Tee, da ist es kuschelig warm«, antwortete er und lächelte.

»Sehr gern«, war Janas verschmitzte Antwort. Der Gedanke, dass er vielleicht auch mit ihr kuscheln würde, gefiel ihr ausgezeichnet.

*Ich verliebe mich einfach zu schnell*, meldete sich ihr Gewissen und mahnte sie, etwas vorsichtiger zu sein, schließlich kannte sie Horst gar nicht. Doch sie schüttelte den Gedanken ab, es war ihr, als würde sie ihn schon lange kennen. Und als wäre er der Mann, auf den sie so lange gewartet hatte.

## Kapitel 24

»Das ist doch ein schlechter Witz«, brüllte Hemke und erhob sich wütend von seinem Stuhl, als Brandt und Aydin den Raum betraten.

»Drohen Sie uns?«, fragte Brandt unbeeindruckt.

»Nein, aber Sie drohen mir, indem Sie mich wie einen Schwerstkriminellen verhaftet haben.«

»Setzen Sie sich und seien Sie endlich still«, wurde Brandt laut. Er und Aydin nahmen Platz.

»Wollen Sie mir endlich verraten, warum Sie mich verhaftet haben?«

»Wir haben Sie nicht verhaftet, wir befragen Sie nur«, korrigierte Brandt. »Wenn Sie uns allerdings weiter irgendwelche Märchen auftischen, sorge ich dafür, dass Sie in den nächsten Tagen Aufenthalt in einer hübschen kleinen Zelle haben werden.«

Hemke schnaubte und setzte sich ebenfalls. Wie es schien, begriff er endlich, dass er kooperieren musste.

»Wann soll ich Ihnen denn Märchen erzählt haben?«

»Das möchten wir gern von Ihnen erfahren. Wollen Sie noch immer behaupten, dass Sie in den letzten Wochen keine Begegnung mit Franz Tack hatten?« Hemke antwortete nicht sofort, er schien abzuwägen, was Brandt als Eingeständnis wertete. Zum ersten Mal wirkte Hemke konzentriert. Nach dem Gespräch mit Celik und Betz hatten sie entschieden, zunächst Hemke auf dem Präsidium zu verhören, anstatt die Suchtberatungsstelle zu besuchen.

»Na gut, ja, ich habe ihn getroffen, aber das war eher Zufall«, gab er endlich kleinlaut zu, als wüsste er, dass die Schlinge um seinen Hals verdammt eng war.

»Wo und wann?«

Hemke schaute nach oben, als würde er erneut kurz überlegen, um nur ja das Richtige zu sagen. »Keine Ahnung, vor zwei Wochen oder so. Ich habe dieses Arschloch am Wiener Platz getroffen.« Die Zeitangabe deckte sich mit der Aussage von Celik, somit war Brandt geneigt, ihm zu glauben.

»Was haben Sie am Wiener Platz gemacht?«, wollte Aydin wissen. Die gleiche Frage lag auch Brandt auf den Lippen. Es war schon erstaunlich, wie oft sein Partner die gleichen Einfälle hatte.

»Ich habe mich mit Silke getroffen.«

»Und warum haben Sie sich mit ihr getroffen?« Dass das stimmte, lag im Bereich des Möglichen, schließlich hatte Betz ihn vor ungefähr vier Wochen in der Wohnung von Silke Topp gesehen und Hemke hatte keinen Hehl daraus gemacht, dass er eine Affäre mit ihr gehabt hatte. Nur dass sie ein Paar waren, wollte er nicht eingestehen.

»Warum wohl?« Hemke lachte und streckte kurz die Zunge heraus, seine roten Augen funkelten für den Bruchteil einer Sekunde gefährlich auf.

»Über was haben Sie sich mit Herrn Tack unterhalten?«

»Belangloses Zeug.«

»Ich dachte, wir wollten es ausnahmsweise mit der Wahrheit versuchen.«

»Das ist die Wahrheit.« Hemke rutschte nervös auf seinem Stuhl hin und her. Diesmal schaute er weder Brandt noch Aydin in die Augen, für Brandt ein klares Zeichen dafür, dass er log.

»Sie scheinen noch immer nicht den Ernst der Lage zu erkennen. Ein Zeuge hat Sie während eines Gespräches mit Herrn Tack beobachtet. Dieser hat uns versichert, dass Sie ihm einen Anteil des Erbes versprochen haben, wenn er dabei helfen würde, Ihnen eine Vollmacht zu besorgen. Genau darum ging es doch in dem Gespräch. Sie mussten sehr unzufrieden sein, denn wie es schien, war Herr Tack unfähig, Ihnen diese Vollmacht zu besorgen«, schmückte Brandt das Ganze etwas aus.

»Franz lügt«, entfuhr es Hemke. Seine Blicke wanderten zwischen Brandt und Aydin hin und her, als fühlte er sich in die Ecke gedrängt.

»Herr Tack ist bereit, die Aussage schriftlich festhalten zu lassen«, antwortete Brandt. Natürlich hatte er das nicht zugesagt, aber Brandt kannte Männer wie ihn, sie unterschrieben alles, wenn man ihnen Daumenschrauben anlegte. Brandt war jedes Mittel recht, um Hemke unter Druck zu setzen, so in der Defensive hatten sie ihn noch nie gehabt. Diese Gelegenheit durfte er nicht ungenutzt lassen.

»Er will mir nur schaden. Der Trottel war sauer auf mich, weil ich ihm seinen Goldesel gestohlen habe. Er war scharf auf ihr Erbe, nicht ich.«

»Leider sprechen die Indizien eher gegen Sie. An dem Opfer konnte keine DNA von Herrn Tack gefunden werden, die darauf schließen lässt, dass er zur Tatzeit Kontakt mit Frau Topp hatte. Auch hat er ein Alibi für die Tatzeit. Beides ist bei Ihnen genau umgekehrt. Was meinen Sie, wem der Richter glauben wird?« Brandt wusste, dass er sich auf dünnem Eis bewegte. Wenn Hemke jetzt dichtmachte und auf Hinzuziehung eines Anwalts beharrte, hatte sich das Risiko nicht ausgezahlt.

»Was war denn nun der Inhalt des Gesprächs? Es sollte in Ihrem Interesse sein, uns endlich die Wahrheit zu sagen, derzeit spricht leider vieles gegen Sie«, versuchte Aydin die freundliche Version.

»Sie stochern im Dunkeln. Nur braucht die Öffentlichkeit einen Täter, also müssen Sie jemanden präsentieren und wer wäre da geeigneter als ein Satanist. Einem wie mir würden die Leute so ein schreckliches Verbrechen ohne Weiteres zutrauen. Aber ich habe sie nicht getötet. Denken Sie doch mal nach, wenn ich scharf auf das Geld gewesen wäre, hätte ich sie dann ermordet, bevor ich an das Geld rankomme?« Hemke starrte sie wütend an.

Seine Argumente waren schlüssig, darüber hatten Brandt und Aydin während der Fahrt auch schon diskutiert.

»Sie haben die Nerven verloren, als Sie erkannten, dass Frau Topp Ihnen das Erbe nicht aushändigen würde.«

»Bullshit«, fiel Hemke Brandt scharf ins Wort.

»Es gibt einen Zeugen, der gesehen hat, wie Sie sich mit ihr im Schlafzimmer gestritten haben.«

»Ein Zeuge? Sie meinen bestimmt diesen dreckigen Spanner.«

»Einen Spanner?«, tat Brandt unwissend.

»Ihr Nachbar, dieser Widerling, der vom Schlafzimmerfenster aus immer spannt in der Hoffnung, sie nackt oder beim Vögeln beobachten zu können, so ein kleiner dicker Dreckskerl.« Hemke ließ sich gegen die Stuhllehne fallen, eine Geste, die Brandt bei ihm während des Verhörs noch nicht beobachtet hatte. Er wirkte geradezu entspannt. »Ihr kleiner schmieriger Zeuge wollte Silke selbst ficken. Aber sie hat ihn an der Tür abgewiesen, darauf ist er nicht klargekommen, weil er sich für was Besseres hält.«

Diese Information kam überraschend, doch Brandt traute es Betz absolut zu. Seine Art und wie er über seine Nachbarin gesprochen hatte, hatten etwas Gekränktes an sich gehabt. Sicherlich musste es für ihn wie ein Schlag ins Gesicht gewesen sein, dass eine Drogenabhängige ihn, der sich für etwas Besseres hielt, abwies. Es war allerdings auch denkbar, dass Hemke log, doch seine entspannte Körperhaltung sprach gegen diese Annahme.

»Was war der Grund Ihres Streites?«, fragte Aydin, ohne weiter auf den Zeugen einzugehen, was Brandt sehr gelegen kam.

»Ich hatte Ihnen doch gesagt, dass Silke nicht das liebe Mädchen war, für das Sie sie halten. Sie war jähzornig und stur.«

»Stur, weil sie Ihnen die Vollmacht nicht unterschreiben wollte?«, griff Brandt diese Steilvorlage sofort auf.

»Stur, weil ich ihr kein Heroin spritzen wollte. Stur, weil ich sie nicht jedes Mal vögeln wollte, wenn es ihr passte. Stur, weil sie einfach eine Zicke war. Suchen Sie sich was aus.« Hemke wirkte wieder angespannt, er hatte sich nach vorne gebeugt und seine Halsschlagader trat deutlich zum Vorschein.

So ungern Brandt es zugeben wollte, er hielt das durchaus für möglich. Immerhin hatte Betz ausgesagt, dass Hemke nach dem Streit mit ihr wutentbrannt gegangen sei. Ebenso denkbar war, dass sie sich wegen der Vollmacht gestritten hatten. Das nachzuweisen, war allerdings unmöglich, solange Hemke sich nicht aus der Reserve locken ließ.

»Dann verraten Sie uns, über was Sie sich mit Herrn Tack unterhalten haben.«

»Verdammt, es war seine Idee«, platzte es aus Hemke heraus und zum ersten Mal glaubte Brandt, dass die Nerven des Verdächtigen so strapaziert waren, dass er gleich mit der Wahrheit herausrücken würde. Ein Verhör war eine psychisch anstrengende Angelegenheit und Polizisten waren trainiert darauf, dem Druck dabei standzuhalten, nur die meisten Verdächtigen waren das nicht.

»Was war seine Idee?«, fragte nun Aydin und Hemke presste die Lippen zusammen, als ahnte er, dass er etwas Dummes gesagt hatte.

Doch statt etwas zu erwidern, schloss er die Augen. Er atmete schnell, sein Brustkorb hob und senkte sich deutlich, dann öffnete er die Augen, riss sie weit auf und fing an laut zu lachen.

»Ich bin Satans Jünger, wollt ihr Satan selbst herausfordern, ihr Narren?«, brüllte er mit tiefer Stimme, noch tiefer, als sie ohnehin war. Daraufhin setzte er sein höhnisches Lachen fort, als hätte er soeben die Unterwelt verlassen, um auf der Erde seinen Schrecken zu verbreiten. Er hörte gar nicht mehr auf zu lachen. Seine Augen schienen Feuer zu speien, er streckte seine Zunge heraus und lachte weiter. Schließlich hielt er inne, schaute erst Aydin an, dann Brandt und antwortete: »Sie wollen mich fertigmachen, aber ich bin nicht schwach. Satan wohnt in mir. Ich bin stark und eins sollten Sie wissen, ich habe Silke nicht getötet. Satan erlaubt es nicht, Schwangere zu töten.«

Die Situation war geradezu gespenstisch, fast wie in einem Horrorfilm, doch es war die Realität und Hemke nur ein Mensch mit einer kranken Fantasie, zumindest in Brandts Augen.

»Wenn Sie mit Ihrer Zirkusnummer fertig sind, können wir das Gespräch ja fortsetzen«, antwortete er daher trocken. Er wollte sich mit Sicherheit nicht auf Hemkes Spiel einlassen. Nicht dieser Möchtegerndämon bestimmte den Gesprächsverlauf, sondern sie, und je eher Hemke das begriff, desto besser. »Welches Angebot hat Herr Tack Ihnen gemacht?«

Hemke schaute an die Decke, er drehte seinen Kopf hin und her, nur nicht in Brandts oder Aydins Richtung. Wie weit er seinen Kopf nach rechts und links bewegen konnte, erstaunte Brandt, so gelenkig hatte er diesen hünenhaften Mann nicht eingeschätzt.

Plötzlich stoppte Hemke seine Bewegung und lenkte seinen Kopf ruckartig zu Brandt, dann starrte er ihn regelrecht an. Brandt ließ sich von dieser Geste weder einschüchtern noch beeindrucken.

»Er wollte, dass wir Silke entführen, damit sie uns die Vollmacht unterschreibt.«

## Kapitel 25

»Das war sehr lecker, vielen Dank für die Einladung«, bedankte sich Jana, als sie mit Horst das Restaurant verließ.

»Für dich doch gern. Freut mich, dass es dir gefallen hat«, sagte Horst. »Wollen wir noch etwas spazieren gehen?«

»Ja, das wäre schön.« Sie gingen Richtung Rhein. Dass er nicht nach ihrer Hand griff, fand sie etwas schade, zu gern hätte sie sich bei ihm eingehakt.

*Ob er sich die Sache doch anders überlegt hat?*, meldeten sich plötzlich unbegründete Zweifel. *Eigentlich wollte er doch einen Tee mit mir trinken.*

Jana war seit jeher voller Selbstzweifel, das hatten all ihre Exfreunde an ihr kritisiert, aber sie hatte es einfach nicht abstellen können, so sehr sie auch dagegen ankämpfte. Dass sie so war, lag mit an ihrer Mutter, die ihr von Kindesbeinen an zu verstehen gegeben hatte, dass sie nichts tauge, dass sie ein Niemand sei und dass es ein großer Fehler gewesen sei, dass sie sie nicht abgetrieben habe.

*Wieso hast du mir das angetan?*, dachte sie. »Mutter«, rutschte es ihr etwas zu laut heraus.

»Mutter?«, fragte Horst.

»Ich meinte, Kutter«, korrigierte sich Jana schnell, denn sie entdeckte in diesem Moment ein Schiff auf dem Rhein.

»Das ist kein Kutter, das ist ein Transportschiff«, schmunzelte Horst. »Bist du schon mal mit einem Schiff gefahren?«

»Nein, meine Exfreunde waren für so etwas nicht zu begeistern. Du?«

»Ja, schon einige Male. Letztes Jahr mit der AIDA. Wir müssen das unbedingt machen.«

»Sehr gern, ich hoffe, ich werde nicht seekrank.« Dass sie nie mit einem Schiff gefahren war, lag natürlich an den Kosten. Solche Schiffsreisen waren teuer, dafür hatte sie kein Geld und keiner ihrer Exfreunde hätte sie je dazu eingeladen. Wenn Horst sie nicht einlud, würde sie nicht mitreisen können, aber das wollte sie nicht sagen, er hätte das falsch auffassen können.

»Keine Sorge, das wirst du nicht. Diese Dinger liegen so sanft auf dem Wasser, dass du glaubst, du würdest auf Beton gehen.«

»Wenn du das sagst, dann glaube ich dir. Du weißt echt viel. Hast du studiert?«

»Ja«, nickte Horst und richtete sich auf. »Aber ich wollte nicht in einer großen Firma arbeiten, ich bin lieber mein eigener Chef. Was ist mit dir?«

»Leider nicht. Ich hätte gern, aber meine Mutter hat mich alleine großgezogen und unser Verhältnis war nicht das beste.« Dass ihr Verhältnis furchtbar gewesen und sie immer wieder im Jugendheim oder bei Pflegeeltern gelandet war, wollte sie Horst noch nicht erzählen.

»Genau deswegen finde ich es nicht gut, dass Kinder ohne ihren Vater aufwachsen. Eine Frau kann nie die starke Hand eines Mannes ersetzen.«

»Du hast recht, aber was soll die Frau machen, wenn der Mann sich verpisst.«

»Solche Männer sind Feiglinge, die müsste man alle kastrieren, damit sie nicht noch andere Frauen ins Unglück stürzen«, wurde Horst plötzlich ernst. »Und die Frauen, die sofort für jeden Mann ihre Beine breitmachen, sind keinen Deut besser.«

Jana schluckte und schaute zu Boden. Glaubte er, dass auch sie sich ihrem Ex zu schnell hingegeben hatte? Wenn ja, bedeutete das, dass er sie als wertlos und schlecht erachtete. Warum sollte er eine Frau zur Freundin nehmen, von der er nichts hielt?

Plötzlich wurde sie wieder unsicher, weil sie Horst gar nicht mehr einschätzen konnte.

*Spinn nicht rum, er mag dich, sonst hätte er dich nicht eingeladen, nach deiner Hand gegriffen und dir das Du angeboten*, versuchte sie, die Unsicherheit zu verjagen.

»Ich finde es auch unmöglich, wenn man sich einem Mann sofort hingibt, das könnte ich nie. Ich muss einem Mann vertrauen«, überwand sie sich dann zu sagen und beschloss, mit den Waffen einer Frau zu kämpfen. Sie wollte nicht, dass Horst sie in diese Schublade steckte, dabei wusste sie, dass sie genau dorthin gehörte. Ihren Exfreund Andre hatte sie auf einer Party kennengelernt und gleich am ersten Abend mit ihm Sex gehabt, danach waren sie ein Paar geworden.

Mit den Männern davor war es nicht viel anders gewesen. Aber so war das heute, man lernte sich auf einer Party kennen, war betrunken oder stand unter Drogen, und wenn man Lust aufeinander hatte, dann hatte man Sex.

Horst war deutlich älter als sie und zu seiner Zeit war das sicherlich nicht so gewesen, was jedoch nicht heißen musste, dass jetzt alle Frauen Schlampen waren, sondern eher, dass Horsts Weltbild sehr veraltet war.

Wenn sie ehrlich war, fand sie seine Einstellung aber gut, denn nach genau so einem Mann hatte sie sich die ganze Zeit gesehnt. Nach jemandem, der nur für sie da war, der anderen Frauen keine schönen Augen machte und der sie beschützte.

»Ich weiß, alles andere hätte ich bei dir auch nicht angenommen. Du bist eine anständige Frau, du hattest leider nur das Pech, dass du an ein Arschloch geraten bist«, antwortete er und konnte nicht wissen, was er mit diesen Worten bei Jana auslöste.

Sie entspannte und freute sich zugleich, denn nun wusste sie, dass ihre Selbstzweifel unbegründet waren. Horst hatte nicht sie gemeint, sondern andere Frauen. Zum Glück hatten sie unterschiedliche Freundeskreise, so würde nie herauskommen, dass sie doch leicht zu haben war.

*Petra!*

Nein, wegen Petra musste sie sich keine Sorgen machen. Mit ihr hatte sie nur über Andre gesprochen, nicht über die Männer davor, und sie hatte Petra auch nicht erzählt, dass sie mit Andre gleich in der ersten Nacht Sex gehabt hatte. Wie es schien, hatte sie einmal richtig reagiert, als sie diese Sache nicht gleich ausgeplaudert hatte.

»Frierst du?«, fragte Horst.

»Etwas.«

»Nimm meine Hand.« Sie ergriff seine Hand und lächelte. Sie wusste nicht, ob das eine Taktik war oder ob er das tat, weil sie wirklich fror. Am Ende zählte nur das Resultat.

Händchen haltend folgten sie dem Rhein und bogen dann auf eine Straße in der Nähe der Messe ab, wo einige Autos parkten.

»Ich hatte dir ja versprochen, dass ich dir einen Tee mache«, sagte Horst. »Oder soll ich dich nach Hause fahren?«

»Nein, nein. Ein Tee wäre jetzt genau das Richtige«, antwortete Jana, dabei überschlug sich ihre Stimme beinahe.

»Schön«, sagte Horst und kurz darauf erreichten sie seinen Wagen. Es war eine Familienkutsche, die irgendwie nicht zu ihm passte, da er doch Single war. In dem Wagen hatten sieben Personen Platz, wenn sie sich nicht verzählt hatte.

»Wo wohnst du?«, fragte sie.

»In Porz, im Haus meiner Mutter.«

»Du wohnst noch bei deiner Mutter?«, rutschte es ihr lachend heraus. Sie fand es befremdlich, dass ein Mann in seinem Alter bei seiner Mutter wohnte.

»Nein, sie ist vor drei Jahren gestorben.«

»Das tut mir leid, das wusste ich nicht.«

»Muss dir nicht leidtun. Sie war keine besonders gute Mutter.«

*Wie meine*, hätte sie am liebsten geantwortet, schaute aber schweigend aus dem Beifahrerfenster.

Das Haus von Horst lag etwas abseits, jedenfalls gab es in der Nachbarschaft keine anderen Häuser. Da sie nicht auf Straßenschilder geachtet hatte und noch nie in Porz gewesen war, wusste sie nicht, wo sie genau waren. Aber das war am Ende egal, sicher würde Horst sie nach dem Tee nach Hause fahren. Wobei sie es überhaupt nicht eilig damit hatte.

Das Haus sah alt aus, ein frischer Anstrich hätte bei der Fassade bestimmt Wunder gewirkt. So wirkte es irgendwie gespenstisch. Sie fröstelte, doch sie bemühte sich, die gruseligen Gedanken wegzuwischen. Immerhin besaß Horst ein Haus und schon erwischte sie sich dabei, wie sie überlegte, wie man es gemütlicher machen könnte und wie hübsch Niklas es hier hätte. Es gab jede Menge Platz zum Spielen. Besser konnte ein Kind doch nicht aufwachsen, oder? Wenn sie ihre Kindheit als Vergleich heranzog, war die Antwort ein ganz eindeutiges: Ja!

»Du hast ein sehr schönes Haus.«

»Danke. Ich müsste es mal neu anstreichen lassen, aber dafür fehlte mir bisher die Zeit. Für eine Person ist es auch fast zu groß.«

»Für eine Familie wäre es perfekt. Kinder könnten sich den ganzen Tag austoben.«

»Möchtest du denn noch mehr Kinder?«, fragte er. Sein Blick wirkte ernst, fast angestrengt.

»Ja, mit dem richtigen Mann kann ich mir das sehr gut vorstellen.«

Horst nickte, trotzdem wirkte er weiter angespannt, was Jana nicht so recht zu deuten wusste.

»Ist hinter dem Haus ein Garten?« Bisher hatte sie nur den Vorgarten gesehen, der ihr schon recht groß erschienen war. In Gedanken ging sie bereits durch, welche Blumen sie pflanzen würde, um das Ganze einladender zu gestalten. Es war offensichtlich, dass hier eine Frau fehlte, und diese Lücke würde sie zu gern schließen, wenn Horst es ernst mit ihr meinte. Daher nahm sie sich fest vor, ihn abzuweisen, sollte er Anstalten machen, sich ihr körperlich zu nähern.

*Vielleicht blase ich ihm einen*, dachte sie, schüttelte aber in Gedanken sofort den Kopf. Nein, diesmal wollte sie stark bleiben, sich nicht gleich hingeben. *Nur kuscheln, schmusen und küssen. Er soll nicht die ganze Torte auf einmal erhalten.*

»Klar, da könnten sich unsere Kinder austoben«, lachte Horst und seine Gesichtszüge entspannten sich endlich. Jana war erleichtert, vor allem gefiel ihr, dass er »unsere Kinder« gesagt hatte, obwohl sie sein Lachen dahingehend deutete, dass er scherzte.

Er zeigte ihr den großzügigen Garten hinter dem Haus, der gar nicht wie ein Garten aussah. Man sah, dass dort eine Rasenfläche vorgesehen war, aber zahlreiche Wildpflanzen hatten sich breitgemacht. Es war unschwer zu erkennen, dass hier seit Jahren keiner mehr Hand angelegt hatte.

»Ich könnte das schön machen«, flüsterte sie.

»Das wäre gut. Ich sagte ja, hier fehlt eine Frau«, erwiderte Horst, der Janas Satz, der eigentlich nicht für ihn bestimmt war, wohl gehört hatte. »Komm, lass uns reingehen.«

»Gern, ich bin gespannt, wie du wohnst.«

Horst antwortete nicht und wortlos gingen sie zur Haustür. Er schloss auf und bat Jana herein.

Als sie drinnen waren, ließ er die Haustür ins Schloss fallen, schloss sie ab und nahm den Schlüssel an sich, was Jana plötzlich Angst machte.

## Kapitel 26

Hemkes Aussage änderte alles. Wahrscheinlich war ihm nicht bewusst, dass er mit seinen Worten auch sich selbst belastet hatte. So fiel es Bender nicht schwer, beim Staatsanwalt Haftbefehle für Franz Tack und Anton Hemke anzufordern. Ein Richter war schnell gefunden, sodass Brandt und Aydin nun auf dem Weg nach Mülheim waren, um Tack zu verhaften.

»Wo schauen wir zuerst nach?«

»Ich wette, er ist in der Spielhalle«, antwortete Brandt.

»Kann ich mir gut vorstellen. Vielleicht ist das Glück endlich mal auf unserer Seite.«

»Das hat nichts mit Glück zu. Das war harte Arbeit, Hemke so in die Ecke zu drängen, dass er sich verplappert hat«, entgegnete Brandt, er wusste jedoch, was Aydin meinte.

»Jetzt müssen wir lediglich die Verbindung zu dem Mord schaffen. Jemanden um sein Vermögen zu bringen, macht noch keinen Mörder.«

»Stimmt, aber es ist ein verdammt starkes Motiv. Und ich würde mich nicht wundern, wenn Tack Hemke unter Druck belastet. Wir müssen beide gegeneinander ausspielen, dann erfahren wir, was vorgefallen ist. Vermutlich haben sie gemeinsam diese grausame Tat begangen. Und mit der Botschaft wollten sie nur von ihrem eigentlichen Motiv ablenken.«

»Gut möglich, aber in der Hochschule haben wir viel über Beziehungstaten und …«

»Uni? Wie oft habe ich dir gesagt, dass du diesen theoretischen Müll, den du da gelernt hast, vergessen sollst. Du bist inzwischen schon einige Jahre dabei, da solltest du es endlich besser wissen.« Brandt schüttelte den Kopf, er hielt nicht viel von diesem ganzen akademischen Blödsinn. Im Gegensatz zu Aydin hatte er nicht studiert.

»Na ja, so ein Quatsch war das nicht. Schließlich haben wir mit echten Fällen gearbeitet.«

»Wenn du meinst, aber wenn du auf einen alten Hasen hören willst, dann lass dir gesagt sein, dass es für alles ein erstes Mal gibt. Was, wenn die beiden Silke Topp wirklich entführt haben? Und als sie die Vollmacht nicht unterschreiben oder das Geld rausrücken wollte, haben sie sie an einen Tisch gefesselt und ihr gedroht, sie zu töten, ihr das Baby aus dem Bauch zu schneiden.«

»Na komm, das ist schon sehr krank. Wer macht denn bitte so was? Wenn, hätte es gereicht, sie zusammenzuschlagen.«

»Du hast echt keine Ahnung. Dabei bist du doch so ein Internetbesessener. Google mal Michelle Wilkins und Baby. Dann wirst du lesen können, dass genau das dieser hochschwangeren Frau widerfuhr. Dynell Lane lockte sie in ihr Haus, schnitt ihr den Bauch auf und stahl das Baby.«

»Das kann man doch nicht vergleichen. Das sind psychisch kranke Frauen, die einen so starken Kinderwunsch haben, dass sie auch davor nicht zurückschrecken, einer Hochschwangeren das Baby aus dem Bauch zu schneiden. In Brasilien gab es einen ähnlichen Fall.«

»Das kann man sehr wohl vergleichen. Glaubst du im Ernst, dass ein Alkoholiker wie Tack oder dieser Möchtegernteufel klar im Kopf sind?«

»Nein, aber …«

»Nichts aber, wir sollten uns lieber überlegen, wie wir die beiden des Mordes überführen, und mit ein bisschen Glück können wir Walter dann doch auf seiner Wohnwagentour begleiten.«

»Das wünsche ich mir genauso. Nur ich finde, es gibt einfach noch zu viele Ungereimtheiten. Wir sollten nicht so naiv …«

»Naiv? Glaubst du etwa, dass ich naiv bin?«, rief Brandt.

»Nein, das meinte ich nicht. Aber wir sollten uns nicht so sicher sein.«

»Das bin ich nicht, da solltest du mich langsam gut genug kennen. Bevor wir kein Geständnis haben, werden wir unsere Ermittlungen nicht einstellen. Wir haben noch jede Menge offener Fragen. Ich sage nur: Beratungsstelle.«

Aydin nickte. Inzwischen hatten sie den Wiener Platz erreicht und Brandt parkte einige Meter entfernt von der Spielhalle.

Bereits im Präsidium hatten sie ihre schusssicheren Westen angezogen, man konnte schließlich nie vorsichtig genug sein. Sie stiegen aus und gingen zur Spielhalle.

»Guten Tag«, grüßte sie der Mitarbeiter Jochen, der vor dem Eingang stand und eine Zigarette rauchte.

»Guten Tag, ist Herr Tack da?«

»Leider nicht. Es geht mich ja nichts an, aber diesmal muss er es wohl endgültig übertrieben haben.«

Brandt wollte sich gerade umdrehen und weitergehen, doch dann überlegte er es sich anders.

»War er denn heute schon hier?«

»Nein, gut möglich, dass er nicht mehr kommt. Er schuldet mir noch hundert Euro.«

»Haben Sie ihm Geld geliehen?«

»Ja, manchmal tue ich das. Was willste machen, ist schon ein armer Kerl.«

»Wie kann er hier überhaupt so viel Geld ausgeben, wenn er spielsüchtig ist? Laut dem Glücksspieländerungsstaatsvertrag dürfen Spielsüchtige keine Spielhalle betreten«, mischte sich Aydin ein. Jochen lachte kurz und zog an seiner Zigarette.

»Das gilt nicht im eigentlichen Sinne für Spielhallen, eher für Lotto und so. Solange mein Chef kein Hausverbot erteilt, juckt das niemanden. Mal unter uns, ohne diese Spielsüchtigen könnten die meisten Spielhallen doch dichtmachen.«

»Wie gut kennen Sie Herrn Tack?«, fragte Brandt.

»Gut genug, um nicht zu fragen, warum Sie ihn so oft aufsuchen.«

»Kennen Sie Silke Topp?«

»Sie meinen seine Exfreundin, die schwangere Junkiefrau?«

»Genau die. Woher kennen Sie sie?«

»Na ja, aus Franz' Erzählungen. Er hat doch damit geprahlt, dass so ein junges Hühnchen für ihn anschaffen geht und ihm sein Leben finanziert, das gefiel ihm.«

»Also war Tack sehr offen in dieser Hinsicht?«

»Wenn er betrunken war, mit Sicherheit.«

»Und was hat er Ihnen erzählt, als sich Frau Topp von ihm getrennt hat?«

Diesmal antwortete Jochen nicht sofort, er schien plötzlich vorsichtiger zu sein, als ahnte er, dass er sich mit seiner Antwort auf Glatteis begab.

»Sie ist doch die tote schwangere Frau, der man den Bauch aufgeschnitten hat, oder? In der Bild-Zeitung habe ich einen Artikel darüber gelesen, sie muss es sein. Kann ja kaum Zufall sein, dass sie den gleichen Vornamen hat.«

»Ja, sie ist es«, bestätigte Brandt, der wieder einmal einen besonderen Hass auf die Sensationspresse wie die Bild-Zeitung verspürte. Aber der Express war auch nicht besser. Er hatte beide Artikel gelesen und für Personen, die Silke Topp kannten, war es nicht schwer zu erahnen, dass sie die Tote war. »Hat Herr Tack in den letzten Tagen über sie gesprochen?«

»Ja.«

»Und was hat er gesagt?« Brandt war jetzt ganz Ohr. Es war gut möglich, dass Tack in betrunkenem Zustand zu viel preisgegeben hatte, gerade weil er Jochen kannte und mit seiner Tat angeben wollte.

»Er war wütend auf sie, weil sie sich von ihm getrennt hatte, obwohl er immer für sie da war und ihre Marotten ertrug. Wenn Sie mich fragen, war er nur sauer, weil er seinen Goldesel verloren hatte.«

»Verstehe. Hat er sonst noch was gesagt? Irgendetwas, was mit ihrem Tod in Verbindung stehen könnte?«

»Nein«, antwortete Jochen. Dann fügte er hinzu: »Doch, hat er. Jetzt, wo Sie mich fragen – aber da wusste ich ja noch nicht, dass sie tot ist.«

»Und was war das?«, fragte Aydin.

»Dass jetzt niemand mehr etwas von dem Geld hätte.«

»Wissen Sie, was er damit meinte? Hat er das näher erläutert?«, hakte Brandt nach, dabei hatte er schon eine Ahnung, aber er wollte hören, was Jochen wusste.

»Nicht wirklich, tut mir leid. Nur, dass sie selbst schuld an ihrem Unglück sei. Wie gesagt, da wusste ich nicht, dass sie tot ist. Ich hatte das eher auf ihren neuen Freund bezogen.«

»Ihren neuen Freund? Kennen Sie ihn?«

»Na ja, kennen wäre übertrieben. Er war mal hier und hat sich übelst mit Franz angelegt. So ein ganz komischer mit Hörnern, kranker Typ.«

*Anton Hemke!,* dachte Brandt.

»Wissen Sie, worüber sie gestritten haben?«

»Klar, die haben sich ja lauthals gezofft. Ich musste sie aus der Spielhalle schmeißen.«

»Und was war der Inhalt des Gespraches?«, wiederholte Aydin.

»Dass Franz sich von seiner Exfreundin fernhalten soll. Dass Silke jetzt ihm gehört.«

Silke Topp als sein Eigentum zu betrachten, sah Hemke ähnlich, so schätzte Brandt ihn ein.

»Gab es noch weitere Begegnungen?«

»Ja, ein, zwei, wenn ich mich nicht irre.«

»Und worüber haben sie da geredet?«

»Das kann ich Ihnen leider nicht sagen. Sie haben sich draußen unterhalten, aber sie haben sich nicht gefetzt, es wirkte eher wie eine Diskussion.«

*Sie haben beredet, wie sie an das Erbe kommen!,* dachte Brandt.

»Glauben Sie, dass Franz sie umgebracht hat?«

»Was glauben denn Sie?«, gab Brandt die Frage zurück. Jochen machte auf ihn den Eindruck, als würde er es genießen, dass die Polizei an seinen Lippen hing. Vielleicht wusste er tatsächlich noch mehr.

»Das weiß ich nicht. Franz ist ein Arschloch, aber ein liebes. Er ist kein Mörder, diese Gefühlskälte hat er nicht, nur diesem anderen, diesem Hemke, würde ich das ohne Weiteres zutrauen.«

»Danke«, antwortete Brandt. »Können Sie sich vorstellen, wo wir Herrn Tack finden können?«

»Entweder in der Kneipe oder zu Hause.«

Brandt nickte und verabschiedete sich mit Aydin von Jochen. Da sie aus den vorherigen Gesprächen wussten, dass die Kneipe *Zur Schänke* hieß und in der Nähe lag, liefen sie zunächst dorthin. Sie traten ein und schauten sich um. Tack war nicht da.

»Wollen wir hoffen, dass er zu Hause ist«, bemerkte Aydin, als sie die Kneipe verließen und zurück zum Wagen eilten.

Sie stiegen ein und Brandt steuerte die Mündelstraße an, wo Tack wohnte. Er parkte vor der Wohnanlage und gemeinsam traten sie an die Eingangstür.

Im selben Moment wurde sie geöffnet und sie nutzten die Gelegenheit, um rasch hineinzuschlüpfen. Bei ihrem letzten Besuch, als sie Tack nicht angetroffen hatten, hatte Brandt an der Klingelanlage gesehen, dass er im zweiten Stock wohnte, also stiegen sie die Treppe hinauf. Auf der Etage angekommen, lasen sie die Namen auf den Türschildern und schließlich standen sie vor Tacks Wohnungstür.

Aydin hielt sich rechts von Brandt, während dieser an die Tür klopfte. Glücklicherweise hatte die Tür keinen Spion, sodass Tack nicht wissen konnte, wer draußen war. Brandt hatte bewusst nicht geklingelt, damit Tack glauben sollte, dass nur ein Nachbar anklopfte.

Doch seine Taktik schien nicht aufzugehen, niemand reagierte auf sein Klopfen.

»Vielleicht ist er nicht da«, flüsterte Aydin.

Brandts Anspannung stieg wie so oft in solchen Situationen. Adrenalin schoss durch seine Adern und ließ ihn hoch konzentriert sein. In der rechten Hand hielt er die entsicherte Waffe, mit der linken klopfte er erneut an die Tür. Wenn Tack nicht in der Wohnung war, hatten sie ein Problem.

Doch dann hörte er Geräusche von drinnen. Sein Blick wanderte zu Aydin, dieser nickte nur, da wurde die Tür geöffnet.

»Verdammt, Hasan, kannst du mich nicht einmal schlafen lassen? Ich habe kein Bier für dich.«

Ohne zu zögern, trat Brandt mit dem rechten Fuß gegen die Tür, die heftig nach innen flog. Tack stürzte zu Boden, sofort stellte Brandt sein Bein auf Tacks Bauch und zielte mit dem Lauf seiner Waffe auf dessen Kopf.

»Keine Bewegung. Sie sind verhaftet.«

»Was soll die Scheiße?«, brüllte Tack, die Angst stand ihm ins Gesicht geschrieben.

»Wir verhaften Sie wegen des Verdachts des Mordes an Silke Topp. Stehen Sie langsam auf und machen Sie keine Dummheiten, die Sie bereuen würden«, warnte ihn Brandt, er ließ ihn nicht aus den Augen.

Zögernd stand Tack auf, er wirkte verunsichert und ängstlich. Da Brandt keine Alkoholfahne riechen konnte, ging er davon aus, dass Tack nicht betrunken war, vielleicht nur angetrunken. Auf jeden Fall wäre es ihm sehr gelegen gekommen, wenn Tack nüchtern war.

Aussagen von Betrunkenen waren immer mit Vorsicht zu genießen, gerade als Beweismittel.

Als Tack endlich auf den Beinen war, legte Aydin ihm Handschellen an.

»Muss das sein?«

»Sie halten jetzt einfach die Klappe. Auf dem Präsidium haben Sie Gelegenheit genug, sich zu den Vorfällen zu äußern.«

»Ich weiß ja nicht, was Anton Ihnen erzählt hat, aber er lügt. Der will mich nur in die Pfanne hauen, aber da mache ich nicht mit«, rief Tack, der augenscheinlich gar nicht daran dachte, ruhig zu sein. Brandt antwortete nicht, Aydin schwieg ebenfalls. Sollte Tack sich doch den Frust von der Seele reden, vielleicht gab er dabei wichtige Informationen preis. »Ich weiß genug, um ihm das Leben zur Hölle zu machen. Was glaubt er, wer er ist? Da hat er sich mit dem Falschen angelegt.«

Erst als ihnen eine Frau auf der Treppe entgegenkam, wurde er still. Sie gingen zu ihrem Dienstwagen und Aydin nahm mit Tack auf der Rückbank Platz.

Auf der Fahrt zum Präsidium war Tack erstaunlich schweigsam, was Brandt missfiel, nährte es doch seine Sorge, dass der Verdächtige womöglich begriff, dass es besser war, zu schweigen.

Im Präsidium brachten sie ihn in einen Verhörraum und ließen ihn allein. Sie gingen in die Küche.

»Ich knöpf ihn mir erst alleine vor. Du kannst in einigen Minuten mit Kaffee dazukommen.«

»Die Guter-Cop-böser-Cop-Nummer«, schmunzelte Aydin und nickte.

»Lach nicht, das hat schon oft funktioniert«, antwortete Brandt und verließ die Küche, um zu Tack zurückzugehen.

Der saß auf seinem Stuhl und starrte Brandt an, als hätte er einen Geist gesehen. Er wirkte fassungslos.

»Die Vorwürfe gegen mich sind lächerlich. Ich habe Silke nicht getötet. Was hat Ihnen der Schwachkopf bloß erzählt?«

»Vielleicht sollten Sie uns Ihre Sicht der Geschehnisse darlegen, das würde Ihnen sicher helfen. Derzeit sind Ihre Karten verdammt schlecht«, blieb Brandt bewusst schwammig, aber freundlich.

»Meine Sicht? Was für eine Sicht? Ich bin kein Mörder. Er lügt.«

»Bevor Sie weitersprechen, sollten Sie Folgendes wissen«, begann Brandt und ließ Tack nicht aus den Augen. »Herr Hemke hat ausgesagt, dass er sich mit Ihnen einige Male vor der Spielhalle am Wiener Platz getroffen habe. Dies haben zwei Zeugen unabhängig voneinander bestätigt.«

»Das macht mich noch lange nicht zu einem Mörder«, wurde Tack laut.

»Herr Hemke hat noch mehr ausgesagt«, erwiderte Brandt ruhig.

»Was?« Tacks Kopf war knallrot, ein deutliches Zeichen seiner extremen Anspannung und Nervosität. »Hat er sich auf einen dreckigen Deal mit Ihnen eingelassen?«

»Sie sollten doch wissen, dass es sich immer auszahlt, mit der Polizei zu kooperieren. Das wirkt sich strafmildernd aus«, erklärte Brandt, obwohl es keinen Deal gab, aber das musste Tack nicht wissen.

»Was hat dieser Feigling Ihnen erzählt?« Tacks Augen waren weit aufgerissen.

»Dass es Ihre Idee war, Silke zu entführen.«

»Ja, das war es«, antwortete Tack zu Brandts Überraschung.

## Kapitel 27

Jana versuchte sich ihre Nervosität nicht anmerken zu lassen, aber die Frage, warum Horst die Tür abgeschlossen und den Schlüssel an sich genommen hatte, ließ sie nicht los.

*Welcher Mensch macht so etwas?*, überlegte sie, während Horst in der Küche war und sie im Wohnzimmer auf ihn wartete. Wenn sie zu Hause war, schloss sie die Tür auch ab, vielleicht weil sie eine Frau war, vielleicht aus Gewohnheit, allerdings ließ sie den Schlüssel im Schloss stecken. Das machte doch jeder, oder? Sie kannte jedenfalls niemanden, der den Schlüssel an sich nahm.

*Vielleicht will er nicht, dass du das Haus verlässt?* Sie schluckte ängstlich.

Nein, Horst war kein kranker, perverser Psychopath. Er mochte sie und das mit dem Schlüssel hatte mit Sicherheit eine ganz einfache Erklärung. Nur musste sie den Mut aufbringen, ihn danach zu fragen.

*Oder du ziehst deine Jacke und deine Schuhe an und gehst, dann wirst du sehen, ob er ein Freak ist oder ob die Sache mit dem Schlüssel nur eine dumme Angewohnheit ist.* Sie nickte unbewusst.

*Einen Tee, dann gehe ich.*

In diesem Moment betrat Horst mit einem Tablett, auf dem zwei Becher und ein kleiner Teller mit Keksen standen, das Wohnzimmer.

»Ich hätte dir gern geholfen«, sagte Jana und stand sofort auf.

»Du bist mein Gast, ich mache das gern«, antwortete Horst. Seine Worte halfen ihr, sich etwas zu entspannen. Würde ein Psychopath, der sie vergewaltigen oder ermorden wollte, das tun?

*Die Schuhe, die roten Schuhe!* Die Erinnerung blitzte vor ihrem geistigen Auge auf.

Horst stellte das Tablett auf dem Couchtisch ab und setzte sich zu ihr. Jana nahm einen Becher, Horst ebenfalls.

»Das ist ein sehr guter japanischer Sencha-Tee. Handgebrüht.«

»Gut riechen tut er jedenfalls«, antwortete Jana, die sich wieder entsetzlich unwissend vorkam. Sie kaufte ihren Tee immer in Teebeuteln. Ob das, was Horst sagte, stimmte, wusste sie nicht, aber sie glaubte ihm.

Vorsichtig nahm sie einen Schluck. Der Tee war nicht bitter, er schmeckte wie andere grüne Tees, die sie schon getrunken hatte. Von der vermeintlichen Superqualität spürte sie auf ihrer Zunge jedenfalls nichts. »Der ist sehr lecker«, sagte sie trotzdem, weil sie glaubte, dass Horst das gern hören würde.

»Ich weiß«, antwortete er ein wenig überheblich. Sie hatte nicht den Eindruck, als würde er sich wirklich über diese Worte freuen. »Iss doch was Süßes, du bist viel zu dünn.« Er reichte ihr den Teller, auf dem die Kekse lagen. Jana nahm einen und ließ ihn im Mund verschwinden.

»Danke. Hast du die selbst gebacken?«, fragte sie.

»Ich? Wieso sollte ich? Männer backen doch keine Kekse.« Er schüttelte den Kopf und aß ebenfalls einen. »Nur Schwuchteln backen Kekse.«

Jana lächelte unsicher. Irgendetwas war jetzt anders an Horst, er wirkte seltsam, leicht abwesend. Nein, eher genervt. Ihr Unwohlsein nahm wieder zu.

Sie trank noch einen Schluck aus ihrem Becher, aber ihre Hände zitterten.

»Ist dir kalt?«, fragte er.

»Ein bisschen«, log sie, schließlich wollte sie nicht zugeben, dass sie Angst vor ihm hatte.

*Du spinnst,* dachte sie gleich darauf. Sie mochte ihn doch, es gab keinen Grund, Angst vor ihm zu haben. Horst war ein guter Mann, nur etwas eigen. Vermutlich weil er schon lange keine Frau an seiner Seite hatte.

»Es ist meine Schuld. Ich habe die Heizung runtergeschaltet, weil ich nicht so schnell friere. Warte, ich dreh sie auf.«

Er stand auf und ging zur Heizung, drehte den Thermostaten und verließ das Wohnzimmer.

*Du spinnst*, schimpfte sie erneut mit sich. *Würde ein Psycho dir extra die Heizung aufdrehen? Du Angsthase!*

Horst kam mit einer Decke zurück, Jana freute sich sehr über die Geste.

»Bis die Heizung das Zimmer wärmt«, sagte er und reichte ihr die Decke.

Sie nahm sie und kuschelte sich hinein, es war wie ein Schutzschild, ihr Zittern wurde weniger.

»Danke, du bist sehr aufmerksam. Schwer vorstellbar, dass so ein toller Mann wie du noch Single ist.«

»Ich verstehe das ja selbst nicht.« Horst hob die Schultern. »Vielleicht stört die Frauen von heute, dass ich Bauch habe und nicht so materialistisch bin. Ich lebe sehr bescheiden. Frauen wollen meistens jemanden, der sich teure Kleidung leisten kann und mit ihnen shoppen geht. So bin ich nicht.«

»Ich bin nicht so eine Frau. Klar gehe ich auch gern mal shoppen, aber wenn ich in einem Laden bin, weiß ich sofort, was mir gefällt. Ich muss nicht stundenlang anprobieren. Und mich stört dein Bauch überhaupt nicht. Ich mag keine dünnen Männer.« Das war nicht einmal gelogen, Andre hatte ebenfalls einen Bauch gehabt und das hatte sie nie wirklich gestört, auch wenn sie ihm das im Streit einmal an den Kopf geworfen hatte. »Wie lange bist du denn schon Single?«

»Zu lange«, antwortete er und schaute zur Seite. Es war offensichtlich, dass ihm das unangenehm war. Jana nickte nur, denn endlich hatte sie die Erklärung, nach der sie gesucht hatte: Das mit dem Schlüssel konnte nur ein Spleen sein, alles andere ergab in ihren Augen keinen Sinn. »Ich warte auf die Richtige«, fuhr Horst jetzt fort. »Ich will keine geldgeile Frau, die glaubt, sich ins gemachte Nest setzen zu können. Aber manchmal habe ich das Gefühl, dass alle Frauen nur scharf aufs Geld sind.«

»Ich nicht. Mich hat Geld noch nie interessiert«, erwiderte sie. Es war schon heftig, dass Horst so schlecht von Frauen dachte, fand sie. »Warst du schon mal verheiratet?«

»Wieso fragst du?«

»Na ja, in deinem Alter wäre es ja nicht tragisch, schon mal verheiratet gewesen zu sein.«

»Was willst du als Nächstes wissen? Ob ich schon Kinder habe?«, wurde er laut.

Jana schluckte. »Ich wollte dir nicht zu nahe treten«, versuchte sie ihn zu beschwichtigen. Dass er keine Kinder hatte, wusste sie ja, daher verstand sie nicht, warum er das überhaupt gesagt hatte.

»Das hast du aber. Du bist ziemlich neugierig.«

»Das bin ich eigentlich gar nicht. Mich hat es nur interessiert. Du bist ein attraktiver Mann und auch nicht mehr der Jüngste.«

»Bin ich dir jetzt etwa zu alt?«, blaffte er.

Jana verstand nun gar nichts mehr. Warum reagierte er so gereizt? Was hatte sie Falsches gesagt?

»Verzeih mir, wenn ich zu intim geworden bin.«

»Verzeih mir, wenn ich zu intim geworden bin«, äffte er sie nach. »Ihr Frauen seid doch alle gleich, immer neugierig. Immer musst ihr nachbohren. Warum wollt ihr ständig alles über einen wissen? Weil ihr uns kontrollieren müsst, aber mich kann keiner kontrollieren. Ich bin mein eigener Herr.« Sein Blick hatte etwas Stechendes und jetzt bekam es Jana mit der Angst zu tun.

»Es ist wohl besser, wenn ich gehe«, sagte sie und wollte aufstehen, doch Horst hielt sie am Oberarm fest und zog sie runter.

»Du gehst nirgendwo hin«, brüllte er und schlug ihr ins Gesicht.

## Kapitel 28

*21. Januar*

»Wirklich glücklich seht ihr aber nicht aus«, stellte Walter fest und schaute Brandt und Aydin, die vor ihm am Tresen saßen, nachdenklich an. »Macht euch der Fall so zu schaffen?«

»Leider. Wir haben zwei Verdächtige und kein Geständnis«, antwortete Aydin. »Aber keine Angst, zu deiner leckeren Rindswurst könnte ich nie Nein sagen, egal wie schlecht ich drauf bin.«

»Man sieht es«, ließ Brandt eine kleine Spitze gegen Aydin fallen. Sein Blick wanderte zum Bauch seines jungen Partners.

»Meine Würstchen machen nicht dick«, lachte Walter und klopfte sich auf seinen umfangreichen Bauch. »Walters Würstchen sind pure Glücklichmacher.«

Er nahm eine Rindswurst vom Grill und legte sie auf einen Teller.

»Ich glaube, die Currywurst ist auch fertig«, sagte Brandt. »Immer kriegt Aydin zuerst seine Wurst.«

»Nach deinem dummen Spruch hat er sich die auch redlich verdient.«

Aydin nickte. »Du musst dem Kollegen Brandt verzeihen, er ist einfach sauer auf sich selbst.«

»Wegen des Falles?«

»Nein, weil er Ylva noch immer nicht kontaktiert hat, dieser Sturkopf.«

»Dann bist du wirklich ein Depp. Eine bessere Frau wirst du in deinem Leben nicht mehr kennenlernen. Hast du wieder eine Dummheit begangen?«

»Warum glaubt die ganze Welt, dass es meine Schuld ist. Kann mich denn keiner verstehen?«

»Weil es so ist«, kam es synchron von Aydin und Walter.

»Gib mir lieber meine Currywurst, bevor sie verbrennt«, reagierte Brandt gereizt.

»Er mag nicht darüber sprechen. Gefühle sind nicht so sein Ding«, zog Aydin ihn weiter auf.

»Es gibt gerade Wichtigeres als Ylva. Wir haben den Mörder noch immer nicht.«

»Sei mir nicht böse, aber was kann es Wichtigeres geben als die Liebe?«, entgegnete Walter und nahm die gut gebräunte Currywurst vom Grill, schnitt sie in Stücke und legte sie mit einer Scheibe Toastbrot auf einen Teller.

Brandt erwiderte nichts, er nahm den Teller entgegen und ließ ein Stück Wurst in seinem Mund verschwinden. Natürlich wusste er, dass Walter recht hatte. Und so langsam musste er sich eingestehen, dass er Ylva vermisste, aber der Fall erlaubte ihm einfach nicht, sich um seine privaten Probleme zu kümmern.

»Was machen die Urlaubsplanungen?«, versuchte er, ein anderes Thema anzuschneiden.

»Alles abgeschlossen. Ich brauch ja nicht viel. Einen Grill, Würstchen und Getränke, den Rest besorge ich vor Ort. Das ist ja das Schöne an einem Wohnwagen. Mit euch kann ich vermutlich nicht rechnen, oder?«

»Sieht schlecht aus. Solange keiner der Verdächtigen ein Geständnis ablegt, laufen die Ermittlungen weiter«, antwortete Brandt und sah für einen Moment Enttäuschung über Walters Gesicht huschen. Aber er kannte seinen kantigen Freund, er hätte das niemals zugegeben.

Auch Walter war, was Emotionen anbelangte, äußerst sparsam. Nur selten zeigte er, was wirklich in ihm vorging. Meistens, wenn sein Beschützerinstinkt geweckt wurde wie bei Tolga, Aydins Bruder, der das Downsyndrom hatte. Tolga gegenüber war Walter herzlich und sich für keine Gefühlsregung zu schade.

*Und bei Rémy*, dachte Brandt. Er fragte sich, was aus dem gutmütigen Straßenmusiker geworden war, der für kurze Zeit in ihr Leben getreten war.

»Was, wenn es keiner von beiden war?«

»Das müssen wir in Betracht ziehen, daher ermitteln wir weiter. Entweder gelingt es uns, einen von ihnen oder beide zu überführen, oder die Ermittlungen führen zu einer neuen Spur. Polizeiarbeit ist oft mühselig«, antwortete Aydin und steckte sich das letzte Stück Wurst in den Mund.

»Ich wünschte, ich könnte euch helfen, aber ich habe leider auch nichts gehört, was euch zu dem Mörder führen könnte.«

»Ich glaube ja, wir haben ihn längst, vielleicht sogar beide. Nur können wir es nicht beweisen.« Brandt knirschte mit den Zähnen.

»Was ist mit DNA-Spuren?«, fragte Walter.

»Hemke konnten wir aufgrund der Untersuchungshaft zu einem Test zwingen. Wir haben seine DNA auch gefunden, aber er hat vor dem Ergebnis eingeräumt, dass er in den letzten Tagen sexuell aktiv mit dem Opfer war.«

»Und die Hautreste unter den Fingernägeln der Toten stammen weder von Hemke noch von Tack. Das ist unser größtes Problem, denn genau diese Kleinigkeit nutzen die Anwälte von beiden, um sie vom Vorwurf des Mordes freizusprechen. Das Einzige, wodurch man sie anklagen könnte, ist, dass sie geplant haben, Silke Topp zu entführen, um sie dazu zu zwingen, eine Bankvollmacht auszustellen«, fügte Aydin hinzu.

»Na, besser als nichts. Das müsste doch reichen, um sie noch ein wenig in Untersuchungshaft zu behalten, und es gibt euch Zeit, nach weiteren Beweisen zu suchen. Bei Erpressung und Steuerhinterziehung kennt Vater Staat keine Gnade«, antwortete Walter.

»Das ist der Plan, aber die Zeit läuft gegen uns. Wenn wir nicht bald Beweise finden, fürchte ich, dass sie davonkommen.«

»Wenn sie es waren«, gab Aydin zu bedenken. Brandt gab einen missbilligenden Ton von sich und schüttelte den Kopf. Er sich tat schwer mit dem Gedanken, dass sie es nicht waren.

»Ihr seid echt nicht zu beneiden, Jungs. Die nächste Runde geht auf mich.«

»Da sage ich nicht Nein«, grinste Aydin, Brandt nickte nur.

Sie aßen noch eine zweite Wurst, danach zahlte Aydin und sie verabschiedeten sich von Walter.

»Ich habe das Gefühl, dass er sich richtig freuen würde, wenn wir mit ihm auf die Tour gehen.«

»Das glaube ich auch«, sagte Brandt. »Aber es ist, wie es ist.«

»Stimmt, schade.«

Sie gingen zu ihrem Dienstwagen und stiegen ein, Brandt fuhr los. So langsam gingen ihnen die Optionen aus, welche Anhaltspunkte sie vertiefen konnten.

»Vielleicht führt das Gespräch in der Drogenberatung zu einer neuen Spur«, bemerkte Aydin.

»Vielleicht«, bestätigte Brandt, er war in dieser Hinsicht jedoch skeptischer als sein jüngerer Partner. Sie hatten der Beratungsstelle bereits einen Besuch abgestattet, aber der Betreuer von Silke Topp war nicht zugegen gewesen. An diesem Tag sollte er dort sein.

Die Beratungsstelle hatte ihren Sitz in der Bertramstraße in Köln-Kalk. Brandt parkte den Wagen vor der Anschrift und beide stiegen aus.

Sie betraten das Gebäude und nahmen die Treppe in den ersten Stock, wo die Einrichtung ihre Räumlichkeiten hatte.

»Guten Tag«, grüßte Brandt die Frau am Empfang.

»Hallo, Sie sind doch von der Polizei?«, antwortete die junge Dame, die sie augenscheinlich von ihrem ersten Besuch her wiedererkannt hatte. Sie strich ihre langen Haare mit der rechten Hand hinters Ohr, sodass ihr schlanker Hals sichtbar wurde. Brandt beschlich das Gefühl, dass die Frau, die höchstens zwanzig war, ihn zu mögen schien, denn sie warf ihm einen verträumten Blick zu – nicht Aydin.

»Genau. Wir wollten mit Ralf Machtold sprechen«, antwortete Aydin und kam Brandt damit zuvor. Seinen vollen Namen hatte ihnen die nette junge Frau bei ihrer ersten Begegnung verraten.

»Ich hol ihn.« Sie lächelte Brandt kurz zu, stand auf und verließ ihren Platz.

»Für die bist du Luft«, konnte sich Brandt eine kurze Stichelei nicht verkneifen.

»Wäre auch gar nicht mein Geschmack«, reagierte Aydin gelassen. Bevor Brandt eine weitere Spitze austeilen konnte, kam die Frau wieder zurück. In Begleitung eines Mannes.

»Laura meinte, Sie wollen mit mir sprechen«, sagte Machtold.

»Wir sind von der Kriminalpolizei Köln und hätten ein paar Fragen. Es geht um Silke Topp.«

»Das habe ich mir schon gedacht. Kommen Sie doch bitte mit in mein Büro.«

»Möchtet ihr was trinken?«, fragte Laura an Machtold gewandt.

»Kaffee?«, fragte Machtold.

»Gern«, antwortete Aydin, Brandt nickte nur.

»Bringe ich gleich.«

»Das ist lieb von dir«, bedankte sich Machtold. Er machte einen sehr freundlichen und zuvorkommenden Eindruck.

Die beiden Beamten folgten ihm in sein Büro.

»Nehmen Sie doch bitte Platz.«

Brandt und Aydin setzten sich auf die Couch. Sie war aus schwarzem Kunstleder und hatte die besten Jahre schon hinter sich. Brandt konnte sich gut vorstellen, dass der gemeinnützige Verein kein großes Finanzpolster hatte, um sich hochwertige Ausstattung für die Räumlichkeiten zu kaufen. Aus anderen Ermittlungen wusste er, dass gerade in der Suchtberatung und Therapie die Budgets knapp bemessen waren, dass viele Sozialarbeiter ehrenamtlich halfen und die, die es hauptberuflich taten, schlecht bezahlt wurden.

»Sie sind Lasse Brandt und Sie Emre Aydin, richtig?«

Beide nickten.

»Gut, ich will nichts durcheinanderbringen. Was genau kann ich denn für Sie tun? Schlimme Sache das mit Silke. Dabei war sie auf einem sehr guten Weg.«

»Woher wissen Sie, dass Frau Topp ermordet wurde?«, fragte Brandt, schließlich hatten sie Laura nichts von dem Mord erzählt.

»Das war nicht schwer herauszufinden, in den Medien wird ja breit von dieser abscheulichen Tat berichtet. Der Vorname wurde immer wieder genannt, das Opfer war genau wie Silke hochschwanger und drogenabhängig und da sie zu ihrer letzten Sitzung nicht erschien und auch auf Anrufe nicht reagiert hat, habe ich eins und eins zusammengezählt. Vor ein paar Tagen habe ich ihren Exfreund, Franz Tack, angerufen, der hat dann meine Vermutung bestätigt.«

So unaufgeregt und besonnen, wie Machtold das schilderte, war Brandt geneigt, ihm zu glauben. Es klang alles sehr plausibel.

Es klopfte kurz an der Tür und Laura trat ein, mit einem Tablett bewaffnet. Sie reichte jedem einen Becher Kaffee, stellte Zucker und Milchkanne auf den Tisch, warf Brandt einen kurzen, intensiven Blick zu und verließ das Büro.

»Ich glaube, Laura mag Sie. Aber sicherlich sind Ihnen solche Blicke nicht fremd, bei Ihrem Aussehen«, bemerkte Machtold.

»Ich versuche mich fit zu halten«, antwortete Brandt, der es etwas seltsam fand, dass Machtold seine Kollegin so bloßstellte. Eine derartige Aussage gehörte sich nicht in seinen Augen.

*Oder ist er eifersüchtig, weil er sie selber attraktiv findet?,* überlegte er, denn ihm war der Blick nicht entgangen, den Machtold Laura zugeworfen hatte, als sie das Büro verließ und nicht sehen konnte, wie er ihren schlanken Körper musterte.

»Das ist gut. Bestimmt nicht einfach im Alter. Schauen Sie mich an, ich nehme mir das immer wieder vor und Sie werden lachen, ich habe mich auch in einem Fitnessstudio angemeldet. Aber außer guter Vorsätze ist nicht viel dabei rumgekommen.«

»Ich dachte, als Betreuer wäre man disziplinierter«, erwiderte Aydin.

»Schön wärs. Am Ende sind wir alle nur Menschen mit Stärken und Schwächen. Jeder hat Schwächen, auch Sie beide.«

»Wann genau haben Sie mit Herrn Tack telefoniert?«, fragte Brandt, bevor er mit den Fragen zu Silke Topp beginnen wollte.

»Ich sagte ja, das war vor ein paar Tagen.«

»Können Sie sich an den genauen Tag erinnern?«

»Ist das wichtig?«

»Sehr wichtig«, reagierte Brandt kühl, er verstand nicht, warum Machtold sich so anstellte.

»Lassen Sie mich überlegen.« Der Betreuer setzte eine nachdenkliche Miene auf, hielt den rechten Zeigefinger vor die Lippen und schloss die Augen, um sie kurz darauf wieder zu öffnen und den Zeigefinger sinken zu lassen. »Das war am 17. Januar, gegen zehn Uhr rum. Silke war zu ihrer Therapiesitzung am Vorabend nicht erschienen und ich hatte am 16. Januar den Artikel in der Bild-Zeitung gelesen. Da hatte ich schon ein ganz komisches Gefühl.«

Brandt nickte. Natürlich würde er Machtolds Angaben überprüfen, obwohl er nicht glaubte, dass er irgendetwas mit dem Tod der jungen Frau zu tun hatte. Dass er sich allerdings so geziert hatte und sich plötzlich doch genau an Datum und Uhrzeit erinnerte, ließ Brandt aufhorchen. Sein Gefühl sagte ihm jedoch, dass Tack die Aussage bestätigen würde.

»Wie hat Herr Tack reagiert?«, fragte Aydin.

»Um ehrlich zu sein, sehr gleichgültig, er war betrunken, wie so oft. Ich habe nie verstanden, warum Silke derart an ihm klebte. Einige Frauen ziehen einfach die falschen Männer an. Das hat sie nun mit ihrem Leben bezahlt. Schrecklich.« Machtold nahm einen Schluck aus seinem Kaffeebecher. Er trank den Kaffee schwarz und ohne Zucker.

»Hat sich Frau Topp von ihrem Exfreund bedroht gefühlt?«

»Da gehen wir jetzt aber in Bereiche, die datenschutzrechtlich …«

»Datenschutz?«, unterbrach Brandt ihn scharf. »Silke Topp wurde auf brutale Weise ermordet, ihrem ungeborenen Baby wurde das Herz entfernt und Sie kommen uns mit Datenschutz? Wollen Sie wirklich den administrativen Weg gehen? Haben Sie kein Interesse daran, dass der Mörder zur Rechenschaft gezogen wird?«

»Doch, was für eine Frage. Selbstverständlich will ich, dass man den Mörder fasst. Ich werde Ihnen gern behilflich sein, das bin ich Silke schuldig«, antwortete er eilig.

Machtold hätte auch auf seiner Meinung bestehen können, nicht selten wurden Brandt und Aydin mit solchen Problemen bei den Ermittlungen konfrontiert. Vor allem Ärzte und Anwälte fielen in dieser Hinsicht negativ auf, da sie immer wieder auf ihr Recht der

Schweigepflicht pochten, aber nicht verstehen wollten, dass sie damit niemandem halfen, schon gar nicht der toten Person.

»Hat sich Frau Topp also von ihrem Exfreund bedroht gefühlt?«, wiederholte Brandt seine Frage.

»Sie hat kein gutes Haar an ihm gelassen und ich war froh, dass sie sich endlich von ihm lossagen konnte. Er tat ihr nicht gut, er hat sie für sich arbeiten lassen und sie finanziell ausgebeutet.«

»Das wissen wir bereits. Hatte sie nach ihrer Trennung Angst vor ihm?«

»Silke kommt aus dem Milieu, sie hatte daher wenig Ängste. Sie glaubte, dass sie mit Herrn Tack fertig werden würde, außerdem trat schon kurz danach ein neuer Mann in ihr Leben. Mit dem sollte alles besser werden, sagte sie, da er nicht aus dem Milieu kam.«

»Und wie hieß dieser Mann?«

»Anton Hemke, so ein Satanist. Ob der nun die bessere Wahl war, darüber möchte ich mir kein Urteil erlauben. Aber sie schien bis über beide Ohren verliebt zu sein, trotzdem habe ich sie zur Vorsicht gemahnt. Nach einer derart katastrophalen Beziehung sollte man sich nicht gleich wieder in sein Unglück stürzen. Ich bat sie, erst ihre Therapie zu beenden und es mit Hemke langsam angehen zu lassen.«

»Und, hat sie auf Sie gehört?« Endlich hatte Brandt den Beweis, dass die ominöse neue Liebe Hemke war, allerdings wunderte ihn, dass der Satanist das ganz anders darstellte.

War das ein Beleg dafür, dass Hemke etwas zu verschleiern versuchte? Jedenfalls sprach es ihn nicht frei davon, der Mörder zu sein.

»Ich glaube schon. Er ist nicht bei ihr eingezogen. Mädchen wie Silke«, antwortete Machtold und korrigierte sich sofort. »Junge Frauen wie sie neigen zu überstürzten Handlungen. Die Drogen und eine labile Grundpersönlichkeit sind eine gefährliche

Kombination, wenn dann ein dominanter Mann wie Tack oder Hemke kommt, nutzt er das schamlos aus. Die jungen Frauen sind aber nicht in der Lage zu begreifen, dass diese Männer sie nur noch tiefer in die Abhängigkeit bringen. In ihrem Fall glaube ich allerdings, dass sie es auch getan hat, weil sie schwanger war. Die Schwangerschaft gab ihr Kraft. Ein Phänomen, das wir immer wieder beobachten: Schwangere drogensüchtige Frauen, oder Schwangere, die Gewalt in ihrer Beziehung erleben, entwickeln plötzlich den Mut und den Willen, sich von den Drogen und ihren Peinigern loszusagen.«

Brandt sah, dass Aydin nickte, und auch er war geneigt, dem zuzustimmen. Es war wie ein Teufelskreis, das hatte er in seiner langen Karriere als Polizist immer wieder erlebt. Schwache Charaktere suchten Halt bei einem starken Mann, der diese Abhängigkeit jedoch häufig eiskalt für sich ausnutzte. Wenn dann zusätzlich Gefühle ins Spiel kamen, war die Abhängigkeit noch größer.

Was Brandt allerdings wunderte, war: Wenn Silke Topp so von Hemke geschwärmt hatte, warum hatte sie ihm dann keine Vollmacht gegeben?

*Vielleicht, weil sie ausnahmsweise auf ihren Therapeuten gehört hat?,* gab er sich selbst die Antwort.

»Was hat sie über Hemke erzählt?«, fragte Aydin.

»Nicht viel, außer, dass sie glaubte, endlich den Richtigen gefunden zu haben, und sie hatte die Idee, mit ihm auszuwandern, ein ganz neues Leben anzufangen.«

Auch diese Angabe deckte sich mit den Informationen, die die Kölner Kriminalbeamten hatten. Wie es schien, hatte die junge Frau ihrem Therapeuten vertraut.

»Wie lange kannten Sie Frau Topp?«

»Noch nicht lange. Sie war zwar schon in Therapie und auch in der Beratung in unserem Verein, aber ich selbst arbeite erst knapp ein halbes Jahr hier. Leider ist die berufliche Situation in meinem Berufsfeld sehr schwierig. Fördergelder werden gekürzt oder gestrichen und die Spendenbereitschaft der Menschen geht zurück. Wir beobachten, dass die Gesellschaft egoistischer wird. Was einen nicht wundert, wenn man unsere politische Elite anschaut. Es ist modern, nur an sich zu denken.«

»Und trotzdem hat sie Ihnen nach so kurzer Zeit derart vertraut?« Brandt wusste aus anderen Fällen, dass Sozialarbeiter oder Therapeuten manchmal Jahre brauchten, bis sie zu den Drogensüchtigen durchdrangen. Lügen waren an der Tagesordnung.

»Ja, wir hatten ein sehr gutes Verhältnis. Ich weiß von ihrem vorherigen Therapeuten und auch aus den Berichten von Gesprächsrunden, dass Silke ein ausgesprochen schwieriger Fall war. Sie hat immer wieder gegen Auflagen verstoßen, war unpünktlich, zickig und zum Teil unbelehrbar. Aber wie ich vorhin schon erwähnte, die Schwangerschaft hat sie verändert. Und ich bin sicher, dass sie von den Drogen losgekommen wäre, dass sie eine gute Mutter gewesen wäre.«

Machtold atmete tief ein und aus, sein großer Bauch bewegte sich dabei und es war deutlich erkennbar, dass das Hemd, das er trug, ihm eigentlich zu klein war.

»Hatten Sie mit Anton Hemke Kontakt?«

»Leider nicht. Ich kannte ihn nur aus Erzählungen, dabei habe ich Silke vorgeschlagen, ihn mitzubringen. Aber sie meinte nur, dass er das nicht wolle. Da hatte ich schon meine ersten Zweifel.«

»Was für Zweifel?«, erkundigte sich Aydin.

»Ob er es wirklich ernst mit ihr meinte oder ob er nur wie Tack das Ziel verfolgte, dass sie für ihn anschaffen ging.«

»Haben Sie mit ihr über Ihre Sorgen gesprochen?«

»Ich sagte ja, dass ich sie bat, vorsichtiger zu sein, allerdings habe ich ihr nicht von meinen Bedenken erzählt. Das wäre kontraproduktiv gewesen. Sie war verliebt, da hätte ich riskiert, dass sie mir nicht glaubt oder mir nicht mehr vertraut. Das, was ich in den letzten Monaten aufgebaut hatte, durfte ich nicht aufs Spiel setzen.«

»Hat Frau Topp mit Ihnen über das Verhältnis zu ihren Eltern gesprochen?«, fragte Brandt.

»Das war ein ganz heikles Thema, sobald ich das angesprochen habe, hat sie dichtgemacht. Ihre Eltern waren kein Bestandteil unserer Diskussionen und der Therapiesitzungen.«

»Dann hat sie Ihnen auch nicht von dem erstrittenen Erbe erzählt?«

»Was für ein Erbe?«, fragte Machtold, schaute dabei jedoch an Brandt vorbei.

## Kapitel 29

Und wieder war sie enttäuscht worden. Was hatte sie auch erwartet? Dass sie endlich einmal Glück in der Liebe haben würde? Weit gefehlt. Allein bei dem Gedanken an Horst brannte ihre rechte Wange, als würde der Schlag noch immer wehtun, doch es war ihre Seele, die schmerzte, weil sie so enttäuscht worden war.

Dabei war ihr Gewalt alles andere als fremd, jeder ihrer Exfreunde hatte sie geschlagen.

*Die waren aber auch auf Drogen*, dachte sie und genau deswegen fand sie es bei Horst noch schlimmer. Er war doch anders, ein lieber und gutmütiger Mann. Solche Männer schlugen Frauen nicht.

»Doch, alle Männer schlagen, alle.« Tränen stiegen in ihr auf und sie wischte sie mit der rechten Hand weg. »Egal, ich werde es alleine schaffen. Ich brauche keine Männer in meinem Leben.«

Jetzt eine Zigarette, die hätte sie beruhigt.

»Du kannst stolz auf dich sein, schau, was du alles geschafft hast, für Niklas.« Sie nickte, um ihren Worten mehr Gewicht zu verleihen, und es stimmte ja auch. Es war nicht nur die Nikotinsucht gewesen, sie hatte davor jede Menge Ecstasy und andere MDMA eingeschmissen, ab und an auch Koks konsumiert. Aber nie Heroin, darauf war sie stolz.

Nie hatte sie zur Spritze gegriffen, wegen ihrer Mutter. Sie erinnerte sich noch sehr genau an das einschneidende Erlebnis. Sie war vier Jahre alt gewesen und ihre Mutter hatte sich ins Bad eingeschlossen, um sich wieder einmal einen Schuss zu geben, da hatte sie an die Tür geklopft und gerufen: »Mama, das hast du vergessen.«

Es war die Ascorbinsäure, was ihr erst später klar wurde. Damals war es nur ein Pulver gewesen, das die

Mama immer benutzte, wenn sie sich ins Badezimmer einschloss.

Ihre Mutter hatte die Tür geöffnet und ihr die Tüte mit dem Pulver abgenommen. Sie sah schrecklich blass aus, eine Nadel steckte in ihrem Arm und Jana hatte sich dermaßen erschrocken, dass sie in ihr Zimmer gerannt war und sich nicht mehr raus getraut hatte. Sie hatte fürchterlich geweint, aber ihre Mutter war nicht erschienen, um sie zu trösten.

Als sie dann das erste Mal schwanger geworden war, hatte sie eine Therapie begonnen, den harten Drogen wie Koks und MDMA abgeschworen, und war clean geworden. Ihr damaliger Freund hatte sie allerdings gedrängt, das Kind abzutreiben, was sie letztendlich in Holland getan hatte. Dort wurden keine Fragen gestellt.

Noch heute gab es Momente, in denen sie die Entscheidung bereute, aber tief in ihrem Herzen wusste sie, dass sie es richtig gemacht hatte. Welche Zukunft hätte sie ihrem Baby zu bieten gehabt? Keine!

Doch dann wurde sie erneut schwanger und auch diesmal wurde sie gedrängt, abzutreiben, aber sie hatte sich geweigert. Sie sah Niklas als Wink des Schicksals, dass sie Mutter werden sollte, dass sie einem Kind ein besseres Leben ermöglichen sollte, als sie es gehabt hatte. Es hatte sie viel Kraft und Mut gekostet, doch sie hatte an ihrem Entschluss festgehalten. Dann lief Andre weg, einfach so, nicht mal einen Abschiedsbrief hatte er zurückgelassen. Zum Glück war da schon Petra in ihr Leben getreten und hatte sie aufgefangen.

Und wie hatte sie es ihr gedankt? Indem sie sie angelogen hatte.

»Eine tolle Freundin bist du«, schluchzte sie. »Und jetzt bist du ganz alleine.« Da spürte sie einen Tritt in ihrem Bauch und lächelte. »Stimmt, ich bin nicht alleine, du bist bei mir, mein Schatz. Zusammen können wir alles schaffen.«

Seit dem Vorfall im Restaurant hatte sich Petra nicht mehr bei ihr gemeldet, was Jana etwas übertrieben fand, sie hätte ihr das Ganze doch erklären können. Aber sie hatte auch nicht versucht, Petra zu erreichen, weil sie noch voller Enttäuschung wegen Horst war.

Sie nahm ihr Handy und beschloss, Petra anzurufen, es war Zeit, die Sache zu klären, schließlich waren sie keine Kinder mehr. Sie suchte ihre Nummer und wollte sie beinahe anwählen, da legte sie ihr Handy wieder weg.

*Wenn ich sie jetzt anrufe, sieht das so aus, als würde ich zu ihr zurückgekrochen kommen, dann hat sie mich in der Hand*, dachte sie und ihr Blick wanderte zu ihrem Handy.

»Du brauchst Petra nicht. Sie war nie eine richtige Freundin, sie wollte dich nur bevormunden und dir am Ende womöglich noch das Kind wegnehmen. Sie hat sich immer unmöglich benommen.«

Wut stieg in ihr auf, weil sie wusste, dass sie recht hatte, gleichzeitig wusste sie, dass Petra ebenso ihre guten Seiten hatte. Sie war immer für sie da gewesen. Hatte sich um sie gekümmert, sie vom Tatort abgeholt und nach Hause gefahren. Auch sonst war sie immer gut zu ihr gewesen. Oft hatte Petra sie zu einem Kaffee oder Kuchen eingeladen. Dinge, die sie sich von ihrem Hartz IV nicht leisten konnte.

Ohne Petra hätte sie mehr Zeit zu Hause verbracht, als unter Menschen zu sein, das war ihr klar.

»Du brauchst sie mehr als sie dich und genau das beweist sie dir gerade.« Sie presste die Lippen zusammen und nahm das Handy wieder in die Hand.

Dann öffnete sie WhatsApp. Eine Nachricht zu schreiben, fiel ihr leichter, als anzurufen.

*Hallo, Petra, ich hoffe, es geht dir gut. Wie war der Arzttermin? Verzeih, dass ich mich erst jetzt melde, aber die letzten Tage ging es mir nicht gut.*

Sie schickte die Nachricht ab. Die Anspannung, ob Petra antworten würde, stieg. Sie schaltete den Fernseher ein, sonst würde sie nur auf ihr Handydisplay starren.

Sie zappte durchs Programm und blieb bei RTL hängen, da vibrierte ihr Handy. Sie hatte eine Nachricht erhalten. Von Petra.

*Sicher, dass du nicht bei diesem komischen Mann warst und mich vergessen hast?,*

las Jana. Sie antwortete:

*Nein, mir ging es wirklich schlecht. Mit Horst ist nichts. Wir waren nur einmal essen. Er ist nicht mein Freund und wird es auch niemals werden.*

Nur wenig später kam eine weitere Nachricht.

*Hätte mich auch gewundert, der Typ ging gar nicht, ein echter Widerling.*

*Ich weiß, können wir uns treffen?*

*Um 18 Uhr bei dir?*

*Gern.*

*Bis dann.*

Jana war erleichtert. Wie es schien, war Petra doch nicht so sauer auf sie, wie sie befürchtet hatte, aber sie wusste auch, dass Petra sie mit Fragen löchern würde, sie musste sich also ihre Worte gut zurechtlegen. Auf keinen Fall wollte sie ihr sagen, dass sie bei Horst zu

Hause gewesen war und sich Hoffnungen gemacht hatte, und schon gar nicht, dass er sie geschlagen hatte.

Die Türklingel ließ sie aufschrecken. Sie ging zur Wohnungstür und öffnete sie.

»Du hier?«, fragte sie überrascht. Vor ihr stand Horst mit einem großen Strauß Rosen.

## Kapitel 30

»Komischer Typ«, sagte Brandt, als Aydin und er Richtung Ossendorf zur JVA fuhren.

»Wieso?«, fragte Aydin.

»Fandest du ihn nicht schmierig? Allein wie er dieser Laura hinterhergeschaut hat, hatte etwas Abwertendes an sich. Ich kann ihn mir so gar nicht als Therapeuten oder Sozialarbeiter vorstellen«, erklärte Brandt. Er hatte seinen ersten Eindruck von Machtold revidiert.

»Du hast sie doch auch abgecheckt.«

»Ganz bestimmt nicht, Kollege. Ich war nur freundlich und falls es dir entgangen ist: Sie hat mit mir geflirtet und ich bin nicht darauf eingegangen. Wenn du es gewesen wärst, wärst du gleich angesprungen.«

»Stimmt doch gar nicht. Ich habe Frau und Kind.«

»Das hat dich früher, als diese Plauze nicht dein ständiger Wegbegleiter war, nicht davon abgehalten«, entgegnete Brandt mit einem Schmunzeln, da er wusste, dass Aydin noch immer gern flirtete, allerdings wusste er auch, dass er absolut treu war und seine Frau niemals betrügen würde.

»Kannst du mal eine Woche lang nicht auf mir und meinem kleinen Bauch rumhacken?«

»Klein?« Brandt musste lachen.

»Siehste, du kannst es nicht.«

»Natürlich kann ich das. Worum wetten wir?«

»Okay, wenn du ab jetzt eine Woche keine Witze mehr über meinen Bauch machst, gehe ich mit dir einen Monat lang ins Gym. Wenn du es nicht schaffst, verträgst du dich mit Ylva. Deal?«

Brandt antwortete nicht sofort, er ahnte, dass Aydin mit der Wette etwas ganz anderes bezweckte, nämlich dass er sich endlich mit Ylva aussprach. Insgeheim rechnete er seinem Freund das hoch an, das wollte er allerdings auf keinen Fall zugeben.

»Einverstanden. Kauf dir schon mal Sportbekleidung, deine alten Sportsachen passen bestimmt nicht mehr.«

»Aha, schon erwischt, aber diesmal zähle ich es noch nicht. Wir werden ja sehen. Das ist eh alles Luft in meinem Bauch, ich habe gar nicht so viel zugenommen.«

Brandt wäre fast ein weiterer Spruch herausgerutscht, doch er konnte sich beherrschen. »Fast hättest du mich gehabt.«

»Du schaffst das nie«, lachte Aydin.

»Wir werden sehen.« Brandt bog auf die Butzweilerstraße ab. »Ich bin gespannt, ob Tack die Angaben von Machtold bestätigt.«

»Warum sollte er das nicht? Machtold hat keinen Grund, uns anzulügen.«

»Ist dir nicht aufgefallen, wie nervös er wurde?« Brandt hatte bemerkt, dass Machtold empfindlich reagiert hatte, als er ihn wegen des Erbes befragt hatte. Er hatte nicht nur weggeschaut, sondern war zudem unruhig auf seinem Sessel hin und her gerutscht.

»Nervös?«

»Mensch, wo warst du mit deinen Gedanken? Als ich ihn wegen des Erbes angesprochen habe, hat er seltsam reagiert.«

»Du meinst das Hin-und-her-Rutschen auf dem Sessel?«

»Macht es endlich Klick bei dir?«

»Witzig.« Aydin schüttelte den Kopf. »Das muss nichts bedeuten.«

»Kann es aber«, entgegnete Brandt.

Sie erreichten die JVA und Brandt fuhr auf den Parkplatz.

Kurze Zeit später warteten sie in einem Verhörraum auf Tack und besprachen ihre Vorgehensweise. Beamte brachten ihn herein und verließen den Raum wieder.

»Wollen Sie sich nicht setzen?«, fragte Brandt.

»Zu Dreck setze ich mich nicht.« Tack zog die Nase hoch. Seine Augen funkelten wütend, sein Blick war giftig.

»Setzen Sie sich bitte. Ich fordere Sie kein zweites Mal auf«, wurde Brandt deutlich und warf Tack einen ernsten Blick zu.

Der Häftling schien zu überlegen, dann nahm er Platz. »Was wollen Sie mir diesmal anhängen?«

»Wir hängen Ihnen gar nichts an. Dass Sie hier sind, ist einzig und allein Ihrem Handeln geschuldet. Sie und Hemke wollten Frau Topp entführen und zu einer Vollmacht zwingen.«

»Ich habe damit nichts zu tun, es war Antons Idee, das habe ich doch schon gesagt.«

»Es steht Aussage gegen Aussage. Der Richter wird entscheiden, wer von Ihnen lügt oder ob Sie beide lügen und am Ende gar des Mordes an Silke Topp überführt werden.«

»Ich habe Silke nicht ermordet. Ja, ich war wütend auf sie, dass sie sich getrennt hat. Aber ich bin kein Mörder«, wurde Tack laut. Er atmete schnell, sein Brustkorb hob und senkte sich aufgeregt, fast wirkte er wie ein Stier, der jeden Augenblick angreifen könnte.

»Das hatten wir doch schon alles. Hat der Aufenthalt in der hübschen Zelle Sie nicht zur Vernunft gebracht?«

»Was soll das?«

»Sie wissen, dass eine Aussage nur zu Ihrem Vorteil wäre, bevor Herr Hemke Sie weiter belastet, um sich selbst einen Vorteil zu verschaffen. Es würde sich strafmildernd auswirken.«

»Soll er doch, er lügt. Ohne Beweise können Sie mir gar nichts, das hat mir mein Anwalt gesagt. Ich lasse mich auf Ihre Psychospiele nicht ein. Noch mal: Ich habe Anton nicht das Angebot gemacht, Silke zu entführen. Er hat mir einen Anteil versprochen, wenn ich ihm helfe, dass Silke ihm eine Vollmacht erteilt. Das ist die Wahrheit.«

Brandt sah ein, dass es keinen Sinn hatte, das Gespräch darüber fortzuführen. Es war einen Versuch wert gewesen, aber Tack hatte nicht angebissen. Gut möglich, dass sein Anwalt ihm erklärt hatte, was er sagen oder nicht sagen sollte.

»Kennen Sie einen Ralf Machtold?«, fragte Aydin.

So heftig wie Tack seinen Mund verzog, nahm er die Antwort voraus. »Was ist mit diesem Arschloch?«

»Also kennen Sie ihn?«

»Mit ihm hat es doch erst angefangen.«

»Was hat mit ihm angefangen?«, hakte Brandt nach. Dass Tack ihn kannte, bestätigte indirekt, dass Machtold die Wahrheit gesagt hatte und dass Brandts Bauchgefühl, dass er gelogen haben könnte, falsch war.

»Na, dass Silke sich für was Besseres gehalten hat.«

»Glauben Sie, dass Machtold einen Keil zwischen Sie getrieben hat?«

»Glauben? Ich weiß es, er hat sie mit diesem Psychoscheiß bearbeitet. Plötzlich hörte sie nicht mehr auf mich. Rief ihn immer wieder an, bei jedem kleinen Scheiß.«

»Hatten sie so ein inniges Verhältnis zueinander?« Machtold hatte nicht den Eindruck gemacht, als wäre seine Beziehung zu Silke Topp so eng gewesen, dass sie ständig Kontakt gehabt hätten, sondern dass ihr Umgang eher auf die Räumlichkeiten des gemeinnützigen Vereins beschränkt gewesen war.

»Innig? Der hat sie doch gevögelt, dieser Dreckskerl.«

»Können Sie das beweisen?«

»Beweisen? Wofür? Ich weiß es.«

»Sie vermuten es«, korrigierte Aydin.

»So wie Sie vermuten, dass ich ein Mörder bin. Können Sie das denn beweisen? Nein! Warum sonst sollte dieser Widerling sie andauernd anrufen und für sie da sein, wenn er sie nicht vögeln darf? So jemand ist doch bestimmt nicht ernsthaft um eine Junkiebraut besorgt.«

»Sozialarbeiter sind in jeder Lebenslage Ansprechpartner, da ist es üblich, dass sie auch außerhalb von Sprechstunden ihre Schützlinge beraten und betreuen. Eigentlich könnten Sie sich freuen, dass Ihre Exfreundin so einen engagierten Therapeuten hatte«, schien Aydin erklären zu wollen.

»Dieser Schmierfink wollte doch nur seinen Rüssel versenken, glauben Sie mir, der hatte kein Interesse daran, dass Silke von den Drogen wegkommt. Warum hat sie sie denn trotzdem weiter genommen, wenn er ach so kompetent war?«

Der Einwand war berechtigt, das musste Brandt ihm zugestehen, aber Heroin war keine zu unterschätzende Droge, die Abhängigkeit davon war sehr stark.

»Haben Sie ihn einmal persönlich getroffen?«

»Nein, ansonsten hätte ich ihm den Schädel eingeschlagen.«

»Hat er Sie angerufen?«

»Nein, warum sollte er?«, platzte es aus Tack heraus.

*Machtold hat also gelogen*, dachte Brandt und unwillkürlich fragte er sich, warum, schließlich gab es keinen Grund für ihn, die Polizei anzulügen.

»Bitte erinnern Sie sich, hat er Sie am 17. Januar morgens angerufen? Das behauptet Herr Machtold jedenfalls.«

Tack schüttelte den Kopf, er schaute kurz hoch und sah dann Aydin an. »Ja, doch, kann sein«, gab er kleinlaut zu. Eine Antwort, die Brandts Verdacht wieder zunichtemachte und nur bestätigte, dass Machtold keinen Grund hatte, zu lügen. Brandt neigte sogar zu der Annahme, dass der Therapeut ein echtes Interesse daran gehabt hatte, dass die junge Frau von den Drogen wegkam.

»Über was haben Sie gesprochen?«, fragte Brandt.

»Er wollte wissen, was mit Silke ist.« Tack schüttelte den Kopf. »Als ob er nicht wusste, dass sie tot ist.«

»Woher sollte er das wissen?«, fragte Aydin.

»Es stand groß in der Bild-Zeitung.«

»Da stand nicht, wer sie ist. Sicherlich hat er es vermutet, wollte aber eine Bestätigung. Haben Sie ihm den Tod bestätigt?«

»Ja, warum sollte ich lügen?«

»Haben Sie noch etwas anderes mit ihm besprochen?«

»Nein, er hat mir sein Beileid bekundet, dieser Heuchler. Und dass man mit Sicherheit den Mörder finden würde.«

»Danke für Ihre Antworten«, sagte Aydin, als Brandt bereits wortlos aufstand. Für ihn gab es keinen Grund mehr, das Gespräch fortzuführen. Tack hatte Machtolds Aussage bestätigt und er hatte nicht den Eindruck gemacht, als würde er sich zu dem Mord äußern wollen.

Sie verließen den Raum und gaben dem Beamten, der vor der Tür wartete, Bescheid, dass die Unterredung beendet war.

»Wir sollten auch noch mal mit Hemke sprechen«, schlug Aydin vor.

»Genau das wollte ich eben vorschlagen. Mich würde interessieren, ob er auch Kontakt zu Machtold hatte. Der scheint ja ziemlich umtriebig gewesen zu sein.«

»Silke Topp hatte Glück, dass sie so einen engagierten Therapeuten hatte.«

»Oder er wollte sie wirklich flachlegen.«

»Glaube ich nicht. Menschen in sozialen Berufen sind oft allein von dem Ehrgeiz getrieben, helfen zu wollen.«

»Mag sein«, nickte Brandt. Er wollte sich diesmal kein Urteil mehr erlauben, bisher hatte er sich jedes Mal geirrt, wenn er eine Spekulation über Machtold angestellt hatte. Vielleicht lag es daran, dass der Sozialarbeiter jemand war, der wusste, wie man Menschen manipulierte. Er musste unbedingt mehr über diesen Mann in Erfahrung bringen, ein paar der Antworten erhoffte er sich von Hemke.

Sie baten einen Beamten an der Information um ein Gespräch mit dem Häftling und nach kurzer Prüfung kam der Beamte zurück.

»In zehn Minuten, im gleichen Raum.«

»Danke«, sagte Brandt und ging mit Aydin wieder dorthin.

»Wie gehts eigentlich der Kleinen?«, fragte Brandt. Es war plötzlich sehr still in dem winzigen, kargen Raum.

»Sie wächst und gedeiht und hat gestern das erste Mal ausgeschlafen«, antwortete Aydin. Er strahlte über beide Ohren, es war nicht zu übersehen, wie vernarrt er in seine kleine Tochter war. »Du musst uns unbedingt mal wieder besuchen kommen. Sie ist seit deinem letzten Besuch ganz schön gewachsen.«

»Nach diesem Fall könnten wir ja alle zusammen was unternehmen. Ihr Patenonkel würde sich auch sehr freuen, die kleine Leah wiederzusehen.«

»Vielleicht mit Ylva«, fügte Aydin hinzu und die Schuldgefühle in Brandts Magen meldeten sich aufs Neue. Eigentlich hatte sich Ylva nach jedem Streit recht schnell wieder bei ihm gemeldet, doch diesmal schien sie das nicht in Erwägung zu ziehen.

*Ob sie mit dir abgeschlossen hat?,* überlegte er kurz.

Die Frage, worüber Nina und Ylva gesprochen hatten, brannte in ihm, aber sein Stolz verbot es ihm, Aydin darüber auszufragen.

»Wir werden auch ohne sie Spaß miteinander haben«, entgegnete Brandt und bevor Aydin etwas erwidern konnte, betrat Hemke mit einem Beamten den Raum. Der Beamte, es war derselbe, der zuvor Tack zu ihnen gebracht hatte, verließ das Verhörzimmer.

»Wo Sie sind, ist das Verderben«, bemerkte Hemke, während er ihnen gegenüber Platz nahm. »Wussten Sie, dass man Franz und mich in unterschiedlichen Trakten gefangen hält? Ihre Kollegen haben wohl Angst, dass ich dem Feigling den Schädel einschlagen könnte.« Hemke ballte seine kräftige Hand zur Faust, als wollte er seinen Worten damit mehr Gewicht verleihen.

»Bei manchem kehrt die Einsicht ein, wenn er die Erfahrung macht, was es bedeutet, eingesperrt zu sein. Andere hingegen scheinen immun dagegen zu sein«, konnte sich Brandt einen bissigen Kommentar nicht verkneifen.

»Ich wusste gar nicht, dass ein Philosoph in Ihnen schlummert. Seien Sie unbesorgt, ich bin schon sehr bald wieder ein freier Mann und dann werden Sie von meinem Anwalt hören. Das, was Sie hier machen, ist Freiheitsberaubung.«

»Freiheitsberaubung? Sie wollten Ihre Freundin entführen, um an ihr Vermögen zu gelangen.«

»Das sind Lügen von diesem Alkoholiker. Und noch mal für all die Zurückgebliebenen: Silke war nicht meine Freundin.«

»Das sah Frau Topp anders.«

»Woher wollen Sie das wissen?« Hemke streckte den Kopf nach vorne und kam Brandt gefährlich nahe, doch der ließ sich davon nicht beirren.

»Wir haben Aufzeichnungen gefunden und es gibt Personen, die das bestätigen. Außerdem hat sie in den sozialen Medien von Ihnen geschwärmt.« Den Namen Machtold wollte Brandt noch nicht erwähnen.

»Was kann ich dafür, dass sie sich so schnell verliebt? Ich habe ihr jedenfalls keine Hoffnungen gemacht.«

Hemke machte nicht den Eindruck, als würde er lügen. Er wusste nicht warum, aber er musste automatisch an das hartnäckige Klischee denken, dass

Frauen einfach nicht auf nette Männer standen. Hier schien es jedenfalls der Fall zu sein.

»Nach unseren Erkenntnissen waren Sie die Person, die zuletzt Kontakt zu ihr gehabt hat«, sagte nun Aydin.

»Ja und?«

»Dann wussten Sie sicherlich auch, dass sie einen besonders engen Kontakt zu ihrem Therapeuten Ralf Machtold pflegte«, ergänzte Brandt. Ihm entging nicht, dass Hemke kurz das Gesicht verzog.

»Was ist mit dieser Zecke?«, blaffte er dann, er wirkte plötzlich gereizt.

»Wie war Ihr Verhältnis zu ihm?«, fragte Brandt und ging bewusst nicht auf Hemkes Frage ein, da der endlich begreifen sollte, dass Brandt den Gesprächsinhalt bestimmte.

»Was für ein Verhältnis? Ich kenne diese Zecke nicht. Nur aus den Erzählungen von Silke. Der hat sie doch manipuliert.«

»Inwiefern?«

»Jedes Mal, nachdem sie sich getroffen hatten, war sie anders, nicht mehr das liebe nette Mädchen, sondern reserviert und zögernd. Als hätte er sie einer Gehirnwäsche unterzogen.«

»Jetzt übertreiben Sie aber. Vermutlich war er nur ehrlich, was Sie und Ihr Interesse an Frau Topp anbelangte«, entgegnete Brandt. Er wollte Hemke weiter provozieren, so wütend und emotional hatte er ihn noch nicht erlebt. Vielleicht war es auch dem Aufenthalt in der JVA geschuldet, dass Hemke plötzlich dünnhäutig war.

»Ganz bestimmt. Das Wiesel hat ihr lauter Blödsinn eingeredet. Mich schlecht gemacht.« Hemke schäumte vor Wut.

»Nun, sie war in Sie verliebt, aber Sie haben ihre Liebe nicht erwidert, da erwartet man doch von einem Betreuer, dass er einen vor Ihnen warnt, was ist daran falsch?«

»Alles!«, rief Hemke, ihm platzte jetzt offenbar der Kragen, wütend sprang er von seinem Stuhl auf. »Er hatte sich da nicht einzumischen, diese dreckige, fette Schmeißfliege. Wenn er nicht gewesen wäre, hätte sie die Vollmacht längst unterschrieben!«

## Kapitel 31

»Schön, dass du mir vergeben hast«, sagte Horst, als sie in seinem Wagen saßen, auf dem Weg zu ihm nach Hause. »Ich habe die letzten Tage kein Auge zugetan.«

»Ich musste auch oft an dich denken«, gestand Jana und Horst nahm kurz ihre Hand, bevor er wieder zum Lenkrad griff.

»Du musst mir glauben, ich schäme mich noch immer. Ich habe noch nie eine Frau geschlagen. Ich weiß gar nicht, was in mich gefahren ist. Das wird nie wieder passieren.«

Jana nickte nur, sie wollte ihm glauben, weil er so anders war als die Männer, mit denen sie vorher zusammen gewesen war. Er war doch vernünftig, ein einfacher, durchschnittlicher Mann, jemand, den man heiraten und mit dem man eine Familie gründen konnte. So einen brauchte sie jetzt an ihrer Seite und nicht einen Egoisten wie Andre.

Dass er sich bei ihr entschuldigte, bestätigte nur, dass es ihm tatsächlich leidtat, fand sie.

»Ich hätte mich schon früher bei dir gemeldet, wenn ich mich nicht so geschämt hätte. Keine Sorge, ich werde das wiedergutmachen.«

»Nein, schon okay. Ich bin dir nicht mehr böse. Die Hand ist dir nur ausgerutscht, ich habe mich auch dumm verhalten.«

»Nein, nein. Ich mache das gut. Ich habe uns fürs Wochenende ein Wellnesshotel gebucht.«

»Das wäre doch nicht nötig gewesen. Auch dieses teure Essen eben wäre nicht nötig gewesen. Ich bin keine dieser Frauen«, antwortete Jana, dabei konnte sie nicht verleugnen, dass sie seine Aufmerksamkeiten sehr genoss. Es waren Dinge, die sie von ihren Exfreunden nie bekommen hatte. Das Essen in dem sündhaft teuren Sushiladen hatte ihr ausgezeichnet geschmeckt und jetzt die Vorstellung, ein Wochenende in einem dieser schicken Wellnesshotels verbringen zu dürfen, gefiel ihr. Ein bisschen Zeit zum Abschalten konnte sie gut gebrauchen.

Dennoch wollte sie ihm das nicht so offen sagen, es war gar nicht verkehrt, dass er ein schlechtes Gewissen hatte. Das wollte sie noch ein wenig aufrecht erhalten in der Hoffnung, dass es wirklich nur ein Ausrutscher gewesen war, dass er nicht doch jemand war, der seine Frau schlug.

*Das passt so gar nicht zu ihm, dafür ist er viel zu lieb,* dachte sie.

»Ich weiß und genau deswegen verdienst du es. Du bist wunderbar, keine dieser geldgeilen Schlampen. Sag bitte Ja. Ich würde mich sehr freuen.«

Er warf ihr einen schmachtenden Blick zu und sie antwortete. »Wenn du mich so lieb fragst, wie könnte ich da Nein sagen?«

»Sehr schön. Es wird dir gefallen. Wir machen uns ein richtig nettes Wochenende.«

Sie erreichten Porz und sein Haus wurde sichtbar, er fuhr auf die Einfahrt und parkte den Wagen. Beide stiegen aus und sie folgte ihm zur Haustür. Draußen war es neblig. Die Gräser und Pflanzen waren von Dunst verhüllt, selbst ein Teil des Hauses versank im Nebel, was es noch gruseliger wirken ließ. Am Himmel strahlte der hell leuchtende Mond und es war absolut still, beängstigend still. Sie atmete aus und konnte ihre Atemwölkchen sehen.

Horst öffnete die Haustür und bat sie herein. Wie beim ersten Mal schloss er die Tür ab und nahm den Schlüssel an sich, aber diesmal reagierte Jana nicht ängstlich, sie glaubte inzwischen, dass es einfach nur eine dumme Angewohnheit von ihm war.

*Gewöhn dich an dieses gruselige Haus, hier wirst du bald mit Niklas wohnen*, dachte sie und dieser Gedanke gefiel ihr. Sie würde das Haus wohnlich und schön gestalten. Es würde sein Grauen verlieren.

»Nimm doch Platz, ich mach uns einen Tee. Genau das Richtige für diese kalte Jahreszeit«, sagte Horst.

»Ich kann dir helfen.«

»Quatsch. Ich mach das gern.«

»Wie du magst.« Sie ging ins Wohnzimmer und setzte sich auf die Couch. Kaum hatte sie Platz genommen, vibrierte ihr Handy. Sie schaute aufs Display und sah, dass sie eine Nachricht erhalten hatte, von Petra.

»Mist, die habe ich ganz vergessen«, murmelte sie, während sie die Nachricht öffnete und las.

*Maus, ich komme erst um 19:30 Uhr. Mir ist was dazwischengekommen.*

Janas Blick wanderte zur Uhr. Es war 17:45 Uhr. Plötzlich wurde sie nervös. Sie musste Petra irgendwie beibringen, dass sie heute nicht konnte, aber wie?

*Kein Stress. Wir können das auch gern verschieben. Ich fühle mich nicht so. Niklas liegt etwas unruhig in meinem Bauch.*

Sie hoffte, dass Petra diese Notlüge schlucken würde.

*Dann sollte ich erst recht kommen. Ich bring uns einen Eintopf mit, ist noch jede Menge von gestern Abend übrig.*

*Sehr lieb von dir, aber ich habe schon gegessen.*

*Der Eintopf wird dir guttun, glaub mir.*

*Was mache ich jetzt?*, überlegte sie und schaute zur Tür, ob Horst zurückkam. Doch er schien noch immer in der Küche beschäftigt.

*Danke, ich glaube, ich lege mich etwas schlafen. Ich melde mich, wenn es mir besser geht. Ich hoffe, du bist mir nicht böse.*

Die Antwort ließ nicht lange auf sich warten, aber da hörte Jana ein Geräusch und ließ das Handy in ihrer Hosentasche verschwinden. Horst betrat das Wohnzimmer mit zwei Bechern in der Hand. Er stellte sie auf dem Couchtisch ab. »Habe ihn schon ziehen lassen. Einfach nur genießen«, sagte er. »Möchtest du Kekse?«

»Oh, gern, aber nur, wenn es dir keine Umstände macht.«

»Für dich doch nicht.«

Horst verließ das Wohnzimmer und Jana fischte ihr Handy aus der Hosentasche, um Petras Nachricht zu lesen.

*Und du lügst mich auch nicht an?*

*Nein, warum sollte ich? Bin wirklich nur schlapp. Hatte den ganzen Tag schon Kopfweh. Es ist das Wetter,*

tippte Jana ihre Antwort ein.

*Wieso glaube ich dir nicht? Gibs zu, du triffst dich wieder mit diesem ekligen Typen. Ist er bei dir?*

*Nein, tue ich nicht. Du tust mir unrecht. Ich bin nicht so eine. Der Mann ist doch viel zu alt und hässlich für mich. Ich brauche keine Männer in meinem Leben.*

Immer wieder huschte ihr Blick zur Tür, sie wollte nicht von Horst überrascht werden. Trotz ihrer Nervosität wurde sie wütend auf Petra. Warum musste sie jedes Mal so nachbohren und konnte nicht einfach mal ihre Worte akzeptieren?

*Weil sie sich andauernd in dein Leben einmischt, sie ist herrisch und eifersüchtig*, gab sie sich die Antwort. Am liebsten hätte sie ihr Handy weggelegt und nicht mehr geantwortet, sie wollte sich von der missgünstigen Petra ihre gute Stimmung nicht vermiesen lassen.

*Ich glaube dir nicht. Du hast mich schon einmal angelogen. Es dürfte dich dann ja wohl nicht stören, wenn ich kurz bei dir vorbeischaue.*

»Warum? Es ist meine Wohnung und meine Entscheidung. Du bist nicht meine Mutter, die mich kontrollieren muss«, zischte Jana.

»Was ist mit deiner Mutter?«, fragte Horst, der plötzlich mit einer Schale Kekse in der Hand im Zimmer stand.

»Ach nichts.«

»Wirklich? Alles gut?«

Jana überlegte, ob sie Horst reinen Wein einschenken oder sich schnell eine Notlüge ausdenken sollte.

»Es ist Petra«, entschied sie sich schließlich für die Wahrheit. Sie steckte ihr Handy in die Hosentasche.

»Was ist mit ihr?« Horst ließ sich neben ihr auf der Couch nieder und stellte die Kekse auf den Tisch, dann griff er nach seinem Becher, Jana tat es ihm gleich. Beide nahmen einen Schluck Tee.

»Sie ist eifersüchtig, deinetwegen.«

»Meinetwegen?« Horst schien irritiert, dann lachte er. »Warum ist sie eifersüchtig? Steht sie auf dich?«

»Nein, aber sie hat niemanden sonst und ich glaube, sie versteht nicht, warum gerade ich jetzt einen tollen Mann kennengelernt habe und sie seit Jahren Single ist.«

»Das erstaunt mich ehrlich gesagt nicht. So biestig, wie sie im Restaurant drauf war, darf sie sich nicht wundern. Welcher Mann will so ein Miststück an seiner Seite? Und wirklich hübsch ist sie auch nicht.« Horst ließ einen Keks in seinem Mund verschwinden.

Jana nahm auch einen und biss ein Stück davon ab.

»Die sind voll lecker«, sagte sie, da sie nicht weiter über Petra reden wollte. Außerdem fand sie es nicht ganz fair von Horst, dass er so auf ihr herumtrampelte. Er kannte sie doch gar nicht.

»Ich weiß, sonst würde ich sie auch nicht kaufen. In welchem Monat bist du eigentlich?«, fragte Horst. Sie hatten bisher kaum über ihre Schwangerschaft gesprochen.

»Im siebten«, antwortete sie und nahm sich noch einen Keks.

»Dann dauert es ja nicht mehr lang. Das Kind wird aber sehr klein, oder?«

»Warum?«

»Na ja, du siehst nicht so aus, als wärst du im siebten Monat.«

»Ich bin halt schon immer schlank gewesen. Aber das hat keine Auswirkungen auf Niklas. Und ehrlich gesagt, ist es mir auch egal, wie groß und schwer er wird, Hauptsache gesund.«

»Stimmt. Hat der Name irgendeine Bedeutung für dich?«, fragte Horst und bevor Jana etwas erwidern konnte, fügte er hinzu: »Ein Junge ist gut. Ich kann besser mit Jungs als mit Mädels.«

»Nein, ich mochte den Namen schon immer, er passt zu meinem Sohn«, erklärte Jana und war über Horsts Antwort erleichtert, wie es schien, hatte er sich bereits an den Gedanken gewöhnt, bald Stiefvater zu werden.

»Es ist wirklich schön, dass du hier bei mir bist.«

»Ich freue mich auch«, antwortete Jana und Horst ließ seine Hand in ihre Richtung wandern, er berührte ihren Oberschenkel und ließ seine Hand darauf ruhen. Jana zog ihr Bein nicht zurück. Sie sehnte sich nach Wärme und männlicher Nähe. »Kannst du dir denn vorstellen, mit einer Frau zusammenzusein, die ein Kind hat?«, fragte sie. Sie war sich nicht sicher, ob sie diese Frage schon einmal gestellt hatte, sie war furchtbar aufgeregt.

»Ja, solange das Kind nicht zu alt ist. So wie bei dir. Da kann man als Stiefvater, denke ich, dem Kind noch seine Werte mitgeben. Ich gehe mal davon aus, dass du den Kontakt zu dem leiblichen Vater abbrichst, oder?« Die Frage klang eher wie eine Aufforderung, fand Jana.

»Mit dem bin ich fertig. Der soll mich bloß in Ruhe lassen«, antwortete sie daher ehrlich. Ihr Ex war ein Loser, warum sollte sie sich wünschen, dass er sich um Niklas kümmerte? Es war besser, wenn er sich nie mehr melden würde, so würde er keinen schlechten Einfluss auf ihn ausüben können.

»Wenn das mit uns beiden klappt, hätte ich eine Idee.«

»Welche?«

»Niklas müsste doch nie erfahren, dass ich nicht sein leiblicher Vater bin. Ich kann bei der Geburt die Vaterschaft anerkennen.«

»Das würdest du für mich tun?«, fragte Jana vollkommen überrumpelt. Mit so einem Angebot hatte sie überhaupt nicht gerechnet. Vor einigen Tagen hatte sie Horst noch verdammt, doch jetzt war alles anders. Der Schlag war ein Versehen gewesen, weil er sich in dem Moment nicht anders zu helfen gewusst hatte.

»Das und noch viel mehr.«

»Der Gedanke ist sehr schön, dann wären wir eine richtige Familie.«

»Komm her«, sagte er. Wieder wirkte seine Stimme kühl, fast befehlend. Sie rückte näher an ihn heran und dann küsste er sie. Er hatte Mundgeruch und es war irgendwie komisch, einen Mann in diesem Alter zu küssen, doch sie versuchte sich das nicht anmerken zu lassen. Auch nicht, dass Horst überhaupt nicht küssen konnte. Seine Küsse waren nass und fast verschwand ihr ganzer Mund unter seinen Lippen.

Andre konnte besser küssen, jeder ihrer Exfreunde konnte besser küssen, aber Horst hatte eben keine Erfahrung, versuchte sie sich die Situation schönzureden. Dennoch war sie froh, als er von ihr abließ.

»Du küsst echt gut«, sagte er und hielt ihre Hand.

»Du auch«, log sie und hoffte, dass er sie nicht noch einmal küssen wollte.

Stattdessen hob er unvermittelt die Hand, während er seine Hose bis zu den Knien schob, und drückte ihren Kopf herunter. »Jetzt zeig mal, wie gut du blasen kannst.«

Jana erschrak, sie versuchte dem Druck auf ihren Kopf durch eine schnelle Drehung zu entgehen. Es gelang ihr, sich aus seinem Griff zu befreien.

»Was soll das?«, fragte Horst angesäuert.

»Das geht mir zu schnell«, suchte Jana die Situation zu retten.

»Warum? Wir haben uns doch geküsst«, entgegnete er, anscheinend hatte ihm der Kuss das Gefühl gegeben, dass er weitergehen durfte, aber Jana wollte nicht. Er war nicht rasiert und sein Glied sah seltsam aus, so dünn, gebogen und schrumpelig. Ganz anders als das Glied von ihrem Exfreund. Natürlich konnte Horst nichts dafür, dennoch ekelte sich Jana vor ihm, das sollte er bloß nicht erfahren, schließlich war er so gut zu ihr und wollte sogar Niklas adoptieren. Welcher Mann würde so etwas tun?

»Ich möchte nicht, dass du denkst, ich wäre eine dieser billigen Frauen.«

»Das denke ich nicht, aber du hast mich geil gemacht. Sei ein braves Mädchen und blas mir einen. Ich komme auch schnell.«

»Ich weiß nicht«, druckste Jana herum, doch sie bekam immer mehr das Gefühl, dass sie in einer Zwickmühle steckte. Wenn sie jetzt aufstand und ging, würde sich Horst mit Sicherheit nie wieder melden, das komische Ding in den Mund nehmen wollte sie allerdings auch nicht. Sie fand ihn einfach nicht erotisch.

»Aber ich«, antwortete Horst, packte sie am Nacken und drückte ihren Kopf herunter, diesmal wehrte sich Jana nicht. Sie schloss die Augen und versuchte an etwas anderes zu denken, als sie sein bestes Stück in den Mund nahm.

Immer wieder hatte sie Haare im Mund, doch sie blieb tapfer und ignorierte den Würgereiz.

»Lutsch, du Nutte«, rief Horst, er schien Gefallen daran zu haben, sie zu beleidigen, Jana hörte jedoch nicht zu, viel zu sehr war sie damit beschäftigt, den Ekel zu unterdrücken. »Gibs zu, dass du ein Miststück bist. Du brauchst das. Alle Frauen sind Schlampen.«

Jana hoffte, dass er nicht in ihrem Mund kommen würde, aber sie hatte keine Möglichkeit, dem zu entgehen, weil er ihren Kopf einfach nicht losließ, sodass sie gezwungen war, ihn weiter oral zu verwöhnen.

Und dann spürte sie eine Flüssigkeit in ihrem Mund, er war gekommen. Sie drückte ihren Kopf nach oben, Horst lockerte den Griff und sie konnte sich befreien. Er grunzte wie ein Schwein.

Übelkeit stieg in ihr auf, sie konnte sich nicht mehr dagegen wehren und übergab sich über seinen Schoß.

»Spinnst du?«, brüllte er, seine Augen waren weit aufgerissen. »Für wen hältst du dich? Ekelst du dich vor mir?« Er wurde immer lauter und Jana hatte keine Gelegenheit, sich zu verteidigen, sich eine Ausrede für ihr Erbrechen einfallen zu lassen.

»Du dreckige Nutte, gibs doch zu, dass du dich nur ins gemachte Nest setzen willst mit deinem Bastard. Ich soll euch beide durchfüttern, du verdammte Hure.« Horst konnte sich gar nicht mehr beruhigen. »Du wirst jetzt deine Kotze aufessen.«

»Bist du verrückt?«, konnte Jana endlich sagen und die Mauer der Angst durchbrechen, doch im selben Moment packte er ihren dünnen Hals und drückte ihr Gesicht in seinen Schoss.

»Iss deine Kotze.«

»Nein«, brüllte sie und versuchte sich zu wehren, aber Horst war einfach stärker und dann schlug er ihr mit der Faust auf den Kopf. »Iss, du Hure.«

## Kapitel 32

*22. Januar*

»Dieser Machtold ist ein komischer Typ«, bemerkte Brandt. Er und Aydin waren im Auto unterwegs Richtung Kalk.

»Nur weil er sich für Silke Topp eingesetzt hat? Ich würde ihn eher als engagiert bezeichnen«, widersprach Aydin.

Am vergangenen Tag hatten sie Machtold erneut aufsuchen wollen, doch er war nicht mehr im Büro gewesen.

»Ich mache diesen Beruf schon einige Jahre und hatte auch viel Kontakt mit Therapeuten und Sozialarbeitern, aber das hier geht weit über das normale Maß hinaus.«

»Mag sein, trotzdem finde ich es eigentlich vorbildlich, dass er sich so für sie einsetzt. Ich bin gespannt, wie er auf Hemkes Vorwürfe reagiert.«

»Etwas Gutes hatte das Gespräch mit Hemke wenigstens. Wir wissen nun, dass er scharf auf das Geld war. So schnell kriegt ihn sein Anwalt da nicht mehr aus dem Gefängnis. Jetzt müssen wir nur noch das fehlende Puzzleteil für den Mord finden, dann haben wir ihn bei den Hörnern.«

Das berühmte fehlende Puzzleteil – nur zu oft war es dieses kleine Etwas, das darüber entschied, ob man einen Täter überführen konnte oder nicht.

In diesem Moment war Brandt jedenfalls geneigt zu glauben, dass zumindest Tack doch nichts mit dem Mord zu tun hatte.

Er parkte den Wagen vor der Anschrift und kurz darauf standen er und Aydin in der Beratungsstelle.

»Hallo«, grüßte Laura sie freundlich, wieder blieb ihr Blick länger an Brandt haften.

»Hallo. Wir möchten gern mit Herrn Machtold sprechen.«

»Ich hol ihn. Kleinen Augenblick bitte.« Laura lächelte, stand auf und verließ den Empfang.

»Die ist schon süß«, sagte Brandt.

»Die ist höchstens zwanzig.«

»Na und, darf eine Zwanzigjährige nicht süß sein?«, entgegnete Brandt. Er hatte überhaupt kein Interesse an ihr, aber ihre Art fand er charmant. »Außerdem sagt das genau der Richtige, der jedem Rock hinterherschaut.«

»Tue ich gar nicht.«

Brandt antwortete nicht, da Laura mit Machtold auf sie zusteuerte.

»Hallo. Laura meinte, Sie hätten noch ein paar Fragen.«

»Ja«, erwiderte Brandt.

»Dann folgen Sie mir bitte.«

Beide Beamten folgten ihm ins Büro und nahmen wieder auf der abgewetzten Couch Platz. Machtold setzte sich wie bei ihrer ersten Begegnung in den Sessel, der ihnen gegenüber stand.

»Und, was kann ich für Sie tun? Ich muss Sie allerdings vorwarnen, ich habe nur zehn Minuten Zeit.«

»Das sollte reichen«, antwortete Brandt. Machtold wirkte abwesend auf ihn. »Wir möchten mehr über Ihr Verhältnis zu Frau Topp erfahren.«

»Es war kein Verhältnis«, korrigierte er Brandt. »Ich war ihr Betreuer und in diesem Rahmen habe ich versucht, ihr zu helfen, wieder auf die Beine zu kommen. In ihrem und im Interesse ihres Kindes.«

»Ist das nicht schwer? Wenn man jemanden mag oder so wie Sie mit dieser Person intensiv arbeitet, schleichen sich da nicht automatisch Gefühle ein?«

»Nein, dafür werden wir ausgebildet. Das unterscheidet uns von anderen. Wir müssen solche Situationen meistern können, denn es kann immer passieren, dass sich eine Person in ihren Betreuer verliebt, weil er ihr das bietet, was ihr Umfeld ihr nicht gibt: Aufmerksamkeit.«

»Glauben Sie, dass Frau Topp in Sie verliebt war?«

»Nein, bestimmt nicht. Sie war doch über beide Ohren frisch verliebt«, entgegnete er.

»Herr Hemke behauptet aber, dass Sie sie manipuliert hätten.« Brandt beobachtete Machtold, er wollte sehen, wie er auf diesen Vorwurf reagierte. Leider hatte es zwischen Hemke und Machtold keinen persönlichen Kontakt gegeben, was Machtold bei ihrem ersten Gespräch bereits ausgesagt hatte.

»Wie kommt er zu dieser Annahme?« Machtold wirkte irritiert, seine Augenlider bewegten sich schnell und er befeuchtete seine Lippen.

»Sie sei nach den Treffen mit Ihnen nicht wiederzuerkennen gewesen«, antwortete Aydin.

»Vermutlich ist er nur wütend, dass ich meine Arbeit gemacht habe. Meine Aufgabe war es nicht, sie ihm gefügig zu machen, sondern dafür zu sorgen, dass sie auf eigenen Beinen stand. Der Einzige, der sie manipuliert hat, war er.«

»Haben Sie Herrn Hemke einmal persönlich getroffen?«

»Nein, das hatte ich Ihnen ja schon bei unserem ersten Gespräch erklärt.« Machtold schaute auf seine Uhr. »Es tut mir leid, aber ich muss das Gespräch jetzt beenden.«

»Vielen Dank für Ihre Zeit«, sagte Aydin und stand auf, Brandt hatte sich ebenfalls erhoben. Sie verabschiedeten sich, Machtold blieb in seinem Büro.

Als sie das Gebäude verließen, sah Brandt, dass Laura draußen eine Zigarette rauchte. Er blieb stehen und ging auf sie zu, denn er hatte eine Idee.

»Hallo, Laura«, grüßte er die Empfangsdame.

»Oh, Sie haben sich meinen Namen gemerkt.« Sie lächelte breit. Dass Aydin seine Augen verdrehte, konnte sie nicht sehen, wohl aber Brandt.

»Ist ja nicht schwer, sich Ihren Namen zu merken. Darf ich Sie etwas fragen?«

»Ja, gern.«

»Wie lange arbeiten Sie schon hier?«

»Seit knapp acht Monaten. Ich mache ein freiwilliges soziales Jahr, danach möchte ich studieren.«

»Oh, das ehrt Sie.«

»Danke, aber leider sehen das nicht alle so. Das FSJ hat kein gutes Image. Wenn ich es Freunden erzähle, glauben die, ich hätte keinen Bock auf Arbeit. Dabei muss ich hier genauso arbeiten wie jeder andere auch.«

»Das glaube ich Ihnen sofort. Lassen Sie sich davon nicht beirren. Wir brauchen viel mehr junge Menschen, die ein freiwilliges soziales Jahr machen«, antwortete Aydin, Laura nickte freundlich.

»Kennen Sie Silke Topp?«, fragte Brandt.

»Die Tote?«

»Ja.«

»Schlimme Sache. Erschreckend, wie grausam Menschen sein können. Ralf glaubt, dass es ihr Freund war, so ein Satanist.«

»War ihr Exfreund schon mal hier?«

»Ja. Ganz gruseliger Kerl, mit so Hörnern und roten Kontaktlinsen.« Sie schüttelte sich vor Abscheu und wirkte plötzlich etwas verängstigt.

Brandt wurde hellhörig. Konnte es sein, dass Machtold doch gelogen hatte? Allerdings hatte Hemke bestätigt, dass er Machtold nicht persönlich kannte.

*Haben dann beide gelogen?*, überlegte Brandt.

»Was wollte er?«

»Er wollte zu Ralf. Zum Glück war er nicht da.«

Also hatten doch beide die Wahrheit gesagt.

»Wissen Sie warum?«

»Ich glaube, er hat Streit gesucht. Angeblich hätte Ralf seine Freundin manipuliert. Wir konnten ihn besänftigen, dann ist er gegangen.«

»Wie hat Herr Machtold darauf reagiert?«

»Gar nicht, er hat von einer Anzeige abgesehen. Verständlich, das hätte mit Sicherheit seine Beziehung zu Silke belastet.«

»Wie meinen Sie das?«

»Na ja, seine Beziehung zu ihr als Betreuer. Immerhin war Silke in diesen Teufel verliebt. Selbst wenn sie Ralf vertraute, war das eine sehr fragile Bindung. Drogensüchtige neigen zu irrationalen Entscheidungen.«

»Haben Sie persönlich auch mit Frau Topp gesprochen?«

»Ehrlich gesagt nicht viel, ab und an etwas Small Talk. Sie wollte unbedingt von den Drogen weg und ich wollte ihr das gern glauben. Ich vermute allerdings, dass ihr Umfeld das größte Hindernis dabei war.«

»Hat sie Ihnen etwas von Herrn Hemke erzählt?«

»Leider nicht. Nur dass sie, wenn alles gut läuft, auswandern wollte.«

Brandt nickte, auch diese Information deckte sich mit denen, die sie bereits hatten.

»Glauben Sie, dass es dieser Hemke war?«, erkundigte sich Laura.

»Das wissen wir nicht. Wir stecken noch mitten in den Ermittlungen«, antwortete Aydin.

»Ich hoffe, dass Sie den Mörder schnell finden. Einfach nur schrecklich. Ich will mir gar nicht vorstellen, dass der Mörder ein zweites Mal zuschlägt. Als Frau traut man sich ja nachts gar nicht mehr aus dem Haus.«

»Wenn Sie auf Ihren gesunden Menschenverstand vertrauen, müssen Sie sich die Lebensfreude nicht nehmen lassen.«

»Das tue ich nicht. Ich war schon immer ein positiv eingestellter Mensch.«

»Wie ist Ihr Verhältnis zu Herrn Machtold?«, fragte Brandt.

Laura antwortete nicht sofort, sie schaute zum Eingang, als könnte einer ihrer Kollegen sie überraschen.

»Geht so.«

»Geht so? Macht er Ihnen Avancen?«

Sie lachte, doch es war ein bitteres Lachen. »Er hält sich für unwiderstehlich, er versteht nicht, wenn man freundlich Nein sagt.«

»Wieso melden Sie das nicht?«

»Er hat mich ja nicht wirklich belästigt, aber mir entgeht der schmierige Blick nicht, den er mir andauernd zuwirft, sobald er mich sieht. Dabei habe ich ihm nie Hoffnungen oder so gemacht. Manchmal weiß ich nicht, wie er seinem Beruf nachgeht.«

»Inwiefern?«

»So abwertend, wie er über Drogenabhängige spricht, passt es nicht, dass er bei uns arbeitet. Ich habe gehört, dass er aus diesem Grund aus der letzten Beratungsstelle geflogen ist. Aber hier brauchen wir jeden Mann.«

»Wussten Sie, dass Frau Topp eine größere Geldsumme erhalten hatte?«

»Nein, warum?«

»Nur so. Vielen Dank für Ihre Offenheit«, antwortete Brandt. Im selben Moment sah er, wie Machtold aus dem Gebäude trat. Er warf ihnen einen missbilligenden Blick zu und ging dann wortlos weiter.

»Der war aber nicht lange im Büro«, bemerkte Aydin.

»Ralf nimmt sich sehr viel raus. Er nutzt unsere dünne Personaldecke eiskalt aus. Und wenn man fragt, wo er ist, sagt er immer, dass er seine Arbeit nicht als Büroarbeit versteht. Die anderen Kollegen machen auch Streetwork, aber nicht in dem Umfang wie er. Ich glaube, der hat einfach keinen Bock. Bestimmt hängt er im Café rum. Eine Freundin hat der garantiert nicht.« Ihre Abscheu war nicht zu übersehen, es war klar, dass sie sich den Frust über ihren Kollegen von der Seele reden musste. Dass sie übertrieb oder log, um Machtold schlechtzumachen, wollte Brandt nicht glauben, so schätzte er sie nicht ein.

»Nochmals vielen Dank für das Gespräch«, antwortete er.

»Sehr gern. Wenn Sie noch Fragen haben, wissen Sie ja, wo Sie mich finden.« Sie schaute dabei nur Brandt an, ihre Augen weiteten sich und sie lächelte. Brandt wurde etwas verlegen, er grinste und reichte ihr zum Abschied die Hand. Auch Aydin verabschiedete sich, dann gingen beide zurück zu ihrem Dienstwagen.

»Die wollte dich ja am liebsten auffressen«, konnte sich Aydin offenbar einen Spruch nicht verkneifen.

»Du spinnst. Sie war nur freundlich.«

»Jetzt spinnst du aber. Glaubst du ihr denn?«

»Ja, ich sehe keinen Grund, warum sie lügen sollte. Wir müssen mehr über diesen Machtold in Erfahrung bringen. Wenn er Silke Topp wirklich manipuliert hat, stellt sich die Frage, ob er das tat, weil er ihr helfen wollte, von den Drogen oder ihrem Umfeld loszukommen, oder weil er sich einen Vorteil verschaffen wollte.«

»Er mag schon schmierig sein, aber ich weiß nicht. Ich sehe keinen Grund, warum er sie getötet haben soll.«

»Ich auch nicht. Trotzdem müssen wir mehr über ihn herausfinden.« Brandt schaute in den Rückspiegel und sah, dass Machtold gerade nach rechts abbog. Er hatte sie augenscheinlich nicht gesehen. Kurz überlegte er, ob er ihm folgen sollte, beließ es aber bei dem Gedanken.

»Wohin jetzt?«

»Ins Präsidium. Vielleicht hat Fischer ein paar Infos.«

Als wäre es Gedankenübertragung, klingelte das Autotelefon.

»Moin, über dich haben wir gerade gesprochen«, grüßte Aydin den Kollegen.

»Ich hoffe, nur Gutes.«

»Das sowieso. Hast du was für uns?«, erkundigte sich Brandt.

»Vielleicht. Mir liegt der Verbindungsnachweis vor und die Hausbank von Frau Topp hat sich auch gemeldet.«

»Sehr gut. Schickst du uns die Informationen?«

»Sind soeben raus.«

»Du bist der Beste«, lobte Brandt und beendete das Gespräch, während Aydin die E-Mail öffnete.

»Interessant«, sagte Aydin.

»Was?«

»Sie hat doch jemandem eine Bankvollmacht erteilt.«

## Kapitel 33

»Er hat sich immerhin entschuldigt«, versuchte sie, sich den Vorfall schönzureden. Dabei wusste sie tief in ihrem Herzen, dass er so niemals hätte handeln dürfen. Wenn man jemanden mochte oder gar liebte, behandelte man diese Person doch gut, oder?

Sie hatte keine ehrliche Antwort darauf. Demütigungen, Gewalt und das Gefühl, nichts wert zu sein, zogen sich wie ein roter Faden durch ihr Leben.

Sie saß im Wohnzimmer und schaute fern. Aber es war nicht ihr Wohnzimmer, sondern das von Horst. Sie hatte die Nacht bei ihm verbracht, obwohl sie den Wunsch gehegt hatte, nach Hause zu fahren.

»Du bleibst hier«, hatte er geantwortet und irgendwann hatte er sich auch bei ihr entschuldigt. »Du darfst mich nicht wütend machen, du weißt doch, dass ich mich für dich entschieden habe.«

Jana hatte sich dazu durchgerungen, ihm zu glauben. Nicht weil sie überzeugt von seinen Worten war, sondern weil sie der naiven Vorstellung erlegen war, dass er auch eine gute Seite hatte, die ihr gefiel.

*Ich darf ihn nicht reizen. Jeder Mann braucht Sex*, dachte sie und zappte durch das Programm. Jedes Mal suchte sie die Schuld bei sich, obwohl sie wusste, dass es ein Fehler war, so zu denken, aber sie konnte nicht aus ihrer Haut.

»Es ist deine Schuld«, hatte schon ihre Mutter ihr immer vorgeworfen. »Du kannst einfach nichts richtig machen, du Missgeburt.«

»Du bist zu nichts zu gebrauchen«, hatten ihre Freunde ihr häufig an den Kopf geworfen. »Was bist du für eine Frau, die nicht mal kochen und putzen kann. Schau dich doch um, wie verdreckt die Wohnung ist.«

Und je öfter sie diese Vorwürfe hörte, desto mehr glaubte sie daran, bis zu dem Zeitpunkt, als sie entschieden hatte, Niklas auf die Welt zu bringen. Es war das erste und einzige Mal gewesen, dass sie ihrem Exfreund widersprochen hatte. Er hatte die Abtreibung verlangt, aber sie hatte Nein gesagt.

»Ich muss besser lernen, Nein zu sagen. Ich muss trainieren, Horst seine Grenzen zu zeigen. Er ist anders als Andre. Er hört mir wenigstens zu«, versuchte sie sich Mut zu machen, das offene Gespräch mit Horst zu suchen. Sie fasste sich an den Kopf, sie hatte noch immer Kopfschmerzen, denn Horst hatte in seiner Wut auf ihren Kopf eingeschlagen.

Nachdem sie aber wie von ihm gefordert ihr Erbrochenes gegessen hatte, hatte er von ihr gelassen und gesagt: »Du musst das nicht mehr essen. Du musst nur brav sein.«

»Du musst nur brav sein«, wiederholte sie seine Worte vom vergangenen Tag und starrte in den Fernseher, dabei sah sie nicht einmal, was gerade lief, so sehr war sie in Gedanken.

Sie spürte ihre Blase, stand auf und ging zur Toilette. Danach wusch sie sich das Gesicht und schaute in ihr Spiegelbild. Sie sah mitgenommen und müde aus.

»Du wirst stark sein, diesmal machst du alles richtig«, sagte sie zu sich und fast war ihr, als würde ihr Spiegelbild lachen. Das Lachen wurde immer lauter.

*Lauf weg!,* brüllte das Spiegelbild.

Jana schüttelte verängstigt den Kopf, das konnte nicht real sein. Außerdem konnte sie gar nicht weglaufen. Horst hatte sämtliche Türen abgeschlossen und ihr verboten, das Haus zu verlassen.

*Dann klettere aus dem Fenster*, sagte eine innere Stimme.

Auch diesen Gedanken schüttelte sie ab. Es gab keinen Grund, wegzulaufen, denn damit wäre diese frische Liebe gescheitert und das wollte sie um keinen Preis. Sie wollte nicht allein sein, Horst hatte ihr zugesagt, dass er auf sie und Niklas aufpassen und sich um sie kümmern würde. Das war doch mehr, als sie erwarten konnte. Und sie würde lernen, mit seinen cholerischen Anfällen und seinem Jähzorn umzugehen. Das brauchte Zeit, das wusste sie, aber sie würde es schaffen. Immerhin hatte er sie alleine in seinem Haus zurückgelassen, das bedeutete ja wohl, dass er ihr vertraute, oder?

»Er hat dir allerdings auch verboten, dich im Haus umzuschauen«, sagte sie zu sich. Sie betrat die Küche. Neben der Toilette und dem Wohnzimmer war die Küche einer der Räume, die sie betreten durfte. Sie öffnete den Kühlschrank, nahm eine Flasche Cola heraus, holte sich ein Glas aus dem Oberschrank und füllte es. Dabei fiel ihr Blick auf eine schmale Vase, in der eine einzige Rose steckte, die längst verblüht und vertrocknet war.

*Wenn du nicht achtgibst, wirst du wie diese Rose sein*, dachte sie, wischte diesen melancholischen Gedanken aber sofort beiseite.

Sie trank einen Schluck und schaute sich weiter in der Küche um. Es war eine alte, sehr alte Küche, wie man sie von seinen Großeltern kannte. Aber alles war noch gut in Schuss. Es war bestimmt die Küche seiner Eltern. Trotzdem fand sie sie schön, sie hatte etwas Uriges, Gemütliches an sich, ebenso wie die Sitzgruppe, die vermutlich genauso alt war wie der Rest.

»Die Küche ist fast so groß wie meine Wohnung«, murmelte sie, als sie die Colaflasche zurück in den Kühlschrank stellte. Sie trank das Glas leer, dann spülte sie es ab, obwohl sie sah, dass es eine Spülmaschine gab. Wieder fiel ihr Blick auf die Rose, aber schnell schaute sie woanders hin, der Anblick bereitete ihr eine Gänsehaut.

*Und wenn er ein Schläger ist?*, fragte sie sich, da es tief in ihrem Herzen rumorte. So sehr sie sich auch alles schönreden wollte, weil sie die Einsamkeit hasste, wusste sie, dass sie Niklas versprochen hatte, für ihn da zu sein. Ihm ein besseres Leben zu ermöglichen, als es ihr beschieden war. Nur, würde sie das können, wenn sie mit einem prügelnden Choleriker zusammen war?

Nein!

*Ich muss ihm seine Grenzen aufzeigen. Wenn er jetzt schon das Gefühl hat, dass er machen kann, was er will, was sollte ihn zukünftig daran hindern, mich regelmäßig zu schlagen?*, überlegte sie kritisch. Sie wusste, dass er sie nicht zum Oralverkehr hätte zwingen dürfen. Das war eine Vergewaltigung, egal wie man es drehte und wendete.

Er mochte erregt gewesen sein, weil er schon sehr lange keine Frau an seiner Seite gehabt hatte, und in dieser Erregung hatte er die Kontrolle über sich verloren, dennoch gab ihm das nicht das Recht, etwas zu verlangen, was sie nicht wollte.

Langsam nahmen die Zweifel überhand und als benötigte sie noch weitere Zustimmung für ihre Kritik an Horst, tat ihr plötzlich der Bauch weh. Niklas trat sie.

»Aua, Schatz, das tat weh«, sagte sie und hielt sich den Bauch, sie massierte die feste Wölbung. »Alles gut. Mama ist bei dir.« Doch wieder spürte sie einen Tritt und noch einen.

»Keiner wird dir wehtun, du wirst ein besseres Leben haben. Horst muss das lernen und begreifen«, sagte sie und wurde mit einem Mal mutig. Sie beschloss, das Haus zu verlassen, und ging zur Haustür, um zu prüfen, ob sie verschlossen war. Horst hatte das zwar gesagt, aber es konnte auch nur eine leere Drohung gewesen sein. Leider war sie tatsächlich abgeschlossen, also ging sie in die Küche. Sie hätte durch das Fenster aussteigen können, doch das wollte sie nicht.

»Der Keller«, überlegte sie. Eine Tür in der Küche führte dorthin. Es war vermutlich die einzige

Möglichkeit, einen weiteren Ausgang zu finden, wenn man von den Fenstern absah.

Sie zog ihre Sachen an, ging zurück in die Küche und öffnete die Tür, die nach unten führte.

»Bist du sicher? Was, wenn er nicht einlenkt, wenn er sich nie wieder meldet?«, fragte sie sich verunsichert. Sie mochte Horst und dass er finanziell gut aufgestellt war, war ebenfalls ein nicht zu unterschätzender Faktor. Immerhin schien er spendabel zu sein, er hatte sie in der kurzen Zeit öfter zum Essen ausgeführt, als Andre es je getan hatte.

Bevor sie sich eine Antwort geben konnte, verspürte sie wieder einen Tritt gegen die Bauchwand.

»Du hast recht, mein Schatz. Wenn ich ihm wirklich etwas bedeute, wird er sich ändern. Ich muss auch einmal stark sein.«

Sie betrat den Keller. Eine steile, alte Treppe, wie man sie aus Horrorfilmen kannte, führte ins Kellergeschoss. Zu allem Überfluss knarrte sie und ihr wurde leicht mulmig. Da sie keinen Lichtschalter gefunden hatte, nahm sie ihr Handy und schaltete die Taschenlampenfunktion ein. Vorsichtig stieg sie die Stufen hinunter. Ein Schritt nach dem anderen. Hier zu stürzen, wäre sicherlich alles andere als angenehm.

Unten angekommen, sah sie endlich einen Lichtschalter, den sie betätigte.

In diesem Augenblick bekam sie eine WhatsApp-Nachricht. Sie schaute aufs Display und sah, dass Petra ihr geschrieben hatte.

»Petra«, entfuhr es ihr überrascht. Die hatte sie ganz vergessen. Unruhe stieg in ihr auf, dennoch schaute sie sich die Nachricht an.

*Wenn du keine Lust mehr auf meine Freundschaft hast, kannst du das gern sagen. Ich dränge mich niemandem auf.*

Die Nachricht saß! Janas Herz raste. Sie überlegte, was sie tun sollte. Wenn sie Petra aus ihrem Leben verbannen wollte, war dies die beste Gelegenheit. Auf der anderen Seite glaubte sie, dass sie ihr unrecht tat. Ja, Petra hatte ihre Macken, aber am Ende war es doch schön, dass es da einen Menschen gab, der immer für sie da war, der zu ihr stand und sich um sie kümmerte.

Alles Dinge, die sie sich so sehr von ihrer Mutter gewünscht hatte. Sie entschied, ihr zu antworten.

*Es tut mir so leid, ich muss mit dir reden und alles erklären.*

*Gut, dann komm ich jetzt.*

*Heute um 18 Uhr.*

*Und du versetzt mich auch nicht wieder?*

*Nein. Versprochen, du fehlst mir.*

*Bis 18 Uhr!*

Jana war froh, dass Petra auf den Vorschlag einging und nicht weiter nachbohrte. Erleichtert steckte sie das Handy zurück in die Jackentasche, dann ging sie den Flur entlang, denn an dessen Ende sah sie einen Hinterausgang. Sie rüttelte am Türgriff, aber die Tür ließ sich nicht öffnen.

»Mist«, rutschte es ihr heraus. Vielleicht gab es noch einen Ausgang. Der konnte sie doch nicht einfach hier einsperren, sie war doch nicht sein Besitz.

Sie öffnete eine andere Tür und betrat den Raum dahinter. Der Keller war größer und verwinkelter, als sie vermutet hatte. In dem Raum standen Regale und alte Konserven. Spinnweben sagten ihr, dass schon seit längerer Zeit niemand mehr diesen Raum betreten oder dort geputzt hatte.

Es gab weder ein Fenster noch eine Tür darin. »Vielleicht musst du doch durchs Küchenfenster. Hier gibt es keine anderen Türen«, sagte sie zu sich, nachdem sie weitere Kellerräume überprüft hatte. Jetzt blieben noch zwei Räume.

Gerade als sie den nächsten anschauen wollte, hörte sie Geräusche. Geräusche von der Treppe. Sie erschrak.

»Was habe ich dir gesagt?«, brüllte Horst. Er stand plötzlich hinter ihr und hieb ihr unvermittelt mit der Faust gegen den Kopf.

## Kapitel 34

»Bist du sicher?«, fragte Brandt, er konnte nicht glauben, was Aydin sagte. Konnte es wirklich sein, dass die große neue Liebe von Silke Topp doch jemand anderer war als Hemke? Und dass sie dieser Person eine Vollmacht ausgestellt hatte? War das ihr Mörder?

Brandt wollte nichts ausschließen.

»Ganz sichcr.«

»Dann raus damit, wer hat eine Vollmacht für das Konto erhalten?«

»Ralf Machtold.«

»Machtold?« Brandt schüttelte instinktiv den Kopf.

»Ja, aber …«

»Was aber?«, unterbrach Brandt seinen Partner.

»Die Vollmacht wurde drei Tage später widerrufen.«

»Wann genau wurde die Vollmacht erteilt?«

»Das war am 4. Januar und am 7. Januar hat sie sie widerrufen.«

»Das heißt, übers Wochenende muss sie ihre Meinung geändert haben. Gut möglich, dass Hemke Wind davon bekommen und sie dazu gedrängt hat.«

»Das mag sein. Aber warum stellt sie Machtold überhaupt eine Vollmacht aus?«

»Eine sehr gute Frage. Den knöpfen wir uns vor.« Brandt drehte an der nächsten Kreuzung um und fuhr zurück zur Beratungsstelle. Er parkte vor dem Eingang und die beiden Beamten eilten zum Empfang.

»Hallo, mit Ihnen hättc ich so schnell nicht gerechnet. Haben Sie mich vermisst?«, schien Laura einen Flirtvorstoß zu unternehmen.

»Wer würde Sie nicht vermissen«, ging Brandt auf den Flirt ein, er wollte sie jetzt nicht kränken, sie brauchten sie.

Laura lächelte und ihre Wangen röteten sich. »Was kann ich denn für Sie tun?«

»Wissen Sie, wo Herr Machtold ist?«

»Leider nicht. Sie haben ja selbst gesehen, wie er das Büro verlassen hat.«

»Was ist mit den Kollegen. Wissen die, wo er hin ist?«

»Ich hör mich mal um. Einen kleinen Augenblick bitte.«

»Danke.«

Laura verließ ihren Platz.

»Machst du ihr jetzt Hoffnungen?«

»Quatsch. Warum sollte ich?«

»Wer würde dich nicht vermissen«, wiederholte Aydin Brandts Worte. »Die ist doch noch ein Kind.«

»Verwechsle mich nicht mit dir. Ich wollte nur freundlich sein, wir brauchen sie.«

»Sicher?« Aydin schmunzelte, aber bevor Brandt etwas erwidern konnte, kam Laura zurück.

»Leider weiß niemand, wo er ist. Wie ich schon sagte, Ralf nimmt sich viel raus.«

»Haben Sie seine Handynummer?«

»Ja.« Laura tippte etwas in die Tastatur, nahm einen Zettel und schrieb die Mobilfunknummer vom Bildschirm ab, dann reichte sie den Zettel Brandt.

»Sehr lieb von Ihnen. Können Sie mir noch einen Gefallen tun?«, bat er in ausgesucht freundlichem Tonfall.

»Wenn ich kann, sehr gern.« Verlegen schaute sie auf ihre Hände.

»Können Sie uns die Anschrift von Herrn Machtold aufschreiben?«

»Darf ich das denn?«

»Wir sind von der Polizei, wenn Sie es nicht uns verraten, wem dann?« Er lächelte und Laura lächelte verschämt zurück. Erneut tippte sie etwas in die Tastatur, nahm einen weiteren Zettel und schrieb die Anschrift auf.

»Vielen Dank. Sie haben was gut bei mir«, antwortete Brandt, als er den Zettel an sich nahm.

»Wir könnten ja mal einen Kaffee trinken gehen«, sagte sie.

Brandt nickte freundlich und verabschiedete sich von ihr, Aydin ebenfalls, dann verließen sie das Gebäude und eilten zu ihrem Dienstfahrzeug.

»Du wirst doch nicht im Ernst einen Kaffee mit ihr trinken?«

»Quatsch, warum sollte ich? Immerhin habe ich uns durch meine Zugewandtheit die Anschrift und die Handynummer organisiert.«

»Wollen wir ihn anrufen?«

»Nein, wir fahren gleich hin. Ich habe das Gefühl, dass dieser Machtold einfach nur ein fauler Kerl ist. Der hängt bestimmt zu Hause rum. Wenn nicht, können wir ihn immer noch anrufen.«

Aydin nickte und tippte die Anschrift in das Navigationsgerät ein, dann fuhren sie los.

»Schau mal bitte, wann Machtold Silke Topp zuletzt angerufen hat«, bat Brandt und gab Aydin den Zettel mit der Handynummer. Aydin nahm sein Handy und öffnete den Verbindungsnachweis, den Fischer ihnen gemailt hatte.

Während Aydin in sein Handy vertieft war, folgte Brandt den Anweisungen des Navigationsgeräts.

»Er hat sie am 14. Januar um 14:38 Uhr angerufen«, ließ sich Aydin schließlich vernehmen.

»Kurz vor ihrer Ermordung. Was hat er wohl mit ihr zu besprechen gehabt?«, überlegte Brandt laut. Er war auf Machtolds Antwort gespannt. »Wie oft hat er sie denn nach dem 7. Januar angerufen? Oder weißt du, ob sie ihn an dem Tag kontaktiert hat?«

Wieder schaute Aydin in sein Handy, während Brandt seine Gedanken zu sortieren versuchte. Am 4. Januar hatte der Betreuer eine Vollmacht von ihr bekommen, aber schon am 7. Januar hatte Silke Topp sie widerrufen. Hatte Machtold das gewusst? Und wenn ja, hatte er versucht, die Vollmacht zurückzuerlangen?

Oder hatte Silke Topp ihn vielleicht kontaktiert, um es ihm zu sagen?

Möglicherweise war die Vollmacht auch gar keine heiße Spur, schließlich gab es genug Betreuer, die Zugriff auf die Konten ihrer Schützlinge hatten, wenn dies per richterlichem Beschluss genehmigt wurde. Aber lag so ein Beschluss vor?

Dagegen sprach, dass die junge Frau der Vollmacht nur wenige Tage nach ihrer Erteilung widersprochen hatte.

»Silke Topp hat ihn am 7. Januar um 10:24 Uhr angerufen. Um 11:45 Uhr hat Machtold sie angerufen. Später noch zwei weitere Telefonate mit ihr. Die nächsten Tage hat nur Machtold sie angerufen. Von ihr erfolgten keine weiteren Anrufe. Wenn du mich fragst, sieht das sehr danach aus, dass er versucht hat, die Vollmacht zurückzubekommen.«

»Gut möglich. Sie hat ihn also am 7. Januar, vermutlich nachdem sie bei der Bank die Vollmacht widerrufen hatte, angerufen und ihn über diese Änderung informiert. Er hat daraufhin mehrmals versucht, sie umzustimmen. Klingt plausibel.«

»Muss aber nichts heißen.«

»Stimmt. Ich bin gespannt, wie er darauf reagieren wird.«

Brandt bog in die Archimedesstraße in Buchforst ab, dort lag Machtolds Wohnung. Es war ein lang gezogener Wohnblock. Brandt parkte und beide stiegen aus, sie eilten zur Klingelanlage und Brandt fand schnell Machtolds Namen. Er drückte auf die Klingel, aber nichts geschah.

»Vielleicht ist er nicht da«, sagte Aydin.

»Möglich. Oder er hat keine Lust zu öffnen.«

Brandt trat an die Haustür und versuchte, sie aufzudrücken, doch sie war verschlossen.

»Zu wem wollen Sie denn?«, sprach sie eine ältere Frau an, die gerade mit ihrem Einkaufstrolley auf den Eingang zusteuerte.

»Zu Ralf Machtold.«

»Den Ralf werdet ihr hier heute nicht antreffen.«

»Wissen Sie, wo er sein könnte?«

Die Frau schaute zu Brandt und Aydin auf, sie wirkte etwas skeptisch, doch dann sagte sie: »Wo soll er wohl sein? Auf der Arbeit.«

## Kapitel 35

»Was habe ich dir gesagt?«, brüllte Horst.

»Es ist nicht so, wie du denkst, lass es mich bitte erklären«, versuchte Jana, zu deeskalieren. Aber Horsts Gesicht war rot angelaufen und brennende Wut lag in seinen Augen.

»Da vertraue ich dir mein Haus an und du hintergehst mich, du falsche Schlange«, schrie er und packte Janas rechten Arm.

»Lass mich los, du tust mir weh«, versuchte sich Jana zu wehren, aber sie war ihm körperlich unterlegen.

»Es ist deine Schuld, dass ich wütend bin, nur deine Schuld. Und ich dachte, ich tue dir was Gutes und bringe dir Essen.«

Sein Blick wanderte zu der Tüte, die er in der Hand hielt, dann ließ er die Tüte fallen.

»Du hast das alles nicht verdient, du bist ein verlogenes Miststück. Du hast geschnüffelt.«

Jana war starr vor Angst, sie fürchtete, dass Horst wieder etwas Schreckliches anstellen könnte.

»Nein, ich habe nichts getan. Ich wollte nur ein wenig rausgehen«, antwortete sie dann und hoffte, dass ihre sanften Worte zu ihm durchdrangen.

»Spazieren gehen? Im Keller? Warum? Ich habe dir doch ausdrücklich gesagt, wo du dich aufhalten darfst.«

»Ich bin aber kein Tier«, platzte es aus Jana heraus. »Du tust mir weh.« Der Druck auf ihren Oberarm war nicht zu unterschätzen.

»Du bist minderwertiger als ein Tier. Ich hatte mal einen Hund, der war so dumm wie du, aber er hat aufs Wort gehorcht. Was soll ich mit einer Frau, die nicht aufs Wort gehorcht?« Seine Augen waren weit aufgerissen.

»Lass mich los, du tust mir weh. Ich habe nichts getan. Ich wollte nur raus, aber du hast die Tür abgeschlossen.«

»Selbstverständlich, das ist mein Haus, man kann nicht vorsichtig genug sein heutzutage. Wie es ausschaut, habe ich mir allerdings die diebische Elster selbst ins Haus geholt.«

»Ich habe nichts geklaut«, wurde Jana ebenfalls laut, gleichzeitig erschrak sie, dass sie so einen mutigen Vorstoß gewagt hatte.

»Dir werde ich deinen vorlauten Mund schon stopfen, du wirst noch lernen, was es bedeutet, eine gute Frau zu sein. Mit mir machst du das nicht. Ich kenne Frauen wie dich, man muss euch züchtigen, sonst gehorcht ihr nicht.« Er öffnete seinen Gürtel und zog ihn aus der Hose. Jana schluckte, sie fürchtete das Schlimmste und genau das trat auch ein.

Er ließ den Gürtel auf sie niedersausen. Angstvoll bedeckte sie mit der freien Hand ihren Kopf, doch der Gürtel war schneller und traf ihre rechte Wange, die sofort wie Feuer brannte und anfing zu bluten.

Jana gab einen lauten Schrei von sich. »Bist du verrückt?«, rief sie und versuchte sich mit aller Kraft von ihm zu lösen, aber er war einfach zu stark.

»Ich und verrückt? Die einzige Verrückte bist du, weil du nicht gelernt hast, zu gehorchen«, brüllte Horst und schlug ein weiteres Mal mit dem Gürtel auf sie ein. Diesmal traf er ihren Rücken. Wieder schrie Jana und wehrte sich mit Händen und Füßen, jedoch erfolglos.

Als er erneut ausholen wollte, überlegte sie nicht lange und trat mit dem rechten Fuß in seinen Intimbereich. Horst jaulte vor Schmerz auf und ging in die Knie.

Jana nutzte die wenigen Sekunden, die Horst abgelenkt war, um sich aus seinem Griff zu lösen und wegzulaufen. Sie rannte die Treppe hoch und schlug die Tür zum Keller zu.

Leider konnte sie die Tür nicht abschließen, da kein Schlüssel steckte, da fiel ihr Blick auf einen Stuhl. Sie nahm ihn und schob ihn unter die Türklinke, sodass er die Tür blockierte.

Dann wanderte ihr Blick zum Fenster. Es war ihre einzige Rettung, schließlich wusste sie, dass Horst die Haustür immer abschloss, wenn er die Wohnung betrat.

Sie öffnete das Fenster und kletterte auf die Spüle, um durch das Fenster zu steigen. Adrenalin schoss durch ihre Adern und sie wusste, dass ihr nicht mehr viel Zeit bleiben würde, denn sie meinte schon, ein Geräusch zu hören, aber sie wagte es nicht, sich umzudrehen.

So schnell es mit ihrem Babybauch ging, kletterte sie durch das Fenster, doch plötzlich spürte sie einen Widerstand am rechten Bein.

»Du gehst nirgends hin«, brüllte Horst und zog sie gewaltsam in die Küche zurück.

## Kapitel 36

»Sie kennen Herrn Machtold?«, fragte Brandt, schließlich konnte es nicht schaden, sich mit einer Nachbarin zu unterhalten. Ihn auf gut Glück zu suchen, brachte nichts.

»Selbstverständlich. Warum sonst hätte ich das sagen sollen?« Sie schaute ihn verwundert an, ihre Miene war streng, aber nicht unfreundlich. Sie war Brandt sympathisch. Sie wirkte wie eine resolute ältere Dame, die kein Blatt vor den Mund nahm.

»Und was ist er so für ein Mensch?«

»Was sind Sie denn für Menschen, dass Sie so neugierig fragen?«, entgegnete sie und verengte ihre Augen. Die Frau war um die siebzig und höchstens einen Meter fünfzig groß, ihr Haar war weiß und sie war sehr schlank, aber sie strahlte Würde und Gelassenheit aus.

»Wir sind von der Kriminalpolizei. Das ist mein Kollege Emre Aydin und mein Name ist Lasse Brandt.«

»Von der Polizei? Sehr interessant. Dann helfen Sie doch bitte einer alten Dame, ihre Einkäufe in die Wohnung zu tragen.« Bevor einer der Beamten etwas erwidern konnte, reichte sie Aydin ihren Einkaufstrolley und ging voraus, um die Eingangstür zu öffnen.

Brandt und Aydin warfen sich einen Blick zu und schmunzelten. Sie folgten der Frau in ihre Wohnung.

»Vielen lieben Dank. Ich denke, es ist besser, hier im Warmen zu sprechen als draußen, wo Fremde lauschen könnten. Sie müssen wissen, die Nachbarn sind ziemlich neugierig. Schrecklich.« Sie machte eine wegwerfende Handbewegung. »Kommen Sie doch bitte mit ins Wohnzimmer.«

Die beiden Beamten folgten ihr. »Nehmen Sie Platz, meine Herren. Nicht so schüchtern.«

Wieder leisteten sie ihrer Anweisung kommentarlos Folge, Brandt kam auch kaum dazu, etwas zu sagen. Sie wirkte sehr bestimmt und ein wenig erinnerte sie ihn an seine Großmutter, die ebenfalls recht forsch, aber freundlich und respektvoll aufgetreten war. Er hatte sehr gute Erinnerungen an sie.

Die Frau trat an einen Schrank, der Brandt an die Siebzigerjahre erinnerte, so hatten die Wohnzimmerschränke damals jedenfalls ausgesehen. Sie öffnete eine geräumige Schublade, nahm eine Flasche und drei kleine Schnapsgläser heraus, trat zu den Beamten und füllte die Gläser.

»Die beste Medizin bei dieser kalten Jahreszeit. Jeden Tag einen. Und das seit fünfzig Jahren. Glauben Sie mir, dass ich nicht einmal krank war?«

»Das glauben wir Ihnen gern«, antwortete Aydin und nahm das Schnapsglas. Brandt tat es ihm gleich, er fand es unhöflich, die Geste abzulehnen, obwohl er an sich während des Dienstes nicht trank.

»Auf die Gesundheit«, sagte die Frau und kippte den Schnaps in den Rachen. Aydin und Brandt folgten ihrem Beispiel. Was immer das für ein Schnaps war, er brannte ziemlich in der Kehle und wärmte sofort, wobei Brandt überhaupt nicht kalt war. Die Wohnung war gut geheizt und er trug noch seine Winterjacke.

»Wie heißen Sie eigentlich? Wir hatten leider …«

»Nicht so schüchtern, junger Mann«, fiel sie Aydin ins Wort. »Ich bin die Renate. So, und jetzt erklären Sie mir mal, was genau wollen Sie von Ralf?«

»Wir würden gern mehr über ihn erfahren. Wie ist Ihr Verhältnis zu ihm?«

»Sehr gut. Er hilft mir immer wieder. Ein sehr guter Junge, so sozial engagiert.«

»Was wissen Sie über seinen Beruf?«

»Nicht viel, nur dass er den Schwächsten unserer Gesellschaft hilft. Das ist doch bewundernswert, oder nicht?«

»Da haben Sie recht. Hat er mit Ihnen über seinen Beruf gesprochen?«, fragte Aydin.

»Ralf ist eher introvertiert. Er prahlt nicht so gern mit seiner Arbeit, und unter uns, es war nicht vorhersehbar, dass er sich so gut entwickelt. Es ist schön, dass er doch noch seine Bestimmung gefunden hat.«

»Wie meinen Sie das?«

»Nun, er war kein einfaches Kind. Hat seiner Mutter viel Kummer gemacht. Seine Mutter und ich kennen uns schon seit vierzig Jahren.«

»Hatte er ein schwieriges Verhältnis zu ihr?«

»So könnte man das sagen. Das hat sich erst geändert, als er vor einigen Jahren diese kleine Wohnung hier gekauft hat.«

»Ist das nicht oft so, dass das Verhältnis zu den Eltern sich bessert, sobald man auszieht?«, entgegnete Aydin.

»Das mag stimmen, aber er war wirklich ein schwieriges Kind, hatte seine Gefühle nicht im Griff. Die arme Gisela, sie hatte das nicht verdient. Deswegen war ich so froh, dass sich Ralf die kleine Wohnung hier gekauft hat. Das war die beste Idee.«

»Wissen Sie, ob er einen Kredit dafür aufgenommen hat?«

Sie lachte. »Wie hätte er das denn sonst finanzieren sollen? Als Sozialarbeiter verdient er viel zu wenig Geld. Und es gab ja auch Zeiten, da hat er gar nicht gearbeitet, weil er mit seinem Jähzorn überall angeeckt ist. Dabei ist er so ein guter Junge, aber seine cholerische Ader hat ihn oft in ein falsches Licht gerückt.« Sie schüttelte den Kopf. Es war nicht zu übersehen, dass sie Ralf mochte, vielleicht, weil sie so gut mit seiner Mutter befreundet war.

»Hat Herr Machtold eine Freundin?«

»Ich glaube nicht. Es gab eine Zeit, da habe ich angenommen, er wäre schwul, aber dem ist nicht so.«

Sie legte einen verschwörerischen Blick auf, dann fügte sie hinzu: »Sie sind doch wirklich von der Polizei, oder?«

»Ja, selbstverständlich«, antwortete Brandt und musste schmunzeln, es fiel der Frau ja recht früh ein, diese Frage zu stellen.

Er nahm seinen Dienstausweis und zeigte ihn ihr.

»Lassen Sie stecken, ich vertraue Ihnen. Sie sehen nicht aus wie Gangster.« Das Wort *Gangster* betonte sie dabei besonders.

»Sie sagten eben, Sie hätten eine Zeit lang geglaubt, dass Herr Machtold schwul sei.«

»Genau, aber es stimmte nicht, worüber ich sehr froh bin. Ich habe ja nichts gegen Schwule. Trotzdem, normal ist das nicht. Und ich weiß, dass seine Mutter darüber sehr unglücklich wäre. Als gute Christin wünscht man sich ja keinen schwulen Sohn. Vor allem, wenn man gern Enkelkinder hätte.«

»Und woher wissen Sie, dass er nicht homosexuell ist?«, fragte Brandt. Auf ihre Anspielung über Homosexuelle ging er nicht ein, er selbst hatte eine ganz andere Meinung dazu. Schließlich lebten sie glücklicherweise in Zeiten, in denen Homosexualität völlig normal und gesellschaftlich weitgehend akzeptiert war. Dass die Ehe für alle eingeführt worden war, begrüßte Brandt sehr, er empfand diesen Schritt als längst überfällig.

»Ab und zu kam er mit einer jungen Frau nach Hause.«

»Kannten Sie die Frau?«

»Leider nicht. Er hat sie mir nie vorgestellt. Meistens habe ich sie abends gesehen. Es waren auch nur ein paar Mal.«

»Wie sah sie denn aus?«

»Hübsch, sehr hübsch. Schlank und groß. Wie junge Frauen halt aussehen. Ich habe mich riesig für Ralf gefreut und ich glaube, dass sich Gisela auch gefreut hätte.«

»Hat sie aber nicht?«, fragte Aydin.

»Wie könnte sie? Sie ist doch seit drei Jahren tot.«

»Das tut mir leid. Können Sie noch etwas mehr über die junge Frau sagen? Irgendetwas, was Ihnen vielleicht aufgefallen ist?«

Brandt hatte genau wie Aydin angenommen, dass die Mutter noch lebte. Dass das nicht so war, überraschte ihn. Renate hatte nicht so geklungen, als wäre die Mutter bereits verstorben.

»Leider nicht. Sie war groß und schlank, hatte langes Haar, wenn ich mich nicht irre. Ralf wollte ich darauf nicht ansprechen, ich hatte gehofft, dass er sie mir vorstellt, sobald er sicher ist, dass sie die Richtige ist zum Kinderkriegen. Nach dem Tod seiner Mutter bin ich so etwas wie eine Ersatzmutter für ihn geworden. Ein schönes Haus mit Garten, wo sich die Kinder austoben können, hat er ja. Beste Voraussetzungen also, um Kinder in die Welt zu setzen.«

»Ein Haus?«, fragte Brandt. Er konnte ihr gerade nicht folgen, Machtold wohnte doch hier, in einer kleinen Wohnung.

»Ja, das Haus von Gisela.«

»Und warum wohnt er dann hier?«

»So hat er es nicht weit zur Arbeit. Ich habe ihn auch gefragt, warum er nicht die kleine Wohnung verkauft und in das Haus zieht.«

»Und was hat er geantwortet?«

»Dass es zu groß für ihn alleine sei und dass die Renovierung mehr Geld kosten würde, als er hätte. Er wollte das Haus verkaufen, aber ich glaube, er hing zu sehr daran, sonst hätte er nicht in dem Haus gewohnt.«

»Er ist also zwischen den beiden Wohnsitzen gependelt?«, hakte Aydin nach.

»So kann man das sagen. Wenn er seine Ruhe haben will, geht er ins Haus seiner Mutter. Vielleicht hat er keinen Käufer gefunden. An dem Haus muss halt was gemacht werden und die Lage ist auch nicht die beste«, erklärte sie, dann atmete sie ein und musste kurz husten. »Ich habe ihm geraten, diese Wohnung zu verkaufen, endlich eine Frau zu finden und dann in das Haus seiner Mutter zu ziehen. Es ist doch sein Erbe, das verkauft man nicht einfach so.« Sie schüttelte den Kopf. »Aber Ralf ist da sehr eigen, wie in manch anderen Dingen auch.«

»Sagt Ihnen der Name Silke Topp etwas?«, fragte Brandt, da er das Gespräch langsam beenden wollte. Renate war höflich und es machte Spaß, sich mit ihr zu unterhalten, deswegen waren sie jedoch nicht hier. Sie mussten Machtold treffen, um ihm weitere Fragen zu stellen, und wie es schien, wusste die Frau nicht, wo er sich aufhielt. Also blieb ihnen nichts anderes übrig, als seine Arbeitsstätte erneut aufzusuchen und zu fragen, ob er zwischenzeitlich zurückgekommen war. Wenn nicht, würden sie ihn auf seinem Handy anrufen.

*Oder wir schauen im Haus der Mutter nach*, kam Brandt ein weiterer Gedanke.

»Leider sagt mir der Name nichts, ist das die junge Dame, mit der er sich trifft?«

»Nein, er betreut sie«, erklärte Brandt. Dass sie auf brutale Weise ermordet worden war, musste sie nicht wissen. »Wann haben Sie Herrn Machtold zuletzt gesehen?«

»Oh, das ist bestimmt schon mehr als eine Woche her. Lassen Sie mich überlegen«, antwortete sie und hielt ihren Zeigefinger unter das Kinn, dann sagte sie: »Ich glaube, das war der 8. Januar.«

»War er verreist?«

»Nein, nein. Er hat sicherlich im Haus seiner Mutter übernachtet.«

Konnte es dann nicht sein, dass Machtold auch jetzt im Haus seiner Mutter war? Immerhin schien er schon seit einigen Tagen dort zu übernachten, wenn sich Renate nicht irrte.

»Wo ist denn das Haus seiner Mutter? Haben Sie eine Anschrift?«

»Hat Ralf denn etwas angestellt oder warum fragen Sie?« Zum ersten Mal wirkte sie besorgt, bisher hatte sie jede Frage ohne Murren und Rückfragen beantwortet.

»Nein, wir brauchen nur seine Aussage. Eine der Personen, die er betreut, hat etwas angestellt, deswegen müssen wir mit ihm sprechen«, blieb Aydin vage, was Brandt sehr recht war.

»Ah, gut, dann bin ich beruhigt.« Sie nickte. »Das Haus seiner Mutter ist in Porz.« Renate nannte ihnen die genaue Anschrift, Aydin notierte sie.

»Vielen Dank für das angenehme Gespräch. Wir müssen Sie jetzt leider verlassen.«

»Nichts zu danken, hübscher Mann. Besuchen Sie mich doch wieder.«

»Machen wir gern, wenn es die Zeit zulässt«, blieb Aydin charmant, danach verabschiedeten sie sich von ihr und verließen die Wohnung, um zu ihrem Dienstwagen zu gehen.

»Die war doch mal sehr freundlich und gesprächig«, bemerkte Aydin, während er die Anschrift in das Navigationsgerät eintippte.

»Irgendwie hat sie mich an meine Oma erinnert«, antwortete Brandt, startete den Motor und fuhr los. »Wollen wir hoffen, dass Machtold im Haus seiner Mutter ist.«

»Und wenn nicht?«

»Dann fahren wir natürlich noch mal zu dem Verein, ansonsten rufen wir ihn an. Wir werden noch heute das Gespräch mit ihm suchen.«

»Okay«, antwortete Aydin knapp, dabei schaute er aus dem Beifahrerfenster. »Traust du ihm denn einen so brutalen Mord zu?«

»Ich traue jedem alles zu.«

»Also mir auch?«

»Dir nicht«, lachte Brandt. »Du hast Angst vor Blut. Du könntest das niemals tun.«

»Hey, ich habe Angst vor Spritzen, aber wenn es hart auf hart käme, könnte ich jemandem schon die Kehle aufschlitzen.«

»Du?« Brandt lachte abermals. »Niemals.«

»Sag das nicht. Wenn man meine Familie bedroht, mit Sicherheit.«

»Wollen wir hoffen, dass das nie der Fall sein wird.«

Aydin nickte.

Da der Verkehr noch nicht so dicht wie sonst war, erreichten sie recht zügig den Stadtteil Porz. Brandt bog auf die Zielstraße ein und unweigerlich stieg seine Anspannung, sein Puls ging schneller. Eine Regung, die er einfach nicht verhindern konnte.

»Gleich wissen wir, ob er da ist oder ob die Fahrt für die Katz war.«

»Mecker doch nicht. Das ist halt unser Job. Wäre ja auch zu schön, wenn wir jedes Mal sofort den Mörder fassen würden. Glaub mir, das hier wird sich noch sehr lange hinziehen.«

»Er scheint da zu sein«, sagte Aydin und jetzt sah Brandt ebenfalls den Wagen, der vor der Einfahrt des alten Hauses parkte. Das Anwesen war einsam und wirkte seltsam gespenstisch.

## Kapitel 37

»Was ist das hier?«, fragte Jana erschrocken, als Horst sie in einen Raum drängte. An der Wand waren Folterinstrumente und ein Andreaskreuz, in der Mitte stand ein Tisch.

»Sexspielzeug. Zu dumm, dass du nicht gehorcht hast. Hier hätte ich mich mit dir austoben können.«

»Du bist echt widerlich«, entfuhr es ihr mutig, gleichzeitig hatte sie große Angst. Sie wusste natürlich, dass die Gegenstände in der SM-Szene für Sexpraktiken genutzt wurden, aber so etwas hier zu sehen, hatte sie kurz aus der Fassung gebracht, der Raum wirkte wie eine Folterkammer.

Hatte sie sich so in Horst getäuscht? War er gar nicht der liebe, einfühlsame Mann, der sich um sie und ihr Baby kümmern wollte, sondern ein Sexmonster?

»Widerlich? Ich? Wer hat denn rumgeschnüffelt? Es ist deine Schuld, dass ich dich jetzt bestrafen muss, weil ich dir nicht mehr vertrauen kann.«

»Ich habe nicht geschnüffelt, ehrlich. Magst du mich denn gar nicht mehr?« Sie fing an zu weinen, obwohl sie es nicht wollte, doch die Angst, dass Horst etwas Furchtbares tun könnte, übermannte sie.

»Heul nicht«, brüllte er. »Du bist wie alle Frauen.«

Er drückte sie auf den Tisch. Sie versuchte sich zu wehren, aber es war hoffnungslos. Gegen seine mächtigen Pranken hatte sie keine Chance. Nur wenige Minuten zuvor hatte sie noch Hoffnung geschöpft, als sie fast durch das Küchenfenster entwischt war. Doch Horst hatte sie einfach zurück in die Küche gerissen, als wäre sie ein Federgewicht, und in den Keller, in diesen furchteinflößenden Raum, gedrängt.

»Du bist doch ganz anders, es ist nur die Wut, die dich das machen lässt.«

»Wut? Woher willst du wissen, wie ich wirklich bin? Du kennst mich nicht. Glaubst du, ich weiß nicht, dass du nur einen Ernährer suchst?«

»Das stimmt nicht, das habe ich dir schon gesagt. Ich habe dich lieb, warum sollte ich sonst bei dir bleiben?«

»Halt deinen Mund«, brüllte er und gab ihr eine Ohrfeige. Sie schrie nicht, aber ihre Wange lief sofort rot an. »Zieh dich aus.«

»Warum?«

»Weil ich es dir befehle, du verdammte Hure.« Seine Augen waren weit aufgerissen und er packte ihren Hals. Jana blieb nichts anderes übrig, als ihm zu gehorchen. Sie zog ihre Jacke aus.

»Den Rest auch.«

»Bitte nicht«, bettelte sie, sie fürchtete das Schlimmste.

»Wenn ich es mache, wird das nicht so angenehm.« Und als wollte er seinen Worten Nachdruck verleihen, drückte er ihren Hals zu. Sie bekam keine Luft und röchelte. Ihr blieb keine Wahl, also zog sie zuerst ihre Schuhe aus, dann ihre Hose. Erst da ließ er sie los, damit sie auch ihren Pullover ausziehen konnte.

Nun stand sie in Unterwäsche vor ihm, ihr war kalt, furchtbar kalt. Sie zitterte am ganzen Körper.

Er schaute sie schweigend an, seine Augen wanderten ihren Körper entlang, als suchte er etwas Bestimmtes. Jana kam sich benutzt vor.

»Du siehst aus wie ein Junkie, nimmst du Drogen?«

»Ich? Nein!« Sie schüttelte den Kopf und versuchte gegen das Zittern anzukämpfen, aber je mehr sie daran dachte, desto schlimmer wurde es.

»Sicher? Du siehst aus wie eine dieser verbrauchten Crack-Huren.«

»Ich bin kein Junkie«, wurde sie nun etwas lauter.

»Und warum bist du dann so knochig, als kämst du aus Afrika?«

»Ich war schon immer schlank. Was soll das? Gestern hat dir mein schlanker Körper noch gefallen. Wieso bist du so?«

»So? Wieso so?«, äffte er sie nach. »Glaubst du, dass du das Recht hast, mich etwas zu fragen? Du wirst meine Sklavin und ich bin dein Dom. Verstanden?«

Jana nickte nur, zu mehr war sie nicht fähig vor lauter Angst. Horsts Augen schienen gefährlich hervorzustechen, seine gesamte Erscheinung ähnelte der eines Wahnsinnigen.

»Das ist brav. Wenn du weiterhin brav bist, werden wir beide eine sehr schöne Zeit haben und Niklas wird es bei uns gut gehen. Du bist nur auf Probe. Ich hoffe, du weißt meine Gutmütigkeit zu würdigen.«

Wieder nickte Jana, sie wagte es nicht, ihm in die Augen zu schauen. Ihre Zähne klapperten, dabei kämpfte sie dagegen an, jedoch vergebens.

Er trat zu ihr und berührte ihren Hals, dann fuhr er mit der Hand an ihrem Körper herunter und verharrte an ihrem Busen. »Du musst mehr essen, das ist ja nichts«, sagte er und drückte ihre Brust zusammen. Seine Hand bewegte sich weiter bis zu ihrem Slip. Er berührte ihren Intimbereich und seine Augen fingen an zu funkeln. Mit der anderen Hand berührte er seinen Schritt und zog seine Hose herunter.

Jana sah, dass er erregt war.

»Auf die Knie. Und wenn du mich wieder vollkotzt, kannst du was erleben.«

Jana schluckte, aber sie gehorchte. Sie ging auf die Knie und nahm sein Glied in die Hand. Sie zitterte, ein großer Ekel überkam sie, sie konnte das hier unmöglich tun.

*Beiß rein und dann lauf weg*, dachte sie, doch wie naiv dieser Gedanke war, war ihr klar, schließlich war die Haustür noch immer verschlossen.

»Worauf wartest du?«, brüllte er, packte ihren Kopf und drückte ihn an seinen Intimbereich. Sie hatte keine

Wahl, also tat sie ihm den Gefallen und befriedigte ihn, gleichzeitig kam jedoch die Übelkeit wieder in ihr hoch, gegen die sie sich nicht wehren konnte. Sie konnte sich gerade noch wegdrehen, bevor sie sich auf den Boden erbrach.

»Du verdammtes Miststück, für wen hältst du dich?«, brüllte Horst und trat mit dem Fuß auf sie ein. Dabei traf er ihren Bauch und Jana schrie vor Schmerz und Sorge, dass er Niklas geschadet haben könnte. Reflexartig drehte sie sich zur Seite, sodass der nächste Fußtritt ihren Rücken traf.

Er trat mehrmals auf sie ein, bis er endlich von ihr abließ und sie vom Boden hob, als wäre sie eine Feder. Dann warf er sie mit Wucht auf den Tisch und fixierte ihre Handgelenke mit den Lederriemen, die an dem Tisch befestigt waren.

Jana trat um sich, aber es war hoffnungslos. Horst schlug ihr mit der Faust ins Gesicht. »Wenn du mich noch einmal trittst, geht der nächste Schlag gegen deinen Bauch. Dann töte ich Niklas.«

Jana hörte sofort auf, sie fürchtete, dass er tatsächlich dazu fähig war. Er war so von seiner Wut besessen, dass jede Diskussion sinnlos gewesen wäre. Was immer er mit ihr vorhatte, Jana war bereit, es über sich ergehen zu lassen. Nicht nur, um Niklas zu schützen, sondern auch, weil sie hoffte, dass er sich danach beruhigen und wieder der Horst werden würde, den sie kennengelernt hatte.

Er fixierte ihre Beine und ihren Hals, nun konnte sie sich gar nicht mehr bewegen.

»Warum muss ich das nur tun? Warum kannst du nicht einfach brav sein? Ich dachte, du liebst mich, willst mit mir zusammen sein. Aber tut eine gute Frau so etwas?«

»Es tut mir leid«, flüsterte Jana in der Hoffnung, dass es das war, was Horst hören wollte.

»Hinterher tut es euch Frauen immer leid. Wie wäre es denn, wenn ihr einfach mal von Anfang an gehorchen würdet?« Horst atmete so laut, dass er einer Dampflok Konkurrenz gemacht hätte, es war ein tiefes, böses Keuchen. »Ist es wirklich zu viel verlangt, dass ihr euren Teil der Abmachung erfüllt? Wenn wir euch zum Essen einladen, euch beschützen, meckert ihr nicht, aber wenn wir euch ficken wollen, habt ihr plötzlich tausend Ausreden. Ihr Frauen seid doch alle falsche Schlangen.«

Jana schaute stumm zur Seite. Was hätte sie darauf erwidern sollen? Dieser Horst war so ganz anders als der, in den sie sich verguckt hatte. Dieser Dämon hier hasste Frauen zutiefst. Fast wollte sie glauben, dass es nur ein grässlicher Albtraum war, dass sie gleich aufwachen und sich wieder im Wohnzimmer befinden würde. Aber dass es kein Albtraum war, bewiesen ihr zittriger Körper, der kalte Untergrund, auf dem sie lag, und die Lederriemen, die vor allem ihren Hals schmerzhaft abschnürten.

Horst berührte ihren Körper mit seiner großen, klobigen Hand, er fuhr daran entlang und ließ sie auf ihrem Bauch liegen. Er streichelte die Wölbung. »Verdammt, der Kleine bewegt sich ja wirklich«, sagte er und Jana wusste, was er meinte. Sie spürte auch, dass Niklas sehr unruhig war.

*Er will dich doch beschützen*, machte sie sich Hoffnung. Wie naiv dieser Gedanke war, wurde ihr in dem Moment bewusst, als Horst beide Hände auf ihren Bauch legte und sie boshaft anstarrte.

»Ein kräftiger Schlag und Niklas ist Geschichte.«

Da hörte Jana ein Geräusch, es war leise, aber nicht zu überhören. Horst horchte ebenfalls auf. Das Geräusch ertönte erneut.

»Verdammt, wer klingelt um diese Zeit?«, brüllte Horst und schaute zur Tür. Er schien unschlüssig, was er tun sollte, doch als es zum dritten Mal klingelte, zog er wütend seine Hose an und griff nach seinem Gürtel. Dann trat er an die Wand, nahm etwas, was wie eine Kugel aussah, die an einem Lederriemen befestigt war, und drückte die Kugel in ihren Mund. Den Riemen band er um ihren Kopf, damit sie nicht schreien konnte. Danach verließ er den Raum.

Jana blieb hilflos zurück und nun brach es aus ihr heraus. Sie fing an, hemmungslos zu weinen, und so sehr sie auch dagegen ankämpfte, es half nichts, die Tränen wurden immer mehr. Sie kämpfte mit der Kugel in ihrem Mund und rang durch die Nase nach Atem, während sich seltsame Laute ihrer Kehle entrangen.

*Wieso warst du so unvorsichtig? War dir Andre nicht Lehre genug?,* machte sie sich Vorwürfe, dass sie auf diesen Psychopathen hereingefallen war. *Du wolltest dir doch Zeit mit den Männern lassen.*

Ihr Hals tat plötzlich weh, weil sie den Kopf zu ruckartig nach vorne gedrückt hatte und der Lederriemen sich in die Haut drückte.

*Beruhig dich*, ermahnte sie sich. *Jemand hat geklingelt. Du musst auf dich aufmerksam machen, das ist deine Chance, diesem Wahnsinn zu entkommen.* Aber sie kam hier nicht weg und schreien konnte sie auch nicht, da die Kugel im Mund sie daran hinderte. Sie musste sich befreien, nur wie?

Sie bewegte ihre Hände und spürte, dass die Lederriemen nicht so fest waren, wie sie angenommen hatte. Vermutlich, weil sie so dünne Handgelenke hatte. Manchmal war es doch nicht schlecht, so schmal gebaut zu sein. Sie machte ihre rechte Hand so klein wie möglich, dann versuchte sie, sie aus der Schlinge zu ziehen. Zu ihrer Überraschung gelang es gleich beim ersten Anlauf.

Hastig löste sie ihre andere Hand aus dem Lederriemen, danach befreite sie ihren Hals und nahm diese furchtbare Kugel aus dem Mund. Zuletzt löste sie die Beinfesseln. Kurz überlegte sie, ob sie schreien sollte, aber da sie nicht wissen konnte, ob die Person noch an der Tür war, wollte sie dieses Risiko nicht eingehen, schließlich hatte es eine ganze Zeit gedauert, bis sie sich befreit hatte.

»Es gibt nur einen Ausweg«, sagte sie zu sich und musterte die Wand mit den Folterinstrumenten. »Du musst ihn töten.«

## Kapitel 38

Brandt betätigte die Klingel, aber es folgte keine Reaktion.

»Vielleicht schläft er«, sagte Aydin.

»Ich tippe auf keine Lust, uns zu öffnen«, entgegnete Brandt und klingelte noch einmal. Wieder keine Reaktion. Er drückte auf die Türklinke. »Wer schließt denn seine Haustür ab, wenn er zu Hause ist. Vor allem hier?«

»Na ja, man kann nicht vorsichtig genug sein. Wollen wir ihn nicht auf seinem Handy anrufen?«

»Wozu? Wenn er die Türklingel ignoriert, wird er den Anruf erst recht ignorieren.« Brandt betätigte erneut die Klingel, so schnell wollte er sich nicht geschlagen geben. Aber wie es schien, war Machtold nicht gewillt, ihnen zu öffnen.

»Was, wenn er gar nicht zu Hause ist?«, fragte Aydin. »Es wäre doch denkbar, dass er spazieren ist oder einkaufen.«

»Das glaube ich nicht. Hast du ihn dir angeschaut? So jemand geht nicht spazieren und zum Einkaufen fährt er mit dem Auto, ich kenne Typen wie ihn. Ich schau mich mal um, vielleicht gibt es einen Hintereingang. Du klingelst weiter.« Bevor Aydin etwas erwidern konnte, entfernte sich Brandt.

So tief konnte Machtold doch gar nicht schlafen, das war pure Schikane, glaubte Brandt. Und genau das machte ihn skeptisch. Wenn Machtold nichts zu befürchten hatte, warum öffnete er nicht die Tür, um sich mit ihnen zu unterhalten?

Er erreichte den hinteren Teil des Hauses. Es hätte dringend eine Renovierung benötigt und auch der Garten musste wieder einmal auf Vordermann gebracht werden, er ähnelte eher einer Wildnis als einem Garten. Diese Dinge kosteten eben Zeit und Geld. Geld, das

Machtold vermutlich nicht zur Verfügung stand und das er sich von Silke Topp erhofft hatte.

»Oder er ist einfach faul«, dachte er laut. Die Rückseite des Hauses hatte zwar einige Fenster, aber keine Tür. Sein Blick wanderte zu einer Treppe, die in den Keller führte. Er ging hinunter und erreichte eine Tür, doch auch die war verschlossen. Kurz überlegte er, ob er sie gewaltsam öffnen sollte, wie gewohnt hatte er sein Spezialwerkzeug dabei und das Türschloss war alt und rostig, somit wäre es ein Kinderspiel gewesen, sie zu öffnen. Allerdings würde das ohne einen erwiesenen Verdacht Probleme mit sich bringen, also kehrte Brandt um und ging zurück zu Aydin.

»Was wollen Sie?«, hörte er da jemanden schimpfen. Machtold hatte endlich die Tür geöffnet.

»Wir haben noch ein paar Fragen an Sie«, antwortete Aydin.

»Muss das jetzt sein? Können Sie nicht morgen ins Büro kommen? Ich möchte meine wenige private Zeit genießen.«

»Nein, es muss jetzt sein«, mischte sich Brandt in das Gespräch ein.

»Wo waren Sie denn? Haben Sie sich unerlaubt auf meinem Grundstück aufgehalten?«

»Wir haben uns Sorgen um Sie gemacht, weil Sie auf das Klingeln nicht reagiert haben«, entgegnete Brandt. »Oder haben Sie etwas zu verbergen?«

»So ein Quatsch. Was wollen Sie mir unterstellen? Ich war auf Toilette. Das darf man doch noch in seinem Haus, oder?«

»Wir möchten Ihnen nur ein paar Fragen stellen«, schien Aydin wie so oft die Situation entspannen zu wollen, Brandt hingegen stellte sich bereits auf eine heftige Diskussion mit Machtold ein. Er mochte ihn immer weniger und fand seine ganze Art abstoßend.

»Halten Sie Ihren Gürtel immer in der Hand?«, fragte Brandt.

»Ich sagte doch, dass ich auf Toilette war«, blaffte Machtold. »Was wollen Sie von mir? Ich habe nicht den ganzen Tag Zeit.«

»Weiß Ihr Arbeitgeber, dass Sie zu Hause sind?«

»Wollen Sie mir wieder etwas unterstellen? Ich bin weder Tack noch Hemke, denen Sie etwas andichten könnten.« Machtolds Augen schienen zu glühen und es war nur eine Frage der Zeit, bis er explodieren würde.

»Wir wollen Ihnen gar nichts unterstellen, uns würde nur interessieren, warum Sie eine Vollmacht für das Konto von Silke Topp erhalten haben«, antwortete Aydin.

»Warum nicht? Ich war ihr Betreuer und Therapeut, da ist das gang und gäbe.«

»Sicher?«, ließ sich nun Brandt vernehmen. »Haben Sie eine richterliche Verfügung dafür?«

»Bestimmt, aber wenn, im Büro. Kommen Sie doch morgen dorthin.« Brandt fiel auf, dass Machtold plötzlich seinen Ton änderte, er wollte ruhiger und besonnener wirken. Es war schon erstaunlich, wie schnell er diese vollkommen andere Fassade aufbauen konnte, doch er nahm ihm das nicht ab.

»Können sie uns erklären, warum die Vollmacht nur wenige Tage später widerrufen wurde?«, bohrte Brandt weiter nach.

»Davon weiß ich nichts«, entgegnete Machtold, aber er wirkte nervös, er schaute Brandt nicht mehr in die Augen. Gerade weil er als Sozialarbeiter wusste, wie er mit Menschen umzugehen hatte und ziemlich abgebrüht sein musste, war diese Reaktion ungewöhnlich, in Brandts Augen beinahe verräterisch.

»Wie kann das sein? Sie waren doch ihr Betreuer.«

»Das stimmt, aber ich habe nicht auf ihr Konto zugegriffen, daher weiß ich auch nichts über eine Löschung der Vollmacht. Ich muss das im Büro prüfen. Das ist eh die Angelegenheit des Backoffice, nicht meine.«

»Sehr merkwürdig, nach dem Widerruf der Vollmacht gab es jede Menge Anrufe von Ihnen bei Frau Topp.«

»Was wollen Sie mir unterstellen?«, fiel Machtold ihm ins Wort, er atmete laut. »Ich glaube, wir sind fertig hier. So etwas muss ich mir nicht bieten lassen. Weitere Gespräche nur noch über meinen Anwalt.«

Bevor Brandt etwas erwidern konnte, ließ Machtold seinen Gürtel auf den Boden knallen, danach schlug er den Beamten die Tür vor der Nase zu.

»Da stimmt was nicht«, sagte Brandt, so leicht wollte er sich nicht geschlagen geben. »Irgendetwas ist hier verdammt faul.«

»Das Gefühl habe ich auch. Der hat doch was zu verheimlichen, warum sonst soll er so angepisst reagieren?«

»Du sagst es. Ist dir der Gürtel aufgefallen?«

»Was war mit dem Gürtel?«, fragte Aydin.

»Ich bin mir nicht sicher, aber ich könnte schwören, dass Blut daran klebte.«

»Ich habe nichts gesehen. Warum sollte Blut an dem Gürtel sein?«

»Woher soll ich das wissen? Warum hat er überhaupt seinen Gürtel in der Hand gehabt?«, entgegnete Brandt. Am liebsten wäre er über den Kellereingang ins Haus eingebrochen, um Machtold zu überraschen. Aber sollte dieser nur gemütlich im Wohnzimmer sitzen, wusste er, dass er mächtig Ärger bekommen würde. »Komm, lass uns ins Präsidium fahren«, sagte er dann außerst widerwillig. Das Gefühl, dass hier etwas faul war, wollte nicht verschwinden.

Aydin nickte nur und ging voraus. Brandt folgte ihm, blieb aber plötzlich stehen.

»Was ist los?«

»Da hat jemand geschrien«, sagte Brandt, er hatte ein Geräusch vernommen.

»Sicher? Ich habe nichts gehört.«

»Sehr sicher, ich bin doch nicht taub. Da hat jemand geschrien.« Endlich hatte er den passenden Vorwand, um seinen Gedanken in die Tat umzusetzen, also eilte er zurück, Aydin hinterher.

»Wohin gehst du?«

»Zur Kellertür.«

»Und dann?«

»Was wohl, du Keks?« Brandt lief die Treppe hinunter.

»Wenn du dich geirrt hast, werden wir echt Schwierigkeiten bekommen.«

»Dann warte hier.«

»Wir sind ein Team, ich lasse dich bestimmt nicht alleine in dieses Freakhaus.«

Brandt holte sein Spezialwerkzeug aus der Jackentasche. Er war froh, dass Aydin an seiner Seite war und sich nicht vor der Verantwortung drückte. Das zeigte ihm wieder einmal, dass er sich hundertprozentig auf ihn verlassen konnte. Es war vollkommen klar, dass sie schlimmstenfalls sogar mit einer Disziplinarmaßnahme rechen mussten, wenn Machtold bequem auf der Couch säße und der Schrei aus dem Fernseher gekommen war. Er hätte sie anzeigen können, denn was sie gerade taten, war illegal.

Die Tür zu öffnen, war eine Sache von ein paar Sekunden, das alte, einfache Schloss gab schnell nach. Vorsichtig öffnete Brandt die Tür, er zückte seine Waffe und entsicherte sie. Aydin tat es ihm gleich.

Langsam traten die beiden ein und folgten dem Gang. Es war ruhig, sehr ruhig. Sie betraten den ersten Raum und durchsuchten ihn, konnten aber nichts Verdächtiges finden.

»Der schaut Fernsehen, jede Wette«, flüsterte Aydin.

Brandt war geneigt, ihm recht zu geben, dennoch war er angespannt, da die Situation längst nicht entschärft war, Adrenalin schoss durch seine Adern.

Sie betraten den zweiten Raum, wieder war nichts Verdächtiges zu sehen.

»Wir sollten hoch gehen. Hier ist nichts«, schlug Aydin vor.

»Wir sichern erst den Keller. Der Schrei muss von hier gekommen sein. Er war leise und dumpf, aus dem Wohnzimmer wäre er viel lauter gewesen«, entgegnete Brandt und betrat den nächsten Raum.

Die Enttäuschung stand ihm ins Gesicht geschrieben. Der Raum war zwar verwinkelt, aber es gab nichts Verdächtiges, was ihre Vorgehensweise des unerlaubten Eindringens gerechtfertigt hätte.

Der nachfolgende Raum war erstaunlicherweise abgeschlossen, die anderen waren offen gewesen.

Brandt versuchte an der Tür zu lauschen. Er wollte nicht glauben, dass sie zufällig geschlossen war.

Kaum hatte er sein Ohr an die Metalltür gelegt, hörte er Geräusche. Er zögerte keine Sekunde, er riss die Tür auf und sah Machtold, wie er sich über eine Frau beugte, die gefesselt auf einem Metalltisch lag. Auf dem Boden lag ein Gegenstand. Machtold blutete am Oberkörper, die Frau im Gesicht. Es war offensichtlich, dass es zu einer Auseinandersetzung gekommen war. Gut möglich, dass er sie gefangen hielt und sie sich gewehrt hatte.

»Keine Bewegung oder ich erschieße Sie«, brüllte Brandt.

Machtold erschrak, er drehte sich zu den Beamten um und erstarrte. Endlich brachte er hervor: »Das ist nicht so, wie es aussieht.«

»Wonach sieht es denn aus? Keine Bewegung«, drohte Brandt. »Binde die Frau los«, sagte er an Aydin gewandt.

Aydin trat zu ihr und befreite sie von den Fesseln, dann nahm er ihr die seltsame rote Kugel aus dem Mund.

»Das sind nur Sexspiele. Das ist nichts«, versuchte Machtold die Situation zu erklären. Endlich hatte Aydin die verängstigte Frau befreit. Er warf Brandt einen entsetzten Blick zu – die Frau war unübersehbar schwanger.

Stumm schaute die Frau auf ihre Kleidung, die auf dem Boden lag. Aydin reichte sie ihr, Brandt fiel auf, dass auch ihre Winterjacke und ihre Schuhe auf dem Boden lagen. Sehr ungewöhnlich.

»Schatz, sag den Beamten bitte, dass das hier nur ein Spiel ist, unser Fetisch«, sagte Machtold an die junge Frau gewandt.

»Ist das so?«, fragte Brandt. Als er ihr jetzt einen genaueren Blick zuwarf, wollte er seinen Augen nicht trauen. »Ich kenne Sie doch. Sie sind Jana Staub, die Zeugin.«

Noch immer wagte sie nichts zu sagen und schaute furchtsam auf den Boden. Sie wirkte unsicher, jedenfalls nicht wie eine Frau, die gern hier war.

»Frau Staub, wir sind hier, um Sie zu schützen. Sie müssen keine Angst haben. Werden Sie gegen Ihren Willen hier festgehalten?«, fragte Aydin. Seine Stimme klang mitfühlend, er sprach langsam und leise.

»Schatz, sag ihnen bitte die Wahrheit. Ich liebe dich, das weißt du doch. Ich würde dir niemals etwas antun, was dich verletzen könnte. Du, Niklas und ich, wir gehören doch zusammen.«

»Sie halten jetzt den Mund, bevor ich ihn Ihnen stopfe«, drohte Brandt. Machtold hob abwehrend die Hände. »Frau Staub, Sie müssen jetzt nichts sagen. Wenn Sie wollen, nehmen wir Sie mit aufs Präsidium, dort können Sie sich ausruhen und sich erst, wenn es Ihnen besser geht, mit uns unterhalten.«

»Wieso sollte es ihr schlecht gehen? Wir lieben uns, sie ist meine Freundin. Schatz, sag es ihnen doch. Du gehörst zu mir. Du und Niklas.«

»Was habe ich Ihnen gesagt«, wurde Brandt laut und es kostete ihn viel Mühe, Machtold nicht die Faust zwischen die Zähne zu schieben.

»Er hat recht. Er ist mein Freund«, kam es kaum hörbar über die Lippen von Jana Staub. Brandt wollte seinen Ohren nicht trauen.

»Sie müssen das hier nicht tun. Haben Sie Angst, dass Ralf Machtold Ihnen wehtut, wenn Sie das nicht sagen?« So schnell wollte Brandt ihre Aussage nicht akzeptieren.

»Ralf? Er heißt doch Horst«, entgegnete sie und plötzlich erkannte Brandt eine Veränderung an ihr. Ihre Augen wirkten enttäuscht, aber ihr Körper war nicht mehr in sich zusammengefallen, sie stand aufrecht.

»Das ist Ralf Machtold. Er war der Sozialarbeiter von Silke Topp, der Toten, die Sie im Wald gefunden haben.«

»Hör nicht auf sie. Mein Zweitname ist Horst. Ich liebe dich, wirf nicht weg, was zwischen uns ist. Denk an Niklas, ihm wird es an nichts mangeln.«

»Du hast mich angelogen«, platzte es aus ihr heraus. »Er hat Silke ermordet.«

»Du spinnst doch, ich habe niemanden ermordet«, brüllte Machtold.

»Wie kommen Sie darauf?«, fragte Aydin.

Brandt sah, dass Machtold aus dem Raum rennen wollte, aber es gelang ihm, ihn rechtzeitig zu packen und zu Boden zu reißen. »Was habe ich gesagt? Sie sollen keine Dummheiten machen.«

»Ich habe seine roten Turnschuhe gesehen. Der Mörder hatte rote Turnschuhe an«, ließ sich Jana Staub vernehmen.

## Kapitel 39

*24. Januar, JVA Köln*

»Sie haben mein Leben ruiniert«, murrte Machtold, als Brandt und Aydin den Verhörraum betraten.

»Das haben Sie ganz allein zu verantworten«, entgegnete Brandt kühl, sein Mitleid mit diesem kranken Psychopathen hielt sich in Grenzen. Vielmehr erhoffte er sich endlich mehr Informationen über den Tathergang. Am vergangenen Tag hatte Machtold nicht viel preisgegeben, aber jetzt hatten sie neue, belastende Informationen.

»Was wissen Sie denn schon. Das Miststück hat mich in die Pfanne gehauen und ich wollte mich um ihren Bastard kümmern. Ich war so naiv und dachte, sie mag mich, aber alle Frauen wollen nur Geld.« Machtolds Augen wirkten leer. Die zwei Tage in der kleinen Zelle der JVA schienen ihre Wirkung zu zeigen. Allerdings war das erst der Beginn, so schnell würde er nicht mehr frei herumlaufen können.

»Niemand hat Sie in die Pfanne gehauen. Sie haben eine hochschwangere junge Frau aus Habgier ermordet.«

»Ich war das nicht.«

»Reiten Sie sich nicht noch tiefer rein. Wenn Sie überhaupt eine Möglichkeit haben wollen, etwas Milde beim Richter erwarten zu dürfen, sollten Sie mit uns kooperieren. Bevor Sie etwas sagen, hören Sie erst zu. Die Spurensicherung hat rote Turnschuhe in Ihrer Wohnung in Buchforst sichergestellt.«

»Na und? Wissen Sie, wie viele rote Turnschuhe es in Köln gibt?«, brüllte Machtold.

»Was habe ich Ihnen gesagt?«, wurde Brandt ebenfalls laut. »Sie hören uns jetzt zu, danach haben Sie die Gelegenheit, Stellung zu nehmen. Mein Kollege und ich sind derzeit Ihre einzige Möglichkeit, sich auf einen Deal mit dem Staatsanwalt einzulassen.« Natürlich war das nur die halbe Wahrheit. Brandt wünschte sich nichts mehr, als dass Machtold nie wieder eine Zelle verlassen würde und dass er nach seiner Haftstrafe in Sicherungsverwahrung käme, doch das konnte er selbstverständlich unmöglich laut sagen, so sehr sein moralisches Empfinden ihn auch drängte, es zu tun. Er brauchte jetzt eine Aussage von Machtold, damit die letzten Zweifel aus dem Weg geräumt waren.

»Wie mein Kollege eben erwähnte, hat die Spurensicherung rote Turnschuhe in Ihrer Wohnung sichergestellt«, übernahm Aydin das Wort. »Unter der Sohle dieser Turnschuhe wurde der gleiche Sand gefunden, wie der, der sich am Fundort der Leiche befindet.«

Machtold schluckte, er schien etwas sagen zu wollen, verkniff es sich aber. Sein Blick wanderte zum Tisch und blieb dort hängen.

»Außerdem kam heute Morgen die Analyse der DNA-Probe, die Ihnen bei Ihrer Verhaftung abgenommen wurde. Die Hautpartikel, die unter den Fingernägeln von Silke Topp gefunden wurden, stammen eindeutig von Ihnen. Zuletzt wurden Blutspuren in Ihrem Wagen und auf dem Tisch im Keller gefunden …«

»Verdammt, ich hatte das Auto doch …«, rutschte es Machtold heraus. Er erkannte seinen Fehler und unterbrach sich. Für einen Rückzieher war es jedoch zu spät, die Beweise gegen ihn wogen schwer.

»In Ihrem Wagen und auf dem Metalltisch im Keller wurden, wie gesagt, Blutspuren gefunden. Die Analyse im Labor ergab, dass es das Blut von Silke Topp ist. Warum haben Sie sie getötet?«, fragte Brandt.

»Ich hätte dieses Miststück auch umbringen sollen«, platzte es aus Machtold heraus. »Diese verdammten Schuhe. Sie war doch bewusstlos. Wie kann sie mich da gesehen haben?«

»Sie waren am Fundort der Leiche im Wald, als die Zeugin die Tote entdeckte?«, fragte Brandt. Jana Staub hatte ihre Aussage bereits gemacht. Sie erinnerte sich nur daran, kurz vor ihrer Ohnmacht Schritte gehört und rote Turnschuhe gesehen zu haben.

»Ja, ich wollte sehen, wer sie als Erster entdeckt, ich konnte nicht weg, keine Ahnung warum. Es war wie ein Zwang. Ich habe mir den Arsch abgefroren, hatte mich aber gut versteckt. Dann kam sie und zog die blaue Plastikplane weg. Ich wollte den Wald danach eigentlich verlassen, doch plötzlich schaute sie in meine Richtung und ich hatte Sorge, dass sie mich gesehen hatte, also näherte ich mich ihr. In dem Moment fiel sie in Ohnmacht und lag wie ein Brett auf dem Boden. Ich überlegte kurz, sie zu töten, aber das hätte den Verdacht von dem Satanisten abgelenkt. Daher durchsuchte ich nur ihre Sachen. Da ich Handschuhe anhatte, machte ich mir keine Sorgen um Fingerabdrücke. Ich fand ihren Personalausweis und wusste nun, wo sie wohnte. Also stattete ich ihr einen Besuch ab, zur Tarnung hatte ich ein kleines Paket bei mir, so konnte ich mich als Hermes-Bote ausgeben. Ich musste wissen, ob sie mich tatsächlich gesehen hatte. Aber dieses dumme Mädchen verliebte sich in mich. Und welcher Mann in meinem Alter würde es nicht genießen, wenn so ein junges naives Ding auf ihn steht?«

»So naiv war sie nicht. Sie hat immerhin Ihre roten Turnschuhe wiedererkannt«, entgegnete Brandt und Machtold verzog den Mund.

»Warum haben Sie Silke Topp ermordet?«, wiederholte Brandt seine Frage. Dass Machtold Jana Staub nicht ebenfalls ermordet hatte, schien seinem sexuellen Verlangen und seiner Überheblichkeit geschuldet zu sein, denn er nahm noch immer an, dass sie nichts gesehen haben konnte und ziemlich einfältig war. Er hatte wohl geglaubt, sie kontrollieren und für seine Zwecke missbrauchen zu können.

»Warum? Weil sie ein Miststück war. Sie hatte es verdient. Diese verdammte Lügnerin.« Machtolds Schultern hingen jetzt herunter und Brandt wusste, dass seine Gegenwehr gebrochen war. Er hatte wohl eingesehen, dass es hoffnungslos war, weiter zu lügen. Nicht selten gestanden Täter in so einem Moment alles, weil sie sich von dieser Last befreien wollten. Ein Mord war selbst für die meisten Psychopathen eine seelische Belastung.

Weder Brandt noch Aydin sagten etwas, Machtold sollte Zeit haben, um sein Geständnis abzulegen. Jede Frage hätte seinem beginnenden Redefluss schaden können.

»Ich habe alles für sie getan, ohne mich hätte sie sich den goldenen Schuss gesetzt. Nur meinetwegen konnte sie sich von diesem Widerling Tack befreien. Diese verdammte falsche Schlange.« Machtold atmete laut, sein Brustkorb hob und senkte sich und seine Augen verengten sich zu Schlitzen. »Ich war so naiv zu glauben, sie würde mich mögen. Welcher ehrbare Mann hätte sie denn noch genommen? Sie und diesen Bastard? Sie war nichts, eine Nutte, ein Junkie, und ich, ich wollte mich um sie kümmern. Bin ich nicht gnädig? Aber sie musste auf meinem Herzen rumtrampeln, hat mir Gefühle vorgeheuchelt, wo keine waren. Sie hat mich nur benutzt.«

Machtolds Augen glänzten feucht, doch er weinte nicht. Selbst Mörder waren nur Menschen, so brutal ihre Tat auch gewesen sein mochte, daher waren Brandt solche Gefühlsausbrüche nicht fremd. Selten mordete jemand grundlos, meistens gingen der Tat heftige Emotionen wie Enttäuschung, Eifersucht oder Verrat voraus. Wie es schien, waren es bei Machtold Enttäuschung und Zurückweisung gewesen, da Silke Topp seine Liebe nicht erwidert hatte.

»Und was hat es mit der Bankvollmacht auf sich gehabt?«, wollte Brandt wissen, noch schloss sich der Kreis nicht.

»Das war meine Rache an ihr und diesem Satan. Mich hat das Geld nicht interessiert, aber als sie mir gestand, dass sie sich in diesen Satan verliebt habe und er sie drängen würde, ihm eine Bankvollmacht zu unterschreiben, wusste ich, dass ich das verhindern musste. Meine Warnung, dass er nur auf ihr Geld aus sei, ignorierte sie. Sie war blind und dumm vor Liebe. Also musste ich etwas unternehmen, damit dieser Widerling nicht an ihr Geld kam. Ich wollte, dass er sich von ihr trennt und sie zu mir zurückkehrt. Ohne das Geld würde er sich von ihr trennen, das war mir klar.«

»Also haben Sie Frau Topp überredet, Ihnen eine Bankvollmacht auszustellen, die sie kurz darauf widerrufen hat.«

»Dieser Satan hat auf sie eingeredet und das naive Dummchen hat sich dem Druck gebeugt.«

»Aber sie hat ihm keine Vollmacht ausgestellt«, sagte Brandt.

»Es war nur eine Frage der Zeit, bis sie schwach geworden wäre, sie war ja schon emotional abhängig von ihm. Ich musste etwas unternehmen.«

»Da haben Sie sie zu sich nach Hause gelockt, in eine Falle?«, schlussfolgerte Aydin.

»Nein, keine Falle. Ich wollte ihr die Augen öffnen, sie für mich gewinnen. Silke und ich gehörten doch zusammen. Es war dieser Satan, der sie mir weggenommen hat.« Machtold atmete aus und streckte seinen Oberkörper, gleich darauf fiel er jedoch wieder in sich zusammen.

»Und was ist dann geschehen?«

»Es kam zum Streit, sie wollte einfach nicht auf mich hören, ich wurde wütend, habe sie gepackt und in den Keller gezerrt, dort auf den Tisch gelegt und sie festgebunden. Ich wollte ihr nur Angst machen, ich wollte sie nicht töten. Früher hat sie es gemocht, wenn ich sie auf dem Tisch festgebunden habe, wenn wir unsere kleinen Spielchen gespielt haben.«

Dass der Raum, von dem Machtold sprach, in dem Sinne kein Folterraum war, war Brandt bewusst, dennoch glich er für seinen Geschmack eher einer Folterkammer als einem Ort, an dem man sich seiner sexuellen Lust hingab. Ihm war es schon immer ein Rätsel gewesen, was Menschen daran erregte, wenn sie sich Gewalt antaten. Wie schmal dieser Grat war, bekam er gerade wieder hautnah mit. Der Raum mit dem ganzen SM-Spielzeug war am Ende dazu genutzt worden, einen Menschen auf brutale Weise zu ermorden.

»Warum haben Sie ihr den Bauch aufgeschnitten?«

»Ich wollte das nicht, ich weiß auch nicht warum. Sie lag da, angebunden, und trotzdem hat sie mich ausgelacht, statt um Vergebung zu bitten. Sie hat mich nicht ernst genommen, sich über mich lustig gemacht. Ich war rasend vor Wut, ich habe mich gar nicht mehr beruhigen können. Da ist es geschehen. Ich habe nach einem Teppichmesser gegriffen, das in dem Werkzeugkasten lag, und ihr gedroht, dass sie sich nicht über mich lustig machen solle. Aber sie hat nur gelacht und gesagt: *Du bist doch ein Schlappschwanz, dafür fehlt dir der Mut. Du bist kein Mann.*« Machtold hielt inne und schaute zur Decke, dann wanderte sein Blick wieder zum Tisch. »Ich bin kein Feigling. Ich habe das Teppichmesser an ihren Bauch gehalten und sie hat weiter gelacht. Da habe ich zugestochen und einfach geschnitten, als ob ich einen Teppich schneiden würde. Sie hat geschrien, aber ihr Schreien kam mir wie ein Lachen vor. Ich habe ihren Bauch geöffnet und dann habe ich dieses Baby gesehen, diesen Bastard. Meine Wut wurde noch größer, weil auch dieser Bastard mich so anschaute und mich auslachte. Ein

Baby, das mich auslacht?! Ich bin doch ein Mann!« Nun sah Machtold Brandt direkt an und Brandt hatte Mühe, dem Blick standzuhalten, denn er glaubte, geradewegs in die Augen eines Teufels zu schauen, so kalt, schwarz und unbarmherzig wirkten sie.

»In dem Moment wusste ich, was ich tun musste, um von mir abzulenken und den Verdacht auf den Satanisten zu leiten. Ich schnitt dem Bastard das Herz heraus. Er schrie nicht einmal. Er lachte noch immer, selbst als ich sein Herz in der Hand hielt. Es war winzig, kaum größer als eine Walnuss. Warum hat es nur gelacht?«

Brandt antwortete nicht, er hatte genug gehört. Die Aussage reichte, um Machtold für immer einzusperren. Er stand auf und Aydin folgte ihm. Beide verließen den Verhörraum.

»Warum hat es gelacht? Warum hat es mich ausgelacht?«, hörten sie Machtold noch rufen, als sie schon draußen standen.

»Er gehört Ihnen«, sagte Brandt zu den beiden Beamten, die vor der Tür gewartet hatten.

»Da glaubt man, dass man in seinem Beruf schon jede Erklärung für einen Mord gehört hat, und am Ende wird man doch wieder böse überrascht«, bemerkte Aydin. Er wirkte ein wenig blass.

»Solange es Menschen gibt, wird es das Böse geben«, erklärte Brandt. »Letztlich waren es unbändige Eifersucht und Enttäuschung, die Machtold dazu gebracht haben, diese abscheuliche Tat auszuführen. Ich hoffe, sie lassen diesen kranken Psychopathen niemals frei.«

»Nach seinem Geständnis sieht es doch sehr gut aus.«

»Das will ich hoffen. Mein Mitleid mit so einem abartigen Menschen hält sich in Grenzen.«

»Es sind oft die, die man liebt, die einen am schlimmsten verletzen. Jedes Jahr werden einhundert

Frauen von ihren Männern ermordet, das muss man sich mal vor Augen halten. Jeden dritten Tag tötet ein Ehemann seine Frau. Kranke Welt.« Aydin schüttelte verständnislos den Kopf. Leider war es die Wahrheit, die meisten Mörder stammten aus dem näheren Umfeld des Opfers.

»Gut gesprochen. Lass uns zu Walter fahren. Ich kann jetzt etwas Ablenkung gebrauchen.«

»Er wird sich bestimmt freuen.«

»Ich mich auch«, antwortete Brandt. Er wusste, dass es nichts brachte, sich zu viele Gedanken über Machtold zu machen. Es war besser, solche Taten und solche Menschen nicht zu nahe an sich heranzulassen, es würde einen auf lange Sicht kaputtmachen und als Polizist war es leider sein Job, sich täglich mit so einem Gesindel auseinanderzusetzen.

Wortlos gingen sie zu Brandts Dienstfahrzeug und er fuhr vom Parkplatz der JVA in die Richtung von Walters Imbiss.

»Was ist eigentlich mit Ylva?«, fragte Aydin, der augenscheinlich die Stille durchbrechen wollte.

»Wir haben uns versöhnt. Ich habe sie gestern angerufen und dann haben wir uns getroffen.«

Aydin schmunzelte.

»Wieso sagt mir mein Gefühl, dass du das wusstest?«, bemerkte Brandt mit einem Seitenblick auf seinen Kollegen.

»Nina hat mir heute Morgen so etwas gezwitschert, aber ich wollte es von dir hören. Bevor du schimpfst, ich bin wirklich froh, dass ihr euch vertragen habt.«

»Du Keks«, tat Brandt eingeschnappt, dabei war er es ganz und gar nicht. Er war genauso froh, dass er sich mit Ylva versöhnt hatte, und rückblickend konnte er überhaupt nicht mehr verstehen, warum er so lange gezögert hatte. Schließlich war Ylva eine tolle Frau und er wusste es zu schätzen, dass sie ihn trotz seiner Macken liebte und nicht versuchte, ihn zu verändern.

Das war in seinen Augen selten und kostbar. »Ich bin auch froh, dass sie wieder da ist. Ich glaube, sie könnte die Frau sein.«

»Ehrlich? Wie geil wäre das denn! Ich bin dein Trauzeuge, wehe nicht.«

Brandt lachte. »So schnell geht das nicht. Lass mir noch etwas Luft zum Atmen, aber wenn es so weit sein sollte, bist du natürlich mein Trauzeuge, zusammen mit Walter.«

»Bombe. Walter wird mächtig stolz sein«, antwortete Aydin.

Dann erreichten Sie den Imbiss und Brandt parkte den Wagen. Sie stiegen aus und traten ein.

»Mit euch habe ich ehrlich gesagt nicht gerechnet. Was treibt euch her?«, begrüßte Walter sie.

»Was wohl, deine leckeren Würstchen«, antwortete Aydin und reichte Walter die Faust zum Gruß. Walter erwiderte die Geste, Brandt gab ihm wie gewohnt die Hand.

»Die sollt ihr bekommen. Was macht euer Fall?«

Aydin und Brandt schauten einander an, dann sagte Aydin. »Gute Nachrichten. Wir haben den Mörder gefasst.«

»Das freut mich, wer war es denn? Der Exfreund oder dieser Satanist?«

»Weder noch, es war ihr Betreuer, der sich in sie verliebt hatte, aber abgewiesen wurde.«

»Verschmähte Liebe und Eifersucht – starke Mordmotive. Irgendwo habe ich gelesen, dass die meisten Morde wegen verschmähter Liebe passieren, gefolgt von Habgier.«

»Die Abfuhr, die Silke Topp ihm gegeben hatte, kratzte an seinem Selbstwertgefühl, es war eine Erschütterung seines Selbstbilds. Er wurde wütend und verlor die Kontrolle. Wenn er sie nicht haben durfte, durfte auch niemand anderer sie haben«, erklärte Aydin.

»Und deswegen schlitzt man ihr den Bauch auf und tötet das Baby?«

»Das war im Affekt vermutlich. Er wollte, dass es nach einem Ritualmord aussieht.«

»Wenn ihr mich fragt, würde ich Gleiches mit Gleichem vergelten und ihm bei lebendigem Leib das Herz rausreißen.«

»Wir leben aber in Deutschland, in einem Rechtsstaat«, entgegnete Aydin.

Brandt hörte schweigend zu. Es gab Momente, da dachte er wie Walter, dabei war er natürlich froh, in einem Land zu leben, in dem rechtsstaatliche Grundsätze galten. Gerade heute, wo diese Grundsätze in immer mehr Ländern mit Füßen getreten wurden.

»Und wie seid ihr auf ihn gekommen?«

»Dank der Zeugin. Sie hatte eine Affäre mit Machtold.«

»Eine Affäre?« Walter wirkte irritiert. Er nahm eine Rindswurst vom Grill, legte sie auf einen Teller und reichte sie mit etwas Brot an Aydin.

»Ich frage schon gar nicht, warum er sie wieder vor mir bekommt«, tat Brandt trotzig.

»Die musste als erste vom Grill«, sagte Walter mit einem breiten Grinsen. »Und jetzt erklärt mir das mal mit der Affäre.«

Brandt klärte Walter auf.

»Was für ein kranker Typ. Die Zeugin hatte echt Glück, dass er sie nicht auch noch getötet hat.«

»Das glauben wir auch. Aber wir sind eigentlich wegen etwas ganz anderem hier«, sagte Aydin und warf Brandt einen Blick zu.

»Genau. Vorher will ich nur diese leckere Currywurst haben, die ist auf den Punkt gegrillt«, antwortete Brandt und zeigte auf eine gut gebräunte Wurst auf dem Rost.

»Dann sollst du sie haben.« Walter nahm sie herunter, schnitt sie klein und gab sie mit Soße und einem Stück Brot auf dem Teller an Brandt weiter. »Und warum seid ihr dann hier, wenn nicht wegen der leckersten Würstchen Kölns?«

»Gilt dein Angebot noch?«, fragte Brandt und ließ ein Stück der heißen Currywurst in seinem Mund verschwinden.

»Welches Angebot?«

»Na, das mit dem Wohnwagen«, erwiderte Aydin.

»Sagt nicht, dass ihr mitkommen wollt?« Walter machte große Augen und strahlte übers ganze Gesicht.

»Wenn du es noch möchtest? Es wäre uns eine große Freude.«

»Was für eine Frage, es wäre mir eine Ehre!«

»Top. Dann sind wir dabei.«

»Ihr wisst gar nicht, wie sehr ich mich freue. Aber ihr müsst mir eines versprechen.«

»Und das wäre?«

»Ab dem Moment, wo wir den Wohnwagen betreten, sind wir Freunde und ihr seid keine Polizisten. Komme, was wolle. Okay?«

»Was für eine Frage.«

»Komme, was wolle?«

»Ja, logisch. Wir können sehr gut abschalten«, antwortete Brandt, doch er hatte ein komisches Gefühl. Dass Walter so darauf beharrte, musste einen Grund haben. »Hast du schon eine Route?«, fragte er daher.

»Nicht wirklich, aber ich würde gerne als erste Stadt Paris ansteuern. Da war ich noch nicht.«

»Paris? Nur aus diesem Grund?«, hakte Brandt weiter nach, er hatte eine leise Vorahnung.

»Ist das nicht Grund genug? Paris ist eine Weltmetropole und jeder sollte mal den Eiffelturm gesehen haben.«

»Und es hat nichts mit Rémy zu tun?«

Walter wirkte unsicher, er schaute zur Seite und strich über seine Schürze, seine Lippen waren zusammengepresst. »Ihr habt es mir versprochen.«

»Das haben wir«, antwortete Aydin. »Willst du Rémy suchen?«

»Nicht unbedingt, nur wenn er mir zufällig über den Weg laufen würde, würde ich mich natürlich freuen. Ihr lasst den Jungen aber in Ruhe, klar?«

»Keine Sorge. Wir mögen Rémy auch. Es müsste allerdings schon ein großer Zufall sein, wenn wir ihm da begegnen«, entgegnete Brandt.

Rémy war ein junger Straßenmusiker, den sie vor einiger Zeit kennengelernt hatten, weil er Zeuge im Rahmen ihrer Ermittlungen gewesen war. Eine besondere Aura umgab diesen außergewöhnlich talentierten Musiker mit dem großen Herzen, der so aufrichtig war. Walter schien regelrecht vernarrt in ihn zu sein.

Brandt allerdings hielt es für ausgeschlossen, dass sie den Straßenmusiker ausgerechnet in der Millionenmetropole Paris antreffen würden, aber er wollte Walter diese Hoffnung nicht nehmen. Er war gut gelaunt deswegen und Brandt würde einen Teufel tun, seinem Freund die Laune zu verderben.

»Sehr schön. Auf unsere Männertour durch Europa«, sagte Walter und stellte eine Schnapsflasche auf den Tresen, danach drei Schnapsgläser und füllte sie. Er reichte den beiden Beamten je eines.

»Auf unsere Männertour«, sagten sie gleichzeitig und stießen an. In diesem Moment wurde Brandt wieder bewusst, wie wichtig Freundschaften waren. Der Mensch war einfach nicht dafür geschaffen, alleine zu sein.

## Anmerkungen des Autors

Nach dem letzten Roman »Rémy« nun wieder ein waschechter Krimi, der ungeschönt die Brutalität des Menschen zeigt – ich hoffe, dass Ihnen die Geschichte spannende Stunden bereitet hat.

Das Thema ist diesmal sehr heikel. Der Mord an schwangeren Frauen und erst recht an Babys oder Kindern, vor allem, wenn der Täter aus dem Bekanntenkreis stammt, ist immer schwer zu verdauen. Dennoch und gerade deswegen versuche ich, solche furchtbaren Geschehnisse in meinen Büchern zu enttabuisieren.

Warum?

Weil jedes Jahr einhundert Frauen von ihren Lebensgefährten ermordet werden, somit fast jeden dritten Tag eine Frau. Das ist eine unglaubliche und erschreckend hohe Zahl. Menschen, von denen man glaubt, dass sie einem sehr nahestehen, die einen lieben oder zumindest mögen, werden plötzlich zu bestialischen Mördern. Die Gründe solcher Taten zeigen, wie schwach der Mensch ist. Enttäuschung, falsche Eitelkeit, Eifersucht oder Habgier sind die häufigsten Motive, die dazu führen, dass Menschen denjenigen umbringen, von dem sie glaubten, dass sie ihn lieben.

Einige von Ihnen werden vielleicht die Szene, in der Jana als Kind ihrer Mutter die Ascorbinsäure ins Bad bringt, übertrieben finden, aber leider muss ich Sie enttäuschen, diese Szene ist echt. Das Schreiben von Romanen erfordert umfangreiche Recherchen und so wurde ich im Vorfeld der Arbeit an diesem Krimi auf ein Interview mit einer jungen Frau aufmerksam, die genau das beschrieben hat. Ihre Eltern waren drogenabhängig und mit vier Jahren tat sie das, was Jana im Buch tat: Sie brachte ihren Eltern die Ascorbinsäure ins Bad, ohne zu wissen, dass ihre Eltern sie benötigten, um sich den Stoff zu spritzen, da sie stark heroinsüchtig waren. Ein Trauma, von dem sich die Frau nie erholt hat, so sehr hatte sich diese Erinnerung in ihr Bewusstsein eingebrannt. Und es kam, wie Sie es vielleicht ahnen, die junge Frau wurde selbst heroinabhängig. Ein Teufelskreis, der viele ratlos zurücklässt, denn der gesunde Menschenverstand lässt einen annehmen, dass man, wenn man so etwas Schlimmes erlebt hat, es selbst nicht wiederholt.

Meine Stammleserinnen und -leser wissen, dass ich jemand bin, der am Austausch mit seinem Lesepublikum interessiert ist und gern rege Diskussionen auf Facebook führt. Das Thema Gewalt gegen Frauen habe ich schon in anderen Büchern thematisiert und die meisten meiner Leserinnen und Leser können den Handlungsverlauf meiner Bücher nachvollziehen. Aber leider gibt es einige, vor allem Leserinnen, die es nicht akzeptieren können, dass im Roman eine Frau, die von ihrem Mann misshandelt oder geschlagen wird, bei ihrem Lebenspartner bleibt. Auch für mich ist das nur schwer hinzunehmen, doch bedauerlicherweise ist das Leben komplexer, als viele es einsehen wollen. Emotionale oder finanzielle Abhängigkeiten können nicht so leicht gelöst werden, wie man es sich wünschen würde, sodass diese Frauen die Gewalt in ihrer Beziehung in Kauf nehmen oder nehmen müssen.

Die menschliche Psyche ist unglaublich komplex und fragil. Während der Recherchen zu diesem Buch hatte ich ein sehr interessantes Gespräch mit einer Gefängnispsychologin, die mir erklärt hat, warum häufig die Menschen, die selbst Opfer sind oder waren, zu Tätern werden, gerade wenn es um Gewalt gegen Kinder oder Frauen geht. Diese Täter (selbst Opfer) suchen sich ihrerseits ein Opfer aus, das sie dominieren können, bei dem sie endlich das Gefühl haben, selbst Macht ausüben zu können.

So ist es bei Ralf Machtold in diesem Buch. Er ist ein Loser, der schon von seiner Mutter schlecht behandelt wurde und von seiner Umwelt als Außenseiter wahrgenommen wird. Hinzu kommt seine cholerische und aufbrausende Art, die sich auf reichlich aufgestauten Frust gründet. Nun sucht er eine Beziehung zu einer drogenabhängigen Frau, der er sich überlegen fühlt, und diese weist seine Gefühle zurück. Das kann sein Ego nicht ertragen, er kann es in keiner Weise psychologisch verarbeiten und es kommt zu der tragischen Kurzschlusshandlung.

Die Psychologin hat mir bestätigt, dass solche unüberlegten Handlungen häufig vorkommen, dass Täter aus dem nichtigsten Grund ausrasten, weil diese eine Sache der berühmte Tropfen ist, der das Fass zum Überlaufen bringt. Ein solches Ausrasten führt immer wieder zu brutalen Morden, von denen wir in der Presse lesen. Gleichzeitig ist es leider eine traurige Tatsache, dass die meisten Morde von einer Person begangen werden, die aus dem näheren Umkreis des Opfers stammt.

So beängstigend das auch klingt, sollte es Sie dennoch nicht davon abhalten, Freundschaften zu pflegen und dem Leben positiv zu begegnen, denn der Mensch ist nicht für das Alleinsein geschaffen.

In diesem Sinne,

Ihr Salim Güler

## Eine Bitte / Werke

Sollte Ihnen das Buch gefallen haben, würde ich mich sehr über eine kurze positive Bewertung auf Amazon.de freuen.

Weitere Bücher, bei Amazon als Ebook oder Taschenbuch erhältlich:

**Köln Krimi:**
Band 1: Die Stillen müsst ihr fürchten – Tatort Köln
Band 2: Fürchte die Nacht – Tatort Köln
Band 3: Dann war Stille – Tatort Köln
Band 4: Wenn Tote nicht schweigen – Tatort Köln
Band 5: Sterben ohne Tod – Ein Köln – Lübeck Krimi
Band 6: Niemand – Tatort Köln
Band 7: Oh du Stille – Tatort Köln
Band 8: Gespalten – Tatort Köln
Band 9: Schmerz – Tatort Köln
Band 10: ELKE – Tatort Köln/Lübeck
Band 11: In der Nacht – Tatort Köln
Band 12: Totes Leben – Tatort Köln

**Lübeck Krimi:**
Band 1: MORD §78 – Ein Lübeck Krimi
Band 2: VERSTUMMT – Ein Lübeck Krimi
Band 3: SEBASTIAN – Ein Lübeck Krimi
Band 4: TOTENBLÄSSE – Ein Lübeck Krimi

**Frankfurt Krimi:**
Band 1: Das Fenster – Ein Frankfurt Krimi

**Rémy** - Roman

**Geh nicht mit - Thriller**

**Die Schuld in uns -** Thriller

**MORGEN LERNST DU WIE MAN WEINT** - Thriller

**SNIPER – Kaltes Blut** (Mannheim Krimi)

**Honigblau**

**Täuschung**

**Wüstengrab**

**Nächstenliebe (Das Jesus Sakrileg)**

**I Walsh Zurück** – (Peter Walsh Thriller 1)

**Wut** – (Peter Walsh Thriller 2)

**Abrechnung** – (Peter Walsh Thriller (3)

**Ein Tag zum Sterben** – Ein Peter Walsh Thriller

sowie die Thriller Miniserie: **Peter Walsh**

Gerne können Sie auch direkt mit mir in Kontakt treten, alle Informationen dazu finden Sie auf Facebook:

https://www.facebook.com/salim.gueler

oder auf meiner Homepage:

www.salim-gueler.de

Herzlichen Dank für Ihre Unterstützung

Ihr
Salim Güler

Printed in Poland
by Amazon Fulfillment
Poland Sp. z o.o., Wrocław

45058014R00176